나를 찾다, 나를 쓰다

여성 작가의 글쓰기와 자아 정체성

나를 찾다, 나를 쓰다

여성 작가의 글쓰기와 자아 정체성

이가야 지음

아모르문디

나를 찾다, 나를 쓰다
여성 작가의 글쓰기와 자아 정체성

초판 1쇄 펴낸 날 2016년 11월 5일

지은이 | 이가야
펴낸이 | 김삼수
편　집 | 신중식 · 김소라
디자인 | 최인경

펴낸곳 | 아모르문디
등　록 | 제318-2007-00076호
주　소 | 서울시 마포구 월드컵북로12길 20 보영빌딩 6층
전　화 | 0505-306-3336 팩　스 | 0505-303-3334
이메일 | amormundi1@daum.net

ISBN 978-89-93467-56-7 93860

※ 이 도서의 국립중앙도서관 출판예정도서목록(CIP)은 서지정보유통지원시스템 홈페
이지(http://seoji.nl.go.kr)와　국가자료공동목록시스템(http://www.nl.go.kr/kolisnet)
에서 이용하실 수 있습니다.(CIP제어번호: CIP2016026658)

부모님께

이 책을 바칩니다.

세상에는 수많은 자서전과 자신의 삶에 대해 성찰한 에세이, 회고록, 내면 일기, 자전적 소설, 오토픽션 등 다양한 장르의 '자기에 대한 글쓰기'가 존재한다. 여기에는 위대한 작가, 저명한 사상가나 정치가뿐 아니라 다양한 영역에서 활동한 각 사회와 시대를 대표하는 사람들이 남긴 글쓰기가 포함된다. 사람은 누구나 자기 자신의 삶을 돌아보고 성찰하고자 하는 욕구를 지니고 있다. 그 접근 방법이 피상적이고 모호한 것이든 구체적이고 형이상학적인 것이든, 모든 사람은 나름대로 자신이 누구인지 생각하려고 한다. 이런 현상은 20세기를 지나 21세기에 접어들면서 더욱 가시화되고 있다. 종이에 글을 꾹꾹 눌러쓰던 시대가 지나가고, 빠른 속도로 자판을 두드리며 글을 쓰는 시대에 살고 있는 사람들은 자신의 생각을 실시간으로 인터넷에서 공유하게 되었다. 수많은 이들이 SNS나 블로그, 홈페이지를 통해 자기 이야기를 스스럼없이 전개하며 끊임없이 자신을 드러낸다. 이런 글쓰기의 확산은 사람들로 하여금 자기에 대한 글쓰기에 관심을 가지게 했다. 최근 자서전 쓰기 강좌가 지자체들을 중심으로 확산되고 있는 양상은 이러한 사회적 반향을 방증하는 예라고 할 수 있다. 18세기 말 루소에 의해 자아의 형성과 변화 과정을 담은 근대적인 의미의 자서전이 등장한 이래로, 자기에 대한 글쓰기는 이제 개인의 정체성을 다양한 방식으로 구성하고 표현하는 유용한 도구가 되었다.

여러 여성 작가들의 자기에 대한 글쓰기를 통해 그들이 자아 정체성을 찾아가는 여정을 살펴본 이 책은 필자가 오랫동안 관심을 가져 온 개인의 정체성과 문화 정체성이라는 화두에 대한 연구 결과이다. 접근 방법론은 각 챕터마다 조금씩 차이를 보이지만, 큰 얼개에서 정체성에 대한 의문을 풀어 보고자 했던 연구의 흔적들이 책으로 묶을 수 있을 정도가 되어 부끄러움을 무릅쓰고 세상에 내놓게 되었다. 여전히 부족하고 고쳐야 할 부분이 많은 글이지만, 지금 용기를 내지 않으면 영영 못할 것 같다는 생각으로 학술지에 발표한 논문들을 읽고 수정하는 시간을 보냈다. 누군가의 연구에, 또 자신을 되돌아보고 알아 가기를 소망하는 이들에게 희미한 빛줄기라도 비출 수 있기를 바라는 마음을 담았다.

책을 마무리하는 시점에서 떠오르는 은사님들이 있다. 학부 시절 문학과 학문에 관심을 가지게 해 주신 홍성호 선생님과 이지순 선생님께 감사드린다. 또한 학생들 각자의 자서전을 쓰게 하셨던 김인식 선생님의 프랑스 문학비평 강의를 잊을 수 없다. 석사와 박사 과정 중에 변함없는 관심으로 나아갈 길을 인도해 주신 베아트리스 디디에 선생님, 박사 과정에서 인연을 맺게 된 박영혜 선생님의 가르침과 사랑에 감사의 마음을 감출 수 없다.

잘 팔리지 않을 책임을 알면서도 집필을 격려하고 출판해 주신 아모르문디 출판사의 김삼수 대표님, 꼼꼼히 읽어 준 김소라 편집자님께 고마운 마음을 전한다. 늘 분주한 엄마라 많은 시간을 함께하지 못하는 아쉬움 속에서도 건강하게 잘 자라고 있는 사랑하는 예서와 시형이, 그리고 우리 가족의 든든한 울타리인 남편에게 감사의 인사를 건네고 싶다. 마지막으로 나라는 사람을 여전한 방식으로 지지해 주시는 부모님께 이 책을 바친다.

2016년 깊어 가는 가을, 명륜동에서

이가야

차 례

서 론

문학가가 집필한 자기에 대한 글쓰기는 대중들에게 사랑을 받아 왔음에도 오랫동안 문학 연구의 장에서는 비평가들의 시선을 끌지 못했다. 작가들이 쓴 자서전이나 에세이, 편지, 회고록, 일기 등은 다른 문학 작품들을 해석하고 분석하기 위해 사용되는 곁텍스트para-texte로서의 역할을 수행하는 것으로만 간주되었기 때문이다. 1970년대에 이르러 자기에 대한 글쓰기를 대표하는 자서전에 대한 이론 연구서를 출간하기 시작한 필립 르죈Philippe Lejeune에 의해 이 분야 연구의 물꼬가 트였다. 이후 40여 년 동안 여러 연구자들에 의해 오토픽션, 문학적 자화상, 새로운 자서전 등에 대한 연구로 자기에 대한 글쓰기 이론 지평이 넓혀지고 있다. 그래서 이 책의 1부에서는 르죈의 자서전 이론 이후 등장하게 된 이론들을 먼저 살펴보고, 자기에 대한 글쓰기 이론의 스펙트럼을 구현하고 있는 작품들을 분석한다.

미셸 보주르Michel Beaujour는 전통적인 자서전과 다르게 연대기적인 이야기 대신 글을 쓰는 현재의 순간에 떠오르는 주제나 연상되는 사물에 기초해서 텍스트를 구성하는 글쓰기를 문학적 자화상autoportrait littéraire이라고 명명하면서 여러 작품을 예로 들었다. 세르주 두브로브스키Serge Doubrovsky는 자기에 대한 글쓰기가 맺고 있는 허구와 현실의 복잡한 관계에 천착한 결과 오토픽션autofiction이라는 새로운 장르를 탄생시켰다. 또한 누보로망 작가로서 새로운 자서전nouvelle autobiographie이라는 용어를 제시한 알랭 로브그리예 Alain Robbe-Grillet는 전통적 자서전과는 다르게 허구와 현실의 구분을 부정하면서 소설과 자서전 사이의 경계를 허무는 글쓰기를 행했다.

프랑스 대혁명 시기에 집필되어 미완으로 남은 마담 롤랑Madame Roland의 『회상록 Mémoires』은 자기에 대한 글쓰기 이론 가운데 보주르의 '문학적 자화상'이 구체적인 작품 속에서 어떻게 형상화되고 있는가를 명료하게 보여 준다. 루소의 자서전과 동시대에 집필된 이 작품의 '특별한 회상' 부분은 작가의 사적인 삶을 비추어 주는 글쓰기다. 이 작품은 개인의 특수한 이야기로 시작된 글쓰기가 어떻게 대혁명 시대를 특별한 방식으로 증언하는가를 보여 준다. 개인적인 이야기가 더 광범위한 사회 흐름과 역사를 대표할 수 있다는 미셸 보주르의 주장이 마담 롤랑의 '특별한 회상'을 통해 설득력을 얻게 되는 지점이다. 프랑스 대혁명 시기에 수감되어 있던 화자이자 주인공인 마담 롤랑은 자기에 대한 글쓰기를 통해 그리고 독서 경험이라는 주제로 '나moi'의 이야기를 되새기면서도 이야기를 연대기적으로 서술하려고 하지 않았다. 그녀는 자신이 한 일을 말하는 것이 아니라 그녀가 현재 누구인지를 드러내 보임으로써 문학적 자화상의 특성을 제시한다.

오토픽션이라는 새로운 용어를 정립한 두브로브스키 이론의 특성은 마르그리트 뒤라스와 박완서의 자기에 대한 글쓰기를 통해 살펴볼 수 있다. 오토픽션은 소설임을 밝히면서도, 작가-주인공-화자의 이름이 일치함으로써 르죈의 '자서전의 규약을 지키는 혼종적 장르다. 소설이 허구로서 상상력에 기반한 장르라면, 자서전은 사실을 있는 그대로 보여 주고자 하는 기억에 기반한 장르라고 할 수 있다. 그리고 서로 뗄 수 없는 관계를 형성하는 상상과 기억이라는 두 개념이 오토픽션의 탄생 배경을 이룬다. 뒤라스와 박완서는 프랑스와 한국이라는 이질적인 문화적 역사적 토대를 지닌 나라를 대표하는 작가이지만, 그들의 자기에 대한 글쓰기 양상은 매우 닮아 있다. 거기에는 상상과 기억의 유기적인 관계를 고찰할 수 있는 여러 흔적이 담겨 있다. 두 작가의 자기에 대한 글쓰기에서는 기억의 허구성으로 인해 사실과 상상이 분리될 수 없고, 진실은 포착할 수 없는 것이 되어 끊임없이 미끄러지고 있다는 공통점을 발견할 수 있다.

1부의 마지막 장은 여성 작가들의 자서전이 내포하는 주제적 특성인 타인과의 관계성을 강조하는 글쓰기를 분석한다. 클레르 마르탱Claire Martin의 『철장갑 안에서 *Dans un gant de fer*』는 타자와의 관계를 통해 자신의 정체성이 형성되어 가는 과정을 그린 작품이다. 거기에는 어린 시절 아버지로 인해 겪는 소외와 거부, 폭력과 억압의 양상이 존재하며, 이로 인해 자율적이고 독자적인 자신만의 정체성을 위해 몸부림치는 주인공의 노력이 반항으로서의 독서와 글쓰기로 이어지는 이야기가 펼쳐진다. 절대적으로 군림하던 아버지의 정신적, 육체적 폭력은 가족 구성원 모두를 소외시켰으며, 가정으로부터 벗어나 기숙학교에 입학한 주인공은 수녀-선생님들의 가학적 행동으로 인해 큰 상처를 받는다. 이런 고통 속에서 주인공이 선택한 아버지와 세상에 대한 대항은 읽지 말라고 한 책을 읽고 글을 쓰는 것이다. 작가는 유년기에 타인과의 관계 속에서 받은 지울 수 없는 고통과 상처의 기억을 글쓰기를 통해 치유하고 자기 자신의 고유한 정체성을 획득하는 데 이르는 여정을 자서전을 통해 보여 주고 있다.

2부에서는 뒤라스와 박완서의 자기에 대한 글쓰기를 정체성 탐구라는 관점에서 살펴본다. 자기에 대해 글을 쓸 때는 그것이 다양한 양식이나 형태로 이루어진다 하더라도, 정체성을 찾고 있다는 공통점을 지닌다. 자기에 대한 글쓰기는 바로 정체성을 탐구하는 여정이라는 점에서 곁텍스트가 아니라 온전한 하나의 텍스트로서 그 내적인 의미를 발견할 수 있다. 이런 면에서 뒤라스와 박완서의 반복적인 자기에 대한 글쓰기 양상을 살펴볼 수 있다. 두 작가가 같은 시기와 사건에 대해 여러 번 이야기하는 것은 정체성을 탐구해 가는 여정 가운데 꼭 필요한 행위였을 것이다. 동일한 사건이라도 일어난 직후와 10년이 지난 후, 20년이 지난 후에 그것을 대하는 관점은 큰 차이를 보이기 마련이다. 뒤라스는 1950년부터 시작한 자기에 대한 글쓰기를 영면할 때까지 이어 나갔으며, 박완서 역시 작가로서 활동한 40여 년 동안 자기에 대한 글쓰기에 천착했다는 것은 그들이 죽음에 이를 때까지 자신들의 정체성을 찾는 여행을 계속했음을 보여 준다. 자기에 대한 글쓰기는 뒤라스와 박완서에게 그 자체로 자신들의 정체성을 오롯이 드러내는 존재의 양식이다.

자신의 정체성을 찾기 위해 많은 작가들이 그랬던 것과 마찬가지로 뒤라스와 박완서도 유년기에 대해 끊임없이 이야기한다. 정체성이 유년 시절에 그 뿌리를 두고 있기 때문일 것이다. 두 작가의 자기에 대한 글쓰기에서 찾아볼 수 있는 공통점은 주인공이 육체적으로 성장하고 정신적으로 성숙해 가는 과정이 장소의 변화와 함께 명백하게 드러난다는 점이다. 야생적이고 자유롭기는 하나 정신적으로는 닫힌 공간에 머물러 있던 주인공이 조금씩 물리적으로 열린 공간으로 이동하게 되는데, 비록 불평등과 불공정함이 만연한 곳이라 할지라도 이

성적이고 정돈된 위계질서가 존재하는 그곳에서 주인공은 자신의 정체성을 점차 확립해 간다. 이러한 여정을 되돌아 갈 수 없는 신화적 장소, 현실에 발을 내딛고 점차 자신의 처지를 깨닫게 되는 장소, 그리고 현실을 목도하고 그것에 반항하고자 하는 장소로 구분하여 살펴봄으로써, 주인공의 정체성 탐구 과정을 따라가 볼 수 있다.

마르그리트 뒤라스의 『북중국의 연인 L'Amant de la Chine du Nord』에서 물의 이미지는 주인공이자 화자의 정체성 탐구 노정과 깊은 연관을 맺고 있다. 먼저 물 자체의 이미지를 가스통 바슐라르Gaston Bachelard의 저작에 기대어 분석해 볼 수 있는데, 작품 속에 드러난 물의 양가적 성격과 인물들의 관계 분석이 그것이다. 이어서 주인공의 정체성 형성 과정에서 중요한 역할을 하는 물과 인물들 간의 직접적인 양상을 포착할 수 있다. 특히 이 작품에서는 미미한 성격을 지닌 것으로 보이는 '거지 여인'과 '안 마리 스트레테'라는 두 인물은 물의 이미지와 뗄 수 없는 관계를 형성한다. 그녀들은 작가의 전체 작품에서 계속해서 회귀하는 인물들로서 그 중요성은 여러 연구자들에 의해 강조된 바 있고, 이 작품에서도 본질적이고 상징적인 가치를 지니고 있다. 이 두 인물이 결국 주인공의 정체성 형성에서도 중요한 위치를 차지하고 있으며, 주인공의 정체성이 물의 이미지와 맞닿는 데 매개자의 역할을 수행하고 있음을 발견할 수 있다.

뒤라스와 박완서의 자기에 대한 글쓰기 중에서 일기 형식으로 쓴 『고통 La douleur』과 『한 말씀만 하소서』는 작가가 자신의 정체성 또는 인성이 어디에 어떤 모습으로 위치해 있는가를 자각하고자 했던 노력의 일환으로 이해할 수 있다. 두 작가가 흔치 않게 발표한 일기체 텍스트에서 화자는 자신의 고통에 대해 이야기한다. 나치의 강제 수용소에 끌려간 남편을 기다리는 고통 속에서 신음하는 마르그리트 뒤라스의 일기, 젊고 유망한 외아들이 갑작스러운 교통사고로 사망하는 사건으로 인해 몸부림치는 박완서의 일기는 각자가 처한 상황 속에 자신이 그때까지 구축했던 정체성이 죽음 앞에서 얼마나 허무하고 보잘것없는 것인가를 자각하는 여정을 보여 준다. 일기라는 글쓰기를 통해 정신적인 고통이 육체적으로 발현되고, 자신이 발 딛고 있는 세계 자체를 부정하는 모습을 보이던 화자는 조금씩 그 고통의 사건을 스스로 해석해 나갈 수 있게 된다. 고통스러운 삶의 한 시절을 생생하게 펼쳐 보이는 이 두 작품에서 작가는 그 시간을 통해 자신이 나아가야 할 길, 즉 글쓰기의 정체성을 제시하고 있다.

3부에서는 20세기 카리브해 문학을 대표하는 작가 중 한 명인 마리즈 콩데 Maryse Condé의 자기에 대한 글쓰기를 카리브해의 문화 정체성과 접목시켜 고찰한다. 국내에는 알려진 바 없는 마리즈 콩데는 20여 편의 문학 작품을 선보였고 미국에서 문학 비평가이자 교수로 활동했으며 미국과 프랑스에서 다양한 관점으로 연구가 진행된 작가다. 이 책에서 살펴보게 될 마리즈 콩데의 자기에 대한 글쓰기는 프랑스령 카리브해의 작은 섬 과들루프의 유복한 가정에서 태어난 흑인 여성이 삶의 굴곡을 겪으면서 자신의 정체성을 찾아가는 개인적인 이야기를 넘어, 카리브해 사람들의 혼종적 문화 정체성을 발견하게 해 준다. 역사와 사회의 변동 속에서 스스로의 삶을 적극적으로 개척하고 그 시대를 거시적으로 바라보고 해석하려는 노력을 기울였다는 점에서 마리즈 콩데의 이야기는 카리브해 사람들의 이야기로 승화되며, 그녀의 정체성은 카리브해 사람들의 정체성과 직접적으로 맞닿아 있다.

마르티니크 출신 사상가 프란츠 파농Franz Fanon의 선구적인 문화 이해 방식과 카리브해 문화 정체성을 대표하는 에두아르 글리상Edouard Glissant의

'앙티아니테Antillanité' 개념은 문화를 고정된 실체로 파악하지 않고 '뒤섞임' 또는 '혼종성'을 담보하는 것으로 이해하고, 끊임없이 다른 어떤 것들과 접촉하면서 변화하는 것으로 간주한다. 이런 시각은 21세기를 살아가는 우리 모두에게 울림을 준다. 다문화 사회라는 화두가 전 세계적인 관심의 대상이 되고 있는 지금, 문화를 이해하는 방식에 많은 변화가 요구되기 때문이다. 문화와 전통, 문화와 관습을 동일한 것으로 이해해서는 안 된다고 설파했던 파농의 주장이 포스트모더니즘과 탈식민주의 시대에 재고되는 이유이기도 하다. 글리상이 카리브해 문화와 역사를 되돌아보고 자신들의 문화 정체성을 추구하기 위해 제시한 '관계-정체성 identité-relation' 역시 우리에게 시사하는 바가 적지 않다. 마리즈 콩데라는 작가의 자기에 대한 글쓰기를 통해 드러나는 개인의 정체성 탐구 도정을 살펴봄으로써 그와 자연스럽게 맞닿아 있는 혼종적 문화 정체성을 발견하고, 나아가 우리의 정체성도 성찰해 볼 수 있다.

　　마리즈 콩데는 『빅투아르, 풍미 그리고 단어들 *Victoire, les saveurs et les mots*』이라는 작품을 통해 외할머니, 어머니, 그리고 자신의 삼대에 걸친 정체성을 펼쳐 보인다. 노예 제도가 철폐된 후에도 사회적으로 크게 달라지지 않은 식민지 시대를 대표하는 인물인 외할머니 빅투아르, 유럽 문화에 완전한 동화를 추구함으로써 이중의 소외를 감내해야 했던 어머니 잔, 그리고 자신의 혼종성을 인정하고 그것이 어떻게 형성되었으며 어떤 양상으로 나아갈 것인가를 고민한 마리즈의 정체성을 통해 카리브해 지역의 다양성과 혼종적 정체성을 발견할 수 있다. 이 텍스트는 작가 자신의 정체성을 되짚어 보는 동시에 프랑스어권 카리브해 지역의 정체성과 역사를 되돌아봄으로써, 개인적인 의미뿐 아니라 그들이 속한 사회의 집단적 정체성이 어떻게 변천해 왔는가를 보여 준다.

마리즈 콩데의 자서전 『꾸밈없는 인생 *La vie sans fards*』과 『울고 웃는 마음 *Le coeur à rire et à pleurer*』은 고향인 과들루프와 프랑스를 오가면서 보낸 어린 시절과 아프리카를 떠돌며 살았던 12년여 동안의 생활 속에서 자신이 세상을 바라보는 태도가 어떤 궤적으로 변화되었는지를 잘 드러내고 있다. 작가는 동시대의 사상과 직접적인 관계를 맺는 개인사를 풀어냄으로써 독자들에게 다양한 층위의 목소리를 전한다. 아프리카에 대해 작가가 어떻게 생각해 왔는가를 살펴보는 것은 그녀의 작품들을 이해하는 데 중요할 뿐 아니라, 20세기 중반에 신대륙과 구대륙의 흑인들을 하나로 응집시켰던 '네그리튀드 운동'이 그 시대를 살았던 지식인에게 어떻게 다가왔는가를 알아볼 수 있다는 점에서 의의를 찾을 수 있다. 네그리튀드에 경도되어 아프리카에서의 삶을 자처했던 마리즈 콩데는 점차 네그리튀드에 의문을 품고 세제르나 상고르와는 다른 길을 걸으면서, 흑인의 자의식을 고취시키고자 했던 프란츠 파농의 네그리튀드에 대한 비판적 시각에 경도되고 파농의 문화 이해 방식을 찬미하게 된다. 네그리튀드 주창자들과 파농의 행동과 사유는 여러 차이점에도 불구하고 백인들에 의해 소외된 삶을 영위할 수밖에 없었던 흑인들이 자존감을 획득해야 한다는 동일한 목표를 가지고 있었으며, 그들의 사상은 20세기 후반에 앙티아네테, 크레올리테와 같은 새로운 문화 이론이 등장하는 밑바탕이 되었다. 마리즈 콩데의 자서전은 자신의 정체성 탐구를 위해 뿌리 찾기에 힘을 기울였던 한 흑인 여성이 어떻게 자기 고유의 정체성을 발견해 나가는가를 보여 주고 있다.

『맹그로브 숲 가로지르기 *Traversée de la mangrove*』는 현재 카리브해 문화의 혼종성을 수용하고 이해함으로써 카리브해 문화의 역동성과 가능성을 제시하고자 하는 작품이다. 카리브해 사람들이 지나치게 과거에 사로잡혀 현재를 주시하고 미래를 관망할 여력을 상실하고 있음을 비판했던 마리즈 콩데는, 이 작품 속 주인공의 삶을 통해 카리브해의 문화 정체성이 얼마나 혼종적이고 불투명한 특성을 지니고 있는가를 형상화한다. 식민 지배에 의해 단절되고 비연속적인 역사를 가질 수밖에 없었던 카리브해는 시기가 구분되고 체계적인 사상이 존재하며 명료하고 투명한 역사를 소유한 서양과는 완전히 다르고, 이로 인해 불투명한 역사를 가지게 되었다는 것이 글리상의 주장이다. 이런 불투명성과 혼종성이 담보된 정체성이 지금까지의 역사와 문화를 통해 형성된 문화 정체성이라면, 관계-정체성은 현재 카리브해에서 생성되고 있는 문화 정체성을 대변해 준다. 글리상은 관계-정체성을 다양한 타자 또는 문화와의 접촉을 통해 서로 주고받는 관계 속에서 만들어지는 정체성이라고 피력한다. 그것은 타자를 향해 언제나 열려 있는 정체성이고, 계속해서 변화하는 정체성이다. 마리즈 콩데의 작품 속 주인공 역시 불투명하고 혼종적인 정체성을 가지고 있었으며, 점차 역동적인 관계에 의해 생성되고 변화되며 또다시 형성되는 관계-정체성을 구현하게 됨을 발견할 수 있다.

1부

자서전 이론과 여성 작가들

자기에 대한 글쓰기는 회고록, 종교적 고백록, 내면 일기, 서한문, 자서전 등을 통해 인류가 문자를 만들고 글쓰기를 행해 온 역사와 그 맥을 같이한다. 다양한 장르에서 발견되는 자기에 대한 글쓰기는 필립 르죈이 1970년대에 이르러 자서전 이론을 주창하기 전까지 문학 비평의 영역에서 제외되었다. 여기에는 여러 이유가 있겠으나, 근본적으로 아름다움을 추구하는 문학과는 다르게 자기에 대한 글쓰기는 진실을 중시하기 때문이라고 볼 수 있다. 그래서 자기에 대한 글쓰기를 문학의 한 장르로 간주하기보다는, 작가의 문학을 해석할 수 있는 여지를 제공하는 곁텍스트 paratexte로서의 역할에 초점을 맞추어 왔다. 작가가 내적 성찰을 통해 개인의 자아가 어떤 변화를 겪었는지를 진실하게 이야기하는 근대적인 의미에서의 자서전은 18세기 중엽 장 자크 루소가 『고백록Confessions』을 출판하면서 시작된 것으로 여겨진다. 필립 르죈이 제시한 자서전 이론이 출현한 후 지금까지 자기에 대한 글쓰기는 여러 문학적 쟁점을 생산해 내고 있다. 르죈이 제시한 자서전의 규약과 꼭 맞아떨어지지 않는 자기에 대한 글쓰기로서 세르주 두브로브스키 Serge Doubrovsky가 주창한 '오토픽션 autofiction', 미셸 보주르 Michel Beaujour의 '문학적 자화상 autoportrait littéraire', 일군의 누보로망 작가들의 자서전 글쓰기를 대표하는 알랭 로브그리예 Alain Robbe-Grillet의 '새로운 자서전 nouvelle autobiographie' 등이 등장하게 된다. 이 장에서는 르죈의 이론 이후 출현한 자기에 대한 글쓰기가 어떤 특성들을 지니고 있으며, 그런 글쓰기들이 구체적으로 작가들의 작품 속에서 어떻게 발현되고 있는가를 살펴보고자 한다.

여성이 작가가 되는 것이 거의 불가능했던 시절에 여성들이 가장 자유롭게 접근할 수 있었던 글쓰기는 내면 일기, 서한문, 회고록 등 자기에 대한 글쓰기였다. 여성이 작가가 된 후에도 가장 즐겨 쓴 장르는 공적인 것이 중심을 이루지 않고 사적인 내용을 담은 소위 '사소설'이었는데, 이는 외부 세계에서 벌어지는 굵직한 사건들로부터 배제된 삶을 살 수밖에 없었기 때문이다. 베아트리스 디디에 역시 많은 여성 작가들이 1인칭으로 서술한 자전적 소설을 통해 글쓰기를 시작한다는 특성을 지니고 있다고 지적한 바 있다.(L'écriture-femme, p.24) 자기에 대한 글쓰기는 오랫동안 여성 작가들에게 자기 정체성을 찾는 데 중요한 성찰의 장으로서의 역할을 수행했던 것 같다. 이런 맥락에서 여러 자서전 이론을 여성들의 자기에 대한 글쓰기로 되비추어 봄으로써, 이후 여성 작가들의 정체성 탐구와 자기에 대한 글쓰기가 어떻게 재현되는가를 반추하는 기반이 될 것이다.

1장 필립 르죈의 자서전 이론과 그 반향

1. 자서전 이론의 등장

많은 작가들이 오래전부터 자기에 대한 글쓰기를 행해 왔음에도 문학 연구의 장(場)에서 비평가들의 관심을 끌지 못했던 자서전 이론은 필립 르죈에 의해 1970년대에 비로소 하나의 문학 장르로서 연구되기 시작했다. 그러나 그 내부에서도 이론의 문제점들이 지적되면서, 초창기의 제한적인 자서전 이론으로부터 많은 변화가 이루어졌다.

필립 르죈이 주창한 자서전 이론의 토대를 이루는 정의는 다음과 같다.

한 실제 인물이 자기 자신의 존재를 소재로 하여 개인적인 삶, 특히 자신의 인성의 역사를 중점적으로 이야기한, 산문으로 쓰인 과거 회상형의 이야기.

1. 언어적 형태 : a) 이야기|récit b) 산문으로 되어 있을 것

2. 다루어진 주제 : 한 개인의 삶, 인성의 역사

3. 작가의 상황 : 저자(그 이름이 실제 인물을 지칭함)와 화자의 동일성

4. 화자의 상황 : a) 화자와 주인공의 동일성 b) 이야기가 과거 회상형으로 쓰였을 것[1]

르죈이 정의 내린 자서전의 첫 조건은 '실제 인물', 즉 글을 쓰고 있는 저자의
이야기가 소재가 되어야 한다는 것으로, 소설에 등장하는 '허구의 인물'과의 차
이점을 부각시키고 있다. 이어서 '자신의 존재를 소재'로 한다는 것은 '타인에
의해 쓰인 개인의 이야기'인 전기와 구별됨을 지적한 것이다. 또한 '개인적인
삶'을 주제로 삼아야 한다고 제시한 것은 '사회적인 삶'을 이야기하는 회상록과
도 다른 글쓰기임을 보여 준다. 그리고 '과거 회상형'이라는 점은 '현재형'으로
서술되는 일기와의 차이를 이야기한 것임을 알 수 있다. 자서전에 대한 정의와
함께 자서전의 규약을 드러내는 네 가지 요소를 제시한 르죈의 이론에서 특히
강조하고 있는 점은 저자와 화자 그리고 주인공의 동일성이다. 그는 자서전이
되기 위한 조건을 다른 인접 장르와의 차이점을 통해 보여 주며, 자서전의 근거
를 고유 명사, 즉 저자와 화자 그리고 주인공 이름의 동일성에 두고 있다.[2] 그
러나 이런 정의를 통해 소설과 자서전을 구분하는 것에 대해 여러 이론가들과
현대 작가들이 의문을 제기함으로써 '문학적 자화상', '오토픽션', '새로운 자서
전' 등이 출현하게 되었다. 새로운 개념과 용어들의 출현은 현대 작가들이 복합
적이고 독창적인 글쓰기의 전략으로 자기에 대한 글쓰기라는 장치를 활용하는

---

1) 필립 르죈, 윤진 옮김, 자서전의 규약』, 문학과 지성사, 1998, 17쪽.
2) 유호식, 『자서전: 서양 고전에서 배우는 자기표현의 기술』, 민음사, 2015, 47~57쪽.

계기가 되었고, 자서전 이론 연구를 더욱 활성화하는 데 중요한 역할을 하고 있다. 자서전 이론을 창시했던 르죈 역시 자신의 초창기 이론의 한계를 지적하면서, '사실처럼 속이기 mentir vrai'로부터 '오토픽션'에 이르는 다양한 글쓰기 양식을 통해 자서전과 문학적 자전 소설의 경계가 매우 모호해졌음을 고백하기도 했다.[3] 그렇지만 그의 이론이 주변적인 문학으로 취급되던 자서전 장르에 대한 관심과 연구에 물꼬를 터 준 중요한 역할을 수행했음은 자명하다.

2. 미셸 보주르, '문학적 자화상'

미셸 보주르는 1980년 『잉크의 거울 *Miroirs d'encre*』이라는 저작에서 몽테뉴 Montaigne로부터 미셸 레리스Michel Leiris, 롤랑 바르트Roland Barthes에 이르는 작가들의 자기에 대한 글쓰기를 분석하여 문학적 자화상 이론을 선보였다.[4] 르죈은 몽테뉴의 『수상록 *Essais*』을 자서전의 예로 분류하지 않으면서 "자서전을 정의한 것과는 관계가 없는 텍스트임을 이해할 수 있다. 연속적인 이야기가 없으며, 개인의 인성에 대한 역사가 조직적으로 전개되지도 않았다. 자서전이라기보다는 자화상에 가깝다"[5]라고 부정적인 의견을 제시했는데, 보주

---

3) Philippe Lejeune, *Moi aussi*, Edition du Seuil; coll. "Poétique", 1986, p.24.

4) 보주르가 문학적 자화상으로서 관심을 기울인 작품들은 레리스의 *L'Age d'homme*, *La Règle du jeu* 4부작과, 바르트의 *Roland Barthes par Roland Barthes*였다.

5) Philippe Lejeune, *L'Autobiographie en France*, Armand Colin, 1971; 1998, p.39.

르는 르죈이 지적한 부분에 대한 적절한 답을 찾는 과정에서 '문학적 자화상'이라는 개념을 발전시켜 몽테뉴의 작품을 논했다.

자기에 대한 글쓰기는 근본적으로 '나는 누구인가? Qui suis-je?'라는 질문에서 시작되어, 자기 자신을 성찰하고 관찰함으로써 자신이 누구인지 알아 가는 것을 목적으로 삼는다. 즉, 한 개인의 정체성 탐구와 밀접한 관계를 맺고 있다. 보주르에 의하면 '나는 누구인가'라는 질문에 대해 자서전이 '내가 어떻게 이렇게 되었는가'에 대해 이야기하는 반면, 문학적 자화상은 '내가 했던 것들에 대해서 이야기하는 것이 아니라 내가 누구인지 말한다'는 차이가 있다. 현재의 내가 누구인지를 말하고자 하는 시도는 글쓰기라는 재현의 행위를 통해 자기 스스로를 재현하고 묘사하는 것을 의미한다. 렘브란트가 연속적으로 자화상을 그렸던 것과 같이, 몽테뉴 역시 현재의 '나moi'를 재현하는 문학적 자화상을 썼다는 것이다. 몽테뉴는 수상록의 서두에서 "나를 그리는 것은 나 자신"이고, "나 자신이 내 책의 소재이다"라고 공표하는데, '그리다peindre'라는 동사의 사용을 통해 현재의 자신에 대한 재현 행위 속에서 글을 써 나가기를 원함을 직접적으로 밝히고 있다. 이처럼 문학적 자화상은 일반적인 자서전이 탄생의 이야기로 시작되는 것과는 달리 거울을 바라보는 시선처럼 현재의 자신에 대해 묘사한다. 보주르는 문학적 자화상은 거울 구조를 가지고 있기 때문에 서술 구조인 소설, 전기, 자서전과는 차이를 보인다고 주장한다. 거울은 "서술하는 것을 목적으로 하지 않고, 한 장소에서 다른 장소로 옮겨 가거나 이미 지나온 장소를 덧붙일 가능성을 마련하면서, 오히려 사물들의 재현, 혹은 그런 사물들을 인식하는 주체의 재현을 분명하게 묘사한다."[6]

르죈이 주장하듯이 연속되는 이야기가 필수 조건인 자서전과 다르게 문학적 자화상은 '주제thématiques'가 가장 중요한 위치를 차지한다. 이런 점에서 연대기적인 면이 없으며 성찰과 해석, 여담에 끊임없이 종속되는 특징이 있는 몽테뉴의 이야기는 문학적 자화상의 특성을 잘 보여 준다. 『수상록』에도 저자 자신의 과거에 대한 이야기가 간헐적으로 나타나지만, 그것을 통해 연속되는 이야기를 도출해 낼 수는 없기 때문이다. 예를 들어, 몽테뉴는 라 보에시La Boétie와의 우정에 대해 자주 언급하지만 그들 사이에 일어난 일화보다는 본보기가 되는 일종의 기록에 더 초점을 맞추었다. 또 자신의 아버지를 기념하면서도 '에이켐Eyquem'이라는 조상의 성(姓)을 말하지는 않으며, 부인과 자녀에 대한 이야기도 찾아보기 어렵다. 독자는 『수상록』을 통해 몽테뉴 성에는 몽테뉴 부인의 침실이 있고 그 반대편에 도서관인 동시에 간이 침실인 저자만의 공간이 있다는 정도만 알 수 있을 뿐이다. 그리고 몽테뉴가 자녀들이 몇 명이나 태어났는지 정확하게 세어 보지 않았다는 것과, 그중에서 유일하게 살아남은 딸에 대한 애정 어린 이야기가 없다는 점도 발견하게 된다. 몽테뉴는 자신을 둘러싼 현실의 일상성을 그대로 보여 주기를, 글을 쓰는 현재의 모순투성이가 자신을 그대로 묘사하기를 원했던 것이다. 그에게는 글을 쓰고 있는 바로 그때의 자기 자신을 구성해 나가는 것이 중요하며, 이어질 글쓰기라는 재현의 과정 속에서 새롭게 창조될 자신이 더 중요하다. 지난 시절을 회고하면서 차마 말하지 않았던 사실들을 고백한다거나, 과거의 실수를 후회하거나, 자신의 실패에 대해 곱씹을 이유가 없었던 이유다.

---

6) Michel Beaujour, *Miroirs d'encre: Rhétorique de l'autoportrait*, Edition du Seuil: coll. "Poétique", 1980, p.31.

문학적 자화상은 '발견된 대상objet trouvé'에 기초해 작가가 그것의 일반성과 특수성을 뒤섞음으로써 치밀하게 구성되는 특성을 지닌다. 즉 문학적 자화상을 쓰는 작가가 지닌 문화적 전통을 바탕으로 자신의 기억과 담론의 파편들을 형상화해 나가는 것이다. 이렇게 일상적이고 보잘것없는 대상으로부터 시작된 이야기는 계속된 여담과 주해의 삽입을 통해 자연스럽게 동시대인으로서 체험한 내용을 담게 되며, 여기에 바로 문학적 자화상이 지니는 보편성이 구현되고 거울 속의 '나'는 백과사전과 같은 거대한 거울 속의 무한한 세계를 드러내기에 이른다. 그래서 보주르는 "미시적인 나와 거시적인 백과사전"(Beaujour, p.30) 사이에서 벌어지는 충돌과 상동의 현상을 충실하게 의식화해서 묘사한 것이 바로 문학적 자화상이라고 말한다.

'주제'와 '발견된 대상'을 근저로 하여 글쓰기를 이어 나가는 문학적 자화상은 창조와 수사학적인 기억으로부터 비롯된 장소의 백과사전적인 시스템에 의해 구현되며, 자서전이 중시하는 시간성이 아닌 장소성을 강조한다. 고대 수사학에서는 기억을 각 개인에 따라 다양하게 드러나는 '천부적 기억mémoire naturelle'과 웅변가와 관계되는 '인위적 기억mémoire artificielle'으로 구분했는데, 고전적인 의미에서 '인위적 기억'은 문화나 지배적인 구술에 자연스럽게 통합되었다. 자크 데리다Jacques Derrida에 의하면 '천부적 기억'은 풍부하고 완전한 지금의 말(일반적으로 현재에 대한 주제)을 나타내는 양식인 반면, '인위적 기억'은 잠재적인 성찰을 포괄하는 양식이다. 미셸 보주르는 수사학적인 기억과 장소의 관계를 다음과 같이 설명한다.

1. 생각하는 데 이미지는 필수 불가결하다. 자발적인 회상은 이미지에 호소한다.

2. 회상은 장소의 여정에 따라 일어나며, 장소는 유사성과 대립성 그리고 인접성의 관계가 실행되는 여러 시퀀스들과 연결된다.

3. 회상은 시퀀스들의 순서와 규칙에 따라 촉진된다.

4. 결국 기억과 상상력은 공통의 의미 속에 있으며, 변증적이고 유사한 동일 과정에 의해 실행되고, 창조의 과정과 연관되는 것이다.(Beaujour, p.86)

생각한다는 것은 머릿속에 떠오르는 이미지와 뗄 수 없는 관계를 형성하고, 나아가 회상 행위는 이미지의 움직임에 따라 다른 장면들과 연결되는데, 장면들에서 뺄 수 없는 것이 장소다. 어떤 장면이든 그 장면이 발생한 곳이 있을 터이기 때문이다. 이와 같은 과정을 거친 창조 행위, 즉 회상을 통한 자화상 글쓰기를 이어 나가는 데 있어서 장소는 매우 중요한 부분을 차지한다고 할 수 있다. 요컨대 장소가 기억과 상상력을 지탱해 주는 역할을 하는 것이다. 떠오르는 이미지 장면들과 뗄 수 없는 요소인 장소는 그 변화에 따라 자화상이 그려지게 되는데, 이렇게 형성된 자화상의 구조는 매우 안정되어 있음을 발견할 수 있다는 것이 보주르의 주장이다. 시간의 흐름이 중시되는 자서전이라 할지라도 떠오르는 이미지를 통해 상상력이 동원될 수밖에 없는데, 조금이라도 더 진실하게 자기 자신을 그릴 수 있는 방법이 바로 '주제'와 '장소'를 중심에 둔 글쓰기라는 것이다. 즉 자서전이 탄생과 유년기 그리고 성년기 등의 연대기적인 흐름에 따라 서술되는 데 반해, 자화상은 각 작품마다 화자에게 중요한 주제에 따라 혹은 떠오르는 이미지와 장소의 변화에 따라 이어지는 고유한 특성을 지닌다.

문학적 자화상의 또 다른 특성은 자화상이 고대의 수사학과 시학이 강조하는 글쓰기의 역할, 즉 행동의 양식으로서 사람이나 사물에게 미치는 효용성과 문화의 근본적인 특징을 나타내는 역할을 해야 한다는 시각과는 반대되는 시각을 가지고 출발한다는 점이다. 그래서 문학적 자화상은 글쓰기의 쓸데없음과 은둔에 대해 말한다. 몽테뉴가 수상록을 통해 이런 점들을 직접적으로 드러내고 있는데, 그는 자신의 글쓰기에 대해 스스로 "늙은 영혼의 배설물로서, 굳어 있고 장황하며 언제나 난해하다"고 쓰고 있으며, "잡다한 글쓰기는 범람한 한 세기의 어떤 증상과 같다"(Beajour, p.13)라고 언급하기도 한다. 그런데 수사학적인 창조물과는 거리가 먼 문학적 자화상 작가의 고백은 효용성이 없는 것이 아니라, 오히려 하나의 예시로 간주된다. 고백을 통해 독자를 설득하기도 하고 비난하기도 하며 견제하기도 함으로써 수사학적 효용성을 획득하기 때문이다. 문학적 자화상은 독자에게 고대의 수사학이 의미하는 것과는 다른 측면에서 웅변적인 기능을 내포하고 있는 것이다.

보주르가 주창한 문학적 자화상은 르죈이 규범화한 자서전 이론과 같은 성격을 가지지는 않는다. 자화상은 그 특성들이 모두 갖추어져만 한다고 규정지었던 르죈의 이론과 달리 르죈이 주장한 자서전의 정의에 완전히 부합되지 않아서 자서전에 포함되지 않는 작품들, 예를 들어 몽테뉴의 『수상록』과 같은 작품이 문학적 자화상이 되는 것이다. 또 다른 자서전 연구자인 르카름은 수상록과 자화상의 관계를 다음과 같이 설명한다.

몽테뉴의 수상록은 프랑스 문학에서 자화상의 모범이 되는 것은 확실하지만, 자서전과는 가장 멀리 떨어져 있는 자화상이기도 하다. (…) 그러나 몽테뉴가 없었다면 루소, 콩스탕, 스탕달, 르낭, 그리고 지드가 없었을 것이 자명하다. 나 자신에 대한 글쓰기 속에서 몽테뉴는 모든 방해물을 넘어섰으며 모든 문제점들을 해결했다. (…) 그는 자기 자신에 대해 그리

고 모든 사물에 대해 글 쓰는 것에 자유를 창조했다.[7]

3. 세르주 두브로브스키, '오토픽션'

문학적 자화상이 필립 르죈의 제한적 이론에 포함되지 않은 많은 자기에 대한 글쓰기에 대해 새로운 시각을 제시해 준다면, 오토픽션은 르죈의 이론 속에서 간과된 부분을 재조명하여 그 이론을 확장시켰다고 볼 수 있다. 오토픽션이라는 용어는 자전적 소설을 대신해 2001년부터 프랑스의 로베르Robert 사전에 "자서전이면서 픽션, 허구와 자전적인 현실을 뒤섞은 이야기"라는 뜻으로 수록되어 있다. 또 라루스Larousse 사전에서는 "허구의 서사 형식을 차용한 자서전"으로 정의 내리고 있다.

오토픽션의 등장은 필립 르죈이 『자서전의 규약』에 자서전 장르와 소설 장르를 구별하기 위해 제시한 도표 중 하나에서 비롯되었다.

이 도표는 소설의 규약과 자서전의 규약, 그리고 주인공과 저자 이름의 동일함과 그렇지 않음을 기준으로 장르를 구분한다. 그중에서 빈칸으로 남아 있는 두 부분 중 하나에 대한 문제 제기에서 시작된 것이 바로 오토픽션이라는 신조어의 등장으로 이어진다. 저자의 이름과 주인공의 이름이 동일하지만 소설의 규약을 따를 때가 바로 그것이다. 필립 르죈은 소설 속에서 주인공이 저자와 동

---

7) Jacques Lecarme et Eliane Lecarme-Tabone, *L'autobiographie*, Armand Colin, 1999, pp.145-146.

주인공 이름 규약↓	저자 이름과 다름(≠)	이름 없음(=0)	저자 이름과 동일함(=)
소설의 규약	소설	소설	
규약의 부재(=0)	소설	(한정되지 않음)	자서전
자서전의 규약		자서전	자서전

(르죈 지음, 윤진 옮김, 41쪽)

일한 이름을 가질 수도 있다는 인식이 있었음에도 이 빈칸을 채우기를 거부하면서 "문제의 작품이 소설이라고 밝혀져 있을 때 바로 그 소설의 주인공이 저자와 같은 이름을 가질 수 있는가? 그런 경우가 불가능한 것은 아니다. 아마도 그것은 내적인 모순으로 간주되어야 할 것인데, 그로부터 흥미로운 효과들이 생겨날 수 있을 것이다. 그러나 실제에 있어서 그와 같이 시도된 예는 생각나지 않는다"(르죈 지음, 윤진 옮김, 45쪽)라고 언급했다.

소설가인 동시에 문학 비평가였던 세르주 두브로브스키가 바로 이 빈칸에 대한 의문을 제기하고, 1977년 『아들 Fils』이라는 소설을 출간하면서 오토픽션이 등장하게 된다. 그는 르죈에게 편지를 써서 자신의 소설에 대해 다음과 같이 밝힌다. "저는 당신의 분석에서 빈칸으로 남겨진 '칸'을 매우 채우고 싶었고, 그것은 당신의 비평서와 갑작스럽게 관계된 진정한 욕망이었으며 제가 쓰고 있던 글이기도 합니다."[8] 그는 이 작품에 대해 비평가의 역할을 자처하면서 완벽하게 저자-화자-주인공의 이름이 동일한 소설임을 선포함으로써 르죈의 도표 속

8) Lettre du 17 octobre 1977, citée par Philippe Lejeune dans le chapitre "Autobiographie, roman et nom propre" de *Moi aussi*, op.cit., p.63.

빈칸을 채웠음을 역설했다. 작가는 이 소설 속에서 두브로브스키 자신과 관계된 이야기를 전개시키며, J.S.D.라는 이니셜 형태로 그의 이름을 제시하고, 그 다음에는 쥘리앵 세르주Julien Serge라는 이름을, 그리고 마지막에는 자신의 성(姓)인 두브로브스키Doubrovsky를 삽입했다. 그는 이러한 글을 오토픽션이라고 명명하고, 『아들』의 뒤표지에 이렇게 선언했다.

자서전? 아니다. 자서전은 인생의 황혼기에 그리고 아름다운 문체로 쓰인 이 세상에서 중요한 사람들에게 예약된 하나의 특권이다. 엄밀하게 현실적인 일과 사건에 대한 픽션, 오토픽션으로 말하자면, 전통적인 소설이든 새로운 소설이든 소설의 양식과 통사론 밖에 위치한 모험에 대한 언어를 언어에 대한 모험에 위임한 것이다.

이처럼 두브로브스키가 쓴 새로운 자기에 대한 글쓰기의 형태, 즉 오토픽션의 등장 이래로 자서전 비평가들은 오토픽션에 대한 논의를 이어 오고 있다. 오토픽션의 가장 큰 특성은 소설이라고 공표하는 동시에 작가-화자-주인공의 이름이 일치한다는 데 있다. 그러면서도 자서전의 규약을 보증하는 충실한 증언을 강조하며, 다른 한편으로는 편집과 연출의 자율성을 요구한다. 즉 내용이 현실의 작가의 삶을 충실하게 반영하기는 하되, 전통적인 자서전이 이야기의 연속성이나 회고적 문체 등을 요구하는 것에는 반기를 든다. 두브로브스키는 자신의 작품을 "양심적인 자서전autobiographie scrupuleuse"이라고 하면서 이야기의 모든 사건은 자기 자신의 삶으로부터 자의적으로 비롯된 것임을 밝혔다. 그는 오토픽션을 작가가 혼합된 픽션이라고 주장하면서, 주제와 텍스트 형성과 관련해서 작가 자신의 정신 분석적인 분석 체험이 소개된 것임을 주장했다. 이와 같은 이유로 오토픽션은 인생의 시간이 서술의 시간으로 재구성되어 응축되고 변이된 유희이며, 체험된 경험이 언어로 구성되어 문체 연구를 통해 견고해지는 유희로 간주된다.

필립 르죈은 이런 허구(픽션)의 형태가 어떤 전통에도 준거할 수 없기 때문에 오토픽션이라는 용어를 수용할 수 없다고 주장했었으나, 자서전의 이론적 전제 사항을 고려해 본 결과 오토픽션을 인정하게 된다. 그는 오토픽션을 작가의 독특한 전략을 통해 한정되지 않고 실행되는 하나의 영역으로 설명하면서, "독자가 대체적으로 자전적 서술을 허구처럼, 오토픽션처럼 받아들이기 위해서는 독자가 이미 가지고 있는 정보와 비교해서 불가능하거나 양립할 수 없는 이야기로 받아들여야 한다"(Lejeune, 1986, p.65)고 언급했다. 르죈은 1982년에 발표했던 도미니크 롤랭Dominique Rolin의 소설 『죽은 자들의 케이크 *Les Gateau des morts*』를 예로 들면서 오토픽션에 대해 설명한다. 작품은 2000년 8월 작가 자신이 죽음을 앞두고 느끼는 고통과 죽음에 대한 두려움을 이야기하는데, 르죈은 독자가 그런 상황을 하나의 가정이나 장난으로 읽을 뿐이지 진실로 받아들이지는 않는다는 점을 지적하면서 오토픽션이 이론적으로는 가능하지만 허구에 무게를 둔 장르임을 지적한다. 어쨌든 르죈이 오토픽션의 이론적 가능성을 수용하면서, 오토픽션은 더 이상 자서전과 반대되는 개념으로서가 아니라 자기에 대한 글쓰기의 다양하고 전략적인 글쓰기 중 하나로 받아들여지게 되었다. 오토픽션 작가로 자처한 세르주 두브로브스키 외에 아니 에르노Annie Ernaux, 프랑수아 누리시에 François Nourrissier와 같은 작가들의 작품도 오토픽션으로 간주되는데 그들은 '이것은 소설이면서 실제 이야기다' 혹은 '이 주인공이 바로 나이지만, 내가 아니기도 하다'라고 강조함으로써 르죈이 강조했던 오토픽션의 내적 모순성을 드러낸다. 오토픽션은 그 주창자인 두브로브스키가 『아들』에 대해서 "자서전도 아니고 소설도 아니다. 엄밀한 의미에서 『아들』은 그 둘 사이에서 작용한다"고 언급함으로써, 소설의 허구성과 자서전이 강조하는 사실의 재구성 사이에서 모호함을 떨쳐 낼 수 없음을 인정하기 때문이다. 그래서 르죈은 현대의 작가들이 자기에 대한 글쓰기에 다음과 같은 특성을 내포시킨다고 주장한다.

> 진실은 파악할 수 없는 것이면서도 불가피한 것이라고 느끼는 감정이 저자들을 다른 두 형태의 전략으로 이끌 수 있다. 모호한 글쓰기(저자를 표현하기는 하지만 글자 그대로의 진실에 대해 책임지지 않는 글쓰기임을 독자로 하여금 이해시키기) 혹은 다수의 글쓰기(완벽한 자전적 텍스트와 주어진 픽션뿐 아니라 경우에 따라서 모호한 글쓰기의 요소들까지 연결시키기).(Lejeune, 1988, p.79)

자기에 대한 글쓰기에서 진실을 말한다는 것은 가장 근본적인 요소 중 하나다. 근대 자서전의 효시로 여겨지는 루소의 『고백록 *Confessions*』 서문에서 작가는 "여기 자연에 따라, 그의 모든 진실 속에서 정확하게 그려진, 인간의 유일한 초상화가 있다"(p.3)[9]고 밝히는데, 여기에서 말하는 진실은 '그'의 진실로서 주관적인 것을 의미한다. 즉 자연의 진실과 완전히 부합하지 않음을 고백하고 있다. 이는 자서전 작가가 진실만을 이야기한다고 해도 그 진실은 거짓인지 참인

---

9) Jean-Jacques Rousseau, *Les Confession, Oeuvres Complètes*, Gallimard, Bibliothèque de la Pléiade, 1991/1959

지가 중요한 진실이 아님을 뜻한다. 과거의 사건을 회상해서 언어를 통해 이야기를 펼치는 자기에 대한 글쓰기가 객관적인 '정확성'을 담보하는 데는 어려움이 따를 수밖에 없기 때문이다. 과거를 재구성하기 위해서는 기억해야 하는데, 기억하는 과정에는 의식적으로든 무의식적으로든 가공 과정이 생성되고 사건들에 대한 의미화가 진행된다. 이런 과정은 자서전을 쓰는 작가가 글을 쓰고 있는 현재의 관점에서 자신의 과거를 해석하고 그 의미망을 구성하기 위해 필수 불가결하다. 자서전 작가는 결국 자신의 경험과 해석 그리고 상상에 근거한 주관적 진실을 고백하는 것이다. 위의 인용문에서 르죈이 지적한 것이 바로 이런 관점을 반영한다. 자서전에서 진실이 객관적으로 파악될 수는 없다고 해도, 작가의 입장에서는 자신의 진실을 이야기하는 것이 전제되기 때문에 현대 작가들이 모호하고 다중적인 글쓰기를 시행하고 있다는 것이다.[10) 오토픽션이 등장한 배경이 되는 부분이기도 하다. 그러나 오토픽션이 현대 작가들의 글쓰기에만 국한된 것은 아니다. 두브로브스키 이후 자서전 이론 연구에 힘쓴 자크 르카름과 엘리안 타본르카름은 오토픽션의 범주가 얼마나 방대할 수 있는지를 보여주었으며, 뱅상 콜로나Vincent Colonna는 오토픽션을 최대한 확장된 개념으로 인식한 연구 결과물을 선보이기도 했다.[11) 이렇게 해서 오토픽션의 의미는 점차 광의의 개념으로 인식되었고, 이는 오토픽션을 전통적인 의미에서의 자서

---

10) 자서전에서 진실과 성실성의 문제, 나아가 진정성의 문제에 대해서는 다음을 참조할 것. 유호식, 자서전: 서양 고전에서 배우는 자기표현의 기술』, op.cit., 57-78쪽.
11) Jacques Lecarme, Eliane Lecarme-Tabone, *L'Autobiographie*, op.cit, ; Vincent Colonna, *Essai sur la fictionnalisation de soi en littérature*, thèse de doctorat, sous la direction de Gérare Genette, E.H.E.S.S., 1989.

전과는 다른 형태의 자서전으로 수용하고자 한 두브로브스키의 주장과도 맞닿아 있다.

오토픽션, 그것은 자서전의 포스트모던한 형태다. (…) 사람들은 자신의 인생에 대해 더 이상 옛날에 그랬던 것처럼 느끼지 않는다. (…) 바로 이것이 오토픽션이라는 단어가 내게 흥미를 유발한 이유다. 오토픽션은 현대적 감수성과 전통적 감수성을 구별하게 한다.12)

두브로브스키는 전통적인 자서전을 집필했던 작가들의 감수성이 현실과 허구의 관계를 이분법적인 구조로 이해하는 것이었다면, 현대적 감수성은 그것들을 쉽게 분리할 수 없는 개념으로 수용하기 때문에 한 작품 안에 공존할 수 있음을 강조한다. 30여 년 동안 작가로서 오토픽션의 예를 실천한 동시에 비평가로서 이론을 이끌어 온 두브로브스키는 최근 이처럼 오토픽션의 영역을 넓히면서 전통적 자서전과의 차이점을 부각시키고 있다.

4. 알랭 로브그리예와 누보로망 작가들, '새로운 자서전'

필립 르죈은 기본적으로 자서전의 규약과 소설의 규약을 세우면서 자서전과 소설을 대립적이고 배제적인 관계로 상정했다. 자서전이 "외부 세계에 지시 대

---

12) Serge Doubrovsky, "Les points sur les I", in *Genèse et autofiction*, sous la dir. de Jean-Louis Jeannelle et Catherine Viollet, Academia Bruylant, 2007, pp.64-65.

상을 갖는 텍스트"(르죈, 윤진 옮김, 1998, 54쪽)임을 강조한 것은 자서전의 내용이 언제든지 현실에서 확인 가능한 사실이라는 현실 참조 기능의 중요성을 나타낸다. 즉 진실과 허구의 이분법적 구분을 통해 자서전과 다른 장르를 대별하고 있는 것이다. 그래서 자서전의 정의가 지나치게 형식적이고 엄격하다는 비판을 피할 수 없었고, 그 결과 새로운 시각에서 이론적으로 접근한 자기에 대한 글쓰기로 문학적 자화상, 오토픽션, 새로운 자서전 등이 등장했다.

양차 세계대전 이후 소설의 전통을 거부하면서 새로운 소설을 쓰기 위해 노력했던 누보로망Nouveau Roman 작가들은 르죈이 주창한 자서전의 규약도 전면적으로 비판했다. 누보로망 작가들은 고유 명사와 관계된 기준, 다시 말해서 필립 르죈이 자서전 이론의 토대로 주장했던 저자-화자-주인공 이름의 동일성을 위반하는 자서전을 내놓았다. 그들의 작품에는 자서전임을 명시적으로 밝히기는 하되, 이름이 저자나 화자와 상관없어 보이는 주인공이 등장한다. 르죈의 도표 중에서 빈칸으로 남아 있던 마지막 칸(이 책 31쪽 참조), 즉 자서전의 규약을 지키면서 저자와 주인공의 이름이 동일하지 않은 경우도 자서전임을 제시한다. 자서전 글쓰기에서 이들의 개혁적인 경향은 자연스럽게 이론가들의 주목을 받게 되고, 이런 글쓰기 양태를 지칭하기 위해 새로운 용어를 창조하려는 욕구가 발생하였다. 그리고 대표적인 누보로망 기수로서 미뉘Minuit 출판사의 편집 고문이기도 했던 알랭 로브그리예가 1985년 자신의 작품 『되돌아오는 거울 Le Miroir qui revient』을 '새로운 자서전nouvelle autobiographie'이라고 지칭하면서 누보로망 작가들의 자서전을 통칭하는 새로운 용어가 등장하게 되었다. 이 용어에 대해 르죈은 반대 입장을 표명하면서 오히려 누보로망이라는 표현을 사용하는 것이 적절하다고 주장했다. 누보로망과 누보로망 작가들이 발간한 자서전은 모두 새로운 미학의 표현이라기보다는 전통을 거부하는 의미를 지니고 있기 때문이라는 것이 그의 견해다.[13] 즉 자화상이나 오토픽션의 개념이 전통적인 자서전에 새로운 시각을 제시해 주는 데 반해, 누보로망 작가들의 자서전은 전통적인 개념 자체를 반대하고 거부하는 것으로부터 시작되었으며 전통적인 자서전을 부정하기 때문에 '새롭다'는 의미를 포함시키는 것 자체가 우스꽝스럽다는 것이다. 이후 누보로망 작가들의 자서전을 일컬어 '최근의 자서전 autobiographie nouvelle'[14]이라는 표현을 사용하기도 했지만, 로브그리에가 주창한 '새로운 자서전'은 여전히 누보로망 작가들의 혁신적인 자서전 글쓰기를 지칭하는 용어로 용인되고 있다.

누보로망 작가들에게 글쓰기는 텍스트 외부 세계를 재현할 수 없는 것이며, 진실한 동시에 성실한 저자의 이미지를 언어를 매개로 한 글쓰기를 통해 보여준다는 것 자체가 불가능하다. 따라서 '새로운 자서전'은 자서전이 아무리 진실에 바탕을 두고 있다 하더라도 언어를 사용하여 쓰인 문학 텍스트가 현실 자체가 될 수 없음을 지적한 것이며, 경험의 진실을 글쓰기의 진실과 동일시하는 것에 대한 비판이기도 하다. 일반적인 시각에서 자서전을 쓰는 근본적인 이유는 자기 자신의 존재의 의미를 이해함으로써 자신의 과거 경험과 사건을 증언하고 자신을 정당화하며 자기 정체성을 구성하는 것이다. 하지만 이와 달리 누보로망 작가들이 자서전을 쓰는 이유는 자신의 존재에 대해 파악하거나 이해할 수

---

13) Philippe Lejeune, "Nouveau Roman et retour à l'autobiographie", in *L'Auteur et le manuscrit*, P.U.F., 1991, p.52.

14) Jeanette M.L. den Toonder, "Qui est je?", in *L'écriture autobiographique des nouveaux romanciers*, Peter Lang, 1999.

없기 때문에 자서전을 쓰면서 자기 자신을 알아 가고 자기 정체성을 되짚어 보고 변화시켜 나가기 위함이다. 이것이야말로 누보로망 작가들이 노년에 접어든 1980년대부터 1990년대까지 이전과는 다른 자서전을 출간하게 된 배경이라고 할 수 있다.[15)]

글쓰기라는 행위를 통해 자기 자신을 파악하려는 자서전 작가들은 누보로망을 통해 실험하기도 했던 새로운 서술 방식인 교차 서술을 등장시킨다. 교차 서술 방식이란 텍스트 내에서 주인공이기도 하면서 제삼자로서 해설도 하는 화자인 이중적인 역할이 교대로 행해지는 것이다. 이런 서술 방식을 통해 화자는 한 영화에서 배우와 관객의 역할을 동시에 수행하는 것과 마찬가지의 역할을 한다. 나탈리 사로트Nathalie Sarraute의 『유년 시절 Enfance』이 바로 이런 예이다. 이 작품에는 어린 시절의 '나je'와 글을 쓰고 있는 현재의 '나'라는 두 명의 '나'가 등장하여, 과거에 대해 이야기하는 어린 '나'의 시각과 지금의 '나' 사이에 차이가 있음을 분명하게 보여 준다. 여기에서 '나'는 더는 단수의 의미가 아니고 파편화된 다수로 인식되어 변화하고 있음을 드러내는 장치 중 하나로 사용된다. 글을 쓰고 있는 현재의 나와 텍스트 내에서 행동하고 말하고 있는 과거의 나는 동일한 '나'가 아니라고 여기기 때문이다.

이들의 자서전에서 현실을 재현한다는 진실성의 기준은 배제된다. 누보로망

---

15) 누보로망 계열 작가들의 자서전 중에 다음 작품들을 '새로운 자서전'으로 눈여겨 볼만하다. Claude Simon, *Les Géorgiques*, Edition de Minuit, 1981; Nathalie Sarraute, *Enfance*, Gallimard, 1983; Alain Robbe-Grillet, *Le Miroir qui revient*, Edition de Minuit, 1984; Marguerite Duras, *L'Amant*, Edition de Minuit, 1984; Marguerite Duras, *L'Amant de la Chine du Nord*, Gallimard, 1991.

작가들에게 자신의 과거 사건을 회상한다는 것은 기억과 환상이라는 분리될 수 없는 구조 속에서 언제나 상상력과 관계 맺는 것을 의미한다. 로브그리예는 자서전에서 기억과 상상력의 관계를 상상력이 말하고 상상력이 기억에 대해 말하는 것으로 파악했다. 요컨대 기억은 상상력을 통해, 상상력에 의해서만 작동할 수 있음을 역설한 것이다. 또 클로드 시몽Claude Simon은 모든 것이 자전적이며 심지어 상상력조차도 자전적인 것이라고 언급함으로써, 상상과 허구로 대표되는 소설과 현실 참조를 바탕으로 삼는 자서전의 경계를 허물었다. 그래서 누보로망 작가들의 자서전은 허구적인 요소들을 수용하는 반면 확인될 수 있는 기준, 즉 텍스트 외적인 요소들과는 거리를 두는데, 이는 현실이라는 기준이 저자의 인생을 이해하기 위해 필수 불가결한 것이 아니라고 여기기 때문이다. 저자의 회상과 기억처럼 현실에서 확인할 수 있는 요소들은 상상력을 통해 강화되는 것이며, 자서전 작가 역시 허구적인 요소들의 도움을 얻어야만 '현실'을 상상할 수 있게 되고 그 상상된 내용이 텍스트화된다는 것이다. 그래서 그들의 자서전에서는 이미 출간했던 작품들이나 소설들과 그들의 인생의 이야기가 뒤섞인다. 허구 자체가 자연스럽게 자서전의 한 부분을 차지하게 되는 것이다. 누보로망 작가들의 자서전 연구자인 자네트 덴 툰데는 이들의 글쓰기에 대해 "최근의 모든 자서전들은 두 가지의 이야기로 구성되는데, 하나는 인생의 이야기이며 다른 하나는 책의 이야기"(p.97)라고 정의하였다. 이처럼 누보로망 작가들은 상상력을 중심축으로 삼는 기억과 소설들 사이에서의 상호 텍스트적인 기능을 중요시한다. 이미 존재하는 작품들은 텍스트 외부적인 현실에 다가가기 위해 절대적으로 중요한 중개 역할을 한다는 것이다. 마르그리트 뒤라스의 경우 여러 버전의 자서전을 썼는데, 말년에 발표한 『북중국의 연인 *L'Amant de la*

Chine du Nord』은 많은 부분을 자신의 전작들과 비교함으로써 자신의 삶을 재구성하는 동시에 책의 이야기로 구성되는 글쓰기를 선보였다. 허구적인 요소들을 강조하면서 행해지는 이런 자서전 글쓰기는 결국 장르 사이의 경계를 삭제하고 문학 작품과 인생 사이의 경계를 지우기에 이른다.

이런 주장에 대해 르죈을 비롯한 자서전 연구자들도 장르에서 현실의 미학적인 재현과 현실 참조 사이에는 부정할 수 없는 긴장감이 형성됨을 인정한다. 자서전이 전통적으로 마치 비허구적인non-fictionnel인 것처럼 간주됨에도 불구하고, 다양한 허구적 요소들을 모두 제외시킬 수는 없기 때문이다. 누보로망 작가들의 작품 외에도 르죈의 자서전의 규약에서는 벗어나지만 자서전으로 간주되는 작품들은 이미 존재하고 있었으며, 계속해서 등장하고 있다. 예를 들어 스탕달Stendhal의 『앙리 브륄라르의 인생 *Vie de Henry Brulard*』은 19세기에 출판된 작품이기는 하지만 현대적인 요소들을 상당부분 포함하고 있다. 형식 면에서 볼 때, 르죈이 제시한 저자-주인공-화자의 이름의 동일성이 지켜지고 있지 않고 제목만으로는 누군가의 전기를 쓴 것 같다. 내용 면에서 볼 때, 작가인 스탕달의 인생의 이야기가 전개되고 있기 때문에 텍스트 외적인 요소인 현실을 참조했을 때는 이 작품이 자서전임을 확인할 수 있다. 또한 스탕달은 추억이나 기억의 핵심은 상상력에 둘러싸여 있기에 상상력과 분리될 수 없다고 생각했으며, 스스로 가장 진실하고 성실하게 자서전을 쓰기를 열망했기 때문에 머릿속에 처음 떠오르는 것들을 쓴 후에 내용을 수정하거나 누락된 이야기를 더 채워 넣는 글쓰기를 지양하기도 했다. 작가가 내용을 고쳐 쓰다보면 처음 기억했던 것과 다른 이야기로 변질될 것이라고 우려했기 때문이다. 이처럼 이 작품은 동시대의 『고백록』과는 많은 차이를 보이는 자서전임을 알 수 있는데, 르쥔은 이런 글쓰기를 간과하고 루소의 자서전만을 기준으로 삼아 자서전의 규약을 내세운 것이다. 레리스의 후기 자서전 역시 르죈이 제시한 협의의 자서전에는 포함시킬 수 없는 대표적인 작품인데, 과거 회상형의 산문으로 된 이야기보다는 파편적인 에세이들이 등장하고 시가 자서전과 뒤섞여 있다. 또한 조르주 페렉Georges Perec의 자서전 『W 혹은 유년기의 기억 *W ou le Souvenir d'enfance*』은 소설과 자서전이 번갈아 가면서 규칙적으로 이어진다. 자서전 이론가들은 이와 같이 장르의 경계를 허무는 글쓰기들을 넓은 의미의 자서전으로 규정하기도 하고, 자서전에 포함시키기도 한다. 이렇게 해서 르죈이 내세운 소설의 규약과 자서전의 규약이라는 엄격한 장르의 구별은 혼합된 구조를 지니는 새로운 문학적 규범에 그 자리를 내줄 수밖에 없게 되었다.

2장 문학적 자화상 : 마담 롤랑

1. 마담 롤랑의 『회상록』과 자서전 이론

1754년에 마리 잔 (마농) 필리퐁Marie-Jeanne (Manon) Philipon이라는
이름으로 태어나 1793년에 단두대에서 삶을 마감한 마담 롤랑은 프랑스 대혁
명 당시 공화파 여성으로서 공포정치 아래 감옥에 갇혀 『회상록 *Mémoires*』[16]

---

16) Madame Roland, *Mémoires de Madame Roland*, Edition présentée et
annotée par Paul de Roux, Mercure de France, 1986: 1795년에 보스크Bosc 출판사
에서 *Appel à l'impartiale postérité*라는 제목으로 처음 출판되었으며, 1800년에는 샹파
뉴Champagneux가 *Oeuvres de M.-J. Ph. Roland*으로 출판했다. 1820년 '프랑스 대혁
명과 관계된 회상록 컬렉션' 전집에 *Mémoires de Madame Roland*이 출간되기도 했다.
롤랑가( )를 연구하는 데 헌신했던 역사학자 피에르 페루Pierre Perroud가 1905년에 이
르러서 비평문이 담긴 마담 롤랑의 *Mémoires*를 출판했으며, 이 책에서는 메르퀴르 드 프
랑스Mercure de France출판사에서 폴 드 루Paul de Roux가 피에르 페루의 주해를 참조

을 집필했다. 지롱드파의 여성 조언자로서 역사·정치적으로 유명한 인물이었던 그녀는 오랫동안 그 가치를 인정받지 못했지만 뛰어난 문학적 재능을 지닌 작가이기도 하다.

마담 롤랑은 단두대에서 죽음으로써 비극적이고 역사적인 인물로 평가되며, '지롱드파의 여왕'이라는 별칭이 붙었을 만큼 정치적으로 중요한 역할을 수행했다는 점에서 논쟁의 대상이 되기도 했다. 파리의 중류 부르주아 가정의 외동딸로 태어난 그녀는 어린 시절부터 재기가 넘쳤던 것으로 유명하다. 귀족이었던 롤랑 드 라 플라티에르Roland de la Platière와 결혼한 후 남편의 정계 입문을 도왔던 마담 롤랑은 남편이 1792년 내무 장관이 되었을 때도 적극적인 조력을 아끼지 않았던 것으로 알려져 있다.

마담 롤랑이 남긴 자전 작품은 작가로서 그녀의 재능을 잘 보여 주며, 특히 낭만주의 작가들이 『회상록』에 대해 높이 평가했다. 스탕달은 자신의 자서전인 『앙리 브륄라르의 인생』의 수취인을 마담 롤랑으로 상상하면서 글을 썼다고 한다. 이에 대해 베아트리스 디디에는 스탕달이 프랑스 대혁명에 동의한다는 의미를 내포하는 동시에 마담 롤랑에게서 위대한 자서전 작가로서의 면모를 발견했기 때문일 것이라고 강조했다.[17]

『회상록』은 마담 롤랑의 드라마틱한 상황을 증언하는 여러 겹의 이야기로 구성되어 있다. 이 작품은 '역사적 개요', '초상화와 일화들', '특별한 회상' 그리

해서 주석을 단 판본을 참고했다.

17) Béatrice Didier, *La littérature de la révolution française*, "Que sais-je?", P.U.F., 1988, p.115.

마담 롤랑의 초상과 『회상록』 표제지

고 '마지막 사유들'이라는 네 부분으로 나뉘어 제시된다. '역사적 개요'는 자신의 "위치를 알리는 공적인 것에 인접한 모든 사람들과 모든 사건들에 대한 세부 묘사"를 담고 있다.(p.147) '초상화와 일화들'은 '역사적 개요'에서 이야기했던 내용을 보완하거나 바꾼 부분이며, '특별한 회상'에서는 저자의 개인적인 인생 이야기가 전개된다. 사형을 당하기 바로 전 며칠 동안 쓰인 '마지막 사유들'은 유언과 같은 역할을 하는 내용으로 구성되어 있다.

우리는 여기에서 자서전 이론의 측면에서 분석하고자 하는 시각에 부합하는 마담 롤랑의 어린 시절과 젊은 시절에 대한 이야기인 '특별한 회상'을 살펴보고자 한다. '특별한 회상'은 근대적 자서전의 예로 자주 언급되는 루소의 『고백록』처럼 개인적인 인성에 대한 이야기를 담고 있으며, 어린 시절부터 시작되어 '나

moi'가 어떻게 변화하고 성숙해지는지를 잘 보여 준다. 공포정치 중에 감옥에 갇혀 있던 마담 롤랑이 스스로를 변호하기 위해 쓴 『회상록』에 '특별한 회상들'이 이야기하는 어린 시절에 대한 내용은 꼭 필요한 것은 아님에도, 이야기의 전개에서 나머지 세 부분과는 개연성이 떨어지는 어린 시절 이야기를 삽입했다. 이는 마담 롤랑이 감옥에 갇혀 있는 동안 자신의 삶을 되돌아보니 사적인 인생에 대해서도 고찰하게 되었고, 자연스럽게 "자기 자신의 존재를 소재로 하여 개인적인 삶, 특히 자신의 인성의 역사를 중점적으로 이야기한, 산문으로 쓰인 과거 회상형의 이야기"(필립 르죈 지음, 윤진 옮김, 17쪽)를 전개하게 된 것이라고 할 수 있다. 다시 말해서 르죈이 자서전을 정의 내릴 때 대표작으로 제시한 루소의 『고백록』과 '특별한 회상'은 비슷한 맥락에서 살펴볼 수 있다. 루소의 자서전이 1782년(1권)과 1789년(2권)에 세상의 빛을 봤던 것에 비추어 볼 때, 1795년에 출판된 마담 롤랑의 '특별한 회상'은 동시대의 감성으로 쓰인 자기에 대한 글쓰기다. 그러나 마담 롤랑은 루소의 자서전 글쓰기에 영향을 받아 그것을 답습하기보다는 자신만의 개성과 독창성을 보여 주었으며, 문학적 자화상의 특성들을 내포하는 글쓰기를 행했다.

2. 마담 롤랑의 『회상록』과 장 자크 루소의 『고백록』

루소의 자서전 글쓰기가 자신에게 벌어진 불공정한 비방에 맞서는 방법이었다면, 마담 롤랑은 프랑스 대혁명이라는 역사적 사건을 마주하고 자기 자신을 변호하고 정당화하는 행위로서 이 작품을 썼다. 『회상록』의 텍스트는 모두 감옥에서 집필되었다. 정치적인 상황이 급박했기 때문에 스스로를 되돌아보고 그 상황을 견딜 수 있는 힘을 얻기 위해 자기에 대해 글을 썼을 것으로 짐작할 수 있다. 여기에 자서전 글쓰기의 동기와 목적에서 『고백록』과 『회상록』은 자연스럽게 차이가 있음을 알 수 있다. 제목에서부터 출발하는 두 텍스트의 차이는 이후 비평가와 독자들에게 수용되는 양상에서도 발견된다. 전자는 필립 르죈이 자서전 이론을 창시했을 때부터 근대적 자서전의 모델이었고, 후자는 정치인이나 역사가가 쓴 일반적인 회상록으로 받아들여졌다. 그러나 마담 롤랑의 『회상록』 중에서 특히 '특별한 회상' 부분은 회상록의 전통을 지니는 동시에 루소의 자서전 글쓰기처럼 자서전 기능을 발견할 수 있다. 게다가 마담 롤랑 자신이 여러 번에 걸쳐 자신의 사상이 루소의 영향을 받았음을 고백하고 있다는 점을 눈여겨 볼만하다.

(…) 나는 실질적으로 루소의 작품을 아주 늦게 읽었지만, 그의 작품은 나를 사로잡았다. 그것은 나를 열광케 했으며 나는 그의 작품만 읽고 싶었었다.(Madame Roland, p.425)

나는 스물한 살이었고, 이미 많은 책을 읽었으며 꽤 많은 수의 작가, 역사가, 문학가 그리고 철학자들을 알고 있었다. 그렇지만 루소는 내가 여덟 살 때 읽었던 플루타르코스에 견줄 수 있을 만큼 강한 인상을 주었다. 그를 알기 전에 내가 가지고 있던 감정을 해석해 주었으며 고유한 나 자신이 되게 한 정신적 양식이었던 것 같다.(Madame Roland, p.464)

첫 번째 인용문에서 화자이자 주인공인 마담 롤랑은 자신의 독서 경험을 떠올리면서 루소의 작품을 처음 접했을 때의 감동을 이야기한다. 그리고 그때부터 루소의 작품들을 얼마나 열심히 읽게 되었는지를 고백한다. 두 번째 인용문은 루소의 『누벨 엘로이즈 *Nouvelle Héloise*』를 읽은 후의 감동을 전하는 부분이다. 이 작품이 출판되었을 당시 엄청난 독자층을 확보했던 것처럼, 계몽주의와 대혁명 시대의 지식인이었던 마담 롤랑 역시 루소의 작품에 사로잡혔던 것을 알 수 있다. 그러나 그녀는 단순히 열정적인 독자로 머무는 것에 만족하지 않았다. 마담 롤랑에게 루소는 그저 독서의 즐거움을 제공하는 작가로 국한되지 않았기 때문이다. 그녀는 루소가 그렇게 했던 것처럼 고백하는 것이 자서전을 쓰는 중요한 동기 중 하나임을 보여 주기를 주저하지 않았다. 마담 롤랑은 '특별한 회상'에서 어린 시절 조각가였던 아버지의 제자가 강간을 시도했다는 사실을 고백한다. 여성이 정치 전면에 나서는 것이라든가 글을 쓰는 행위를 힐난의 눈길로 바라보았던 18세기 말에 이런 고백을 했다는 것은 매우 이례적인 사건이었다. 생트뵈브Sainte-Beuve가 이를 두고 "외설스러움의 불후의 행동"라고 말했을 정도로 대담한 고백이었던 것이다. 마담 롤랑은 자신의 텍스트에 직접적으로 루소의 '훔친 리본 이야기'를 언급하기도 했다.

나에게 그 일(강간 시도)은 철들던 시절까지도 충격적인 사건으로 남아 있었다. 나는 그 일을 떠올릴 때 아주 힘들었고, 신뢰하는 무척 친한 친구에게도 절대 그 일에 대해 입을 열지 않았으며, 중요한 일을 숨겨 본 적이 없던 남편에게조차 그 일에 대해서는 한결같은 침묵을 지켰다. 루소가 훔친 리본 이야기를 기록했던 것에 비하면 내 사건은 비교도 할 수 없는 것이지만 그 일에 대해 글을 쓰기 위해서 나는 루소만큼이나 노력을 기울여야 했다.(Madame Roland, p.337)

이처럼 루소의 『고백록』을 읽었던 마담 롤랑에게 그의 글쓰기는 자신의 수치스러운 과거를 고백할 수 있도록 한 동기로 작용했다. 작가는 그저 루소와 자신의 글쓰기를 비교하는 것에 그치지 않고, '특별한 회상'에서 강간을 당할 뻔했던 사건에 대해 매우 분명하게 고백한다. 어린 마농(마담 롤랑의 이름)이 아버지의 작업장에 갔을 때 제자 중 한 명이 "그녀의 손을 잡고 장난치는 것처럼 작업대 밑으로 끌고 들어가서 아주 이상한 것을 만지게 했다"(마담 롤랑, p.331)고 명시적으로 이야기한다. 이 제자는 다른 날에도 마농을 강간하려고 시도했었는데, "그는 나를 뒤에서 붙잡더니 내 팔 밑으로 손을 넣고서는 안아 올렸다. 그러고는 내 치마가 위로 올라가게 하고 의자에 앉으면서 동시에 나를 자기 무릎 위에 앉혔다. 나는 뒤에 있는 이 이상한 물건을 느꼈다."(Madame Roland, p.334) 작가는 자신이 강간을 피할 수는 있었지만 이 사건에서 비롯된 충격으로 인해 오랫동안 성생활에 대한 두려움을 가지고 있었음을 고백하기도 한다. 이런 이유로 스물다섯 살에 결혼한 그녀에게 첫날밤은 "놀랍기도 했지만 그만큼 불쾌한 느낌"(Madame Roland, p.336)이었다고 전한다. 이 고백을 통해 발견할 수 있는 특별한 점은 첫날밤에 대해 행복하다는 상투적인 표현을 사용하기를 부정하고 있다는 것과, 그 시대 여성으로서는 지켰어야 할 성생활에 대한 침묵을 거부하고 있다는 점이다. 마담 롤랑이 수치스럽고 내밀한 기억을 글로 남기는 결정을 하는 데 루소의 텍스트가 적잖은 영향을 주었다는 점을 쉽게 짐작할 수 있지만, 위에서 살펴본 것처럼 사건에 대해 상세하게 고백하는 동시에 그 사건이 자신에게 미친 파급력까지 세세하게 설명하는 그녀의 고백은 루소와는 차별되는 고유한 독창성을 지니고 있다. 작가의 재능과 기질에 입각한 독창성과 더불어 작가가 여성이라는 점에서도 이 텍스트의 독창성을 발견할 수 있다. 마담 롤랑이 글을 쓰던 때에는 여성이 쓴 자서전이 많지 않았다. 베아트리스 디디에가 「마담 롤랑과 자서전 Madame Roland et l'autobiographie」[18]라는 논고에서 지적했던 것처럼 마담 롤랑은 적어도 프랑스에서 자서전을 쓰는 여성들의 선구자 역할을 한 작가다. 낭만주의 이전에 여성들이 쓴 자서전은 생트 테레즈 다빌라Sainte Thérèse d'Avila가 썼던 것처럼 대부분 수녀들이 쓴 종교적 고백록들이었다. 종교적 고백록은 자연스럽게 영적인 회심이나 변화의 내용이 중심이 되었다. 사실 여성들은 편지나 내면 일기를 통해 자신의 내밀한 것들에 대해 글을 많이 써 왔음에도 불구하고, 자신들의 인생 전체에 대한 글쓰기는 남성들보다 늦게 시작했다. 이는 남성들보다 성과 관련되어 이야기하는 것이 터부시되었던 것을 이유로 꼽을 수 있다. 이런 점에서 마담 롤랑이 강간을 당할 뻔했던 사건과 자신의 첫날밤에 대해 솔직하게 이야기하는 것은 이 텍스트의 독창성을 잘 보여 주는 면이라고 할 수 있다.

3. 『회상록』과 자화상, 그리고 보편성

루소의 글쓰기로부터 직접적인 영향을 받았지만, 마담 롤랑의 '특별한 회상'은 텍스트 초반부터 『고백록』과는 차이가 있음을 보여 준다. 대부분의 자서전

---

18) Béatrice Didier, "Madame Roland et l'autobiographie", *Autobiographie et biographie: colloque franco-allemand de Heidelberg*, Textes réunis et présentés par Mireille Calle-Gruber et Arnold Rothe, Nizet, 1989, pp.67-90.

이 자신이 태어나게 되는 과정이나 가족에 대해 묘사하면서 시작하는 것과 다르게, 이 작품의 첫 부분은 화자이자 주인공인 마담 롤랑이 글을 쓰고 있는 현재의 상황에 대해 묘사하면서 시작된다. 요컨대 루소를 비롯한 많은 자서전 작가들이 몇 년 몇 월 며칠 어디에서 태어났으며 자신의 가족 구성원은 어떠했고 더 나아가 조상이 어떤 사람들인지를 밝히는 것과 다른 모습을 보인다. '특별한 회상'은 먼저 "1793년 8월 9일 생트펠라지 감옥"(Madame Roland, p.301)에서 글을 쓰고 있다는 내용으로 운을 뗀 후, 수감자로서 자신의 생각과 후회되는 일들에 대해 이야기한다. 루소나 다른 작가들의 자서전과 비교할 때 이 작품의 특수성은 이처럼 텍스트의 초반부터 나타난다. 이는 미셸 보주르가 주창한 문학적 자화상에서 엿볼 수 있는 특징이라고 할 수 있는데, '나는 누구인가'라는 질문을 가지고 출발하는 자기에 대한 글쓰기에서 자서전이 '내가 어떻게 이렇게 되었는지'를 묘사하는 반면 문학적 자화상은 '내가 무엇을 했는지가 아니라 지금의 나'를 보여 준다는 점을 잘 드러내고 있다고 할 수 있다.

이 작품은 렘브란트가 자화상을 그리듯이 현재의 자신을 그린다는 점에서도 몽테뉴의 전통을 이어받고 있다. "나를 그리는 것이 중요하고, 사람들이 나의 불규칙성을 봐야 한다. 나는 펜을 지휘하는 것이 아니라 펜이 원하는 대로 나아가도록 내버려 둔다."(Madame Roland, p.468) 이렇듯 몽테뉴가 그랬듯이 마담 롤랑도 '스스로를 그리면서' 자기 자신을 재현하려는 의도를 가지고 있었다. 이 텍스트의 문학적 자화상으로서의 특성은 단순히 자서전 글쓰기의 동기에만 국한되지 않는다.

아마도 여기가 내 초상화를 그리는 곳일 것이다. (…) 내 키는 열네 살 때 성장이 모두 이루

어져 지금처럼 5피트였다. 다리는 늘씬하며, 발은 안정적이고, 엉덩이는 치켜 올라가고,

가슴은 크고 멋지게 자리 잡고 있으며, 어깨는 튀어나오지 않았고, 몸가짐은 꼿꼿하고 우

아하며, 걸음걸이는 빠르면서도 경쾌한 모습이 나를 처음 봤을 때의 인상이다.(Madame

Roland, p.388)

화자이자 주인공인 마담 롤랑은 자신의 신체 묘사를 계속하는데, 두 페이지에 걸쳐 자신의 입술, 눈, 코, 이마, 턱, 피부 등을 묘사한다. 이는 미셸 레리스가 자기에 대한 글쓰기를 자신의 외모를 묘사하면서 시작했던 것처럼 문학적 자화상의 특징을 잘 보여 준다고 할 수 있다. 보주르가 문학적 자화상의 예로 분석했던 『성년 *L'Age d'homme*』에서 레리스는 자신의 나이가 몇 살이며 글을 쓰고 있는 현재의 얼굴이 어떤 모습인지를 상세히 그린다. 거울이 비춰 주는 대로 자신을 그리는 자화상처럼 문학적 자화상의 글쓰기를 하고 있음을 드러내는 부분이다.

문학적 자화상은 몽테뉴가 고백했듯이 각각의 인간에게 주어진 조건 속에서 그것을 보여 주는 글쓰기를 뜻하기도 한다. 이는 하나하나의 사람이 유일성을 가지는 동시에 자신이 속한 문화적 전통 속에서 살 수밖에 없음을 인정함으로써, 자기에 대한 글쓰기가 개인적인 주제나 추억을 통해 전개된다 할지라도 그 안에는 보편성이 상존함을 의미한다. 마담 롤랑의 '특별한 회상'에서도 이런 점을 발견할 수 있는데, 자신의 고유한 삶을 이야기하는 동시에 프랑스 대혁명이라는 역사를 증거하고 있기 때문이다. 그녀는 계속해서 자신의 개인적이고 민감한 이야기 단락을 보편적인 것과 연관 지어 확인시켜 준다. 베아트리스 디디에는 이런 부분을 다음과 같이 분석하기도 했다. "'특별한 회상'은 역사를 대면

한 작가가 위대함을 지니고 있는 훌륭한 예시다 ─ 그녀가 전적으로 참여하기도 했으나, 마주하고 거리를 두기도 했던 역사."(Didier, 1989, p.268) 거의 대부분의 작가들이 각자의 고유한 경우를 뛰어넘는 면모를 지닌 글을 썼음에도 마담 롤랑이 프랑스 대혁명이라는 중요한 역사적 상황과 자신의 고유한 삶을 뒤섞음으로써 더 큰 의미를 갖는 이유다. 그녀는 다음과 같이 고백하기도 했다.

> 나는 감옥에 갇힌 사람이고 십중팔구 희생자로 죽음을 맞게 될 것이다. 내 의식이 모든 것을 대신한다. 많은 것을 소유했던 솔로몬이 지혜를 구했던 것과 같은 상황이 나에게도 이를 것이다. 나는 정의가 존재하는 평화를 원했다. 그리고 나 역시 미래 세대에게 어떤 존재가 될 것이다.(Madame Roland, p.30)

이렇게 해서 '특별한 회상'이라는 제목 자체가 후대 독자들의 시각에서 의미를 지닌다. 개인의 특수성에서 시작된 글쓰기가 독자들에게 대혁명 시대를 특별한 방식으로 증언하기 때문이다. 그래서 이 텍스트는 문학뿐 아니라 정치와 사회 영역에서 그 시대를 증언하는 대표성을 띤 특별한 위치를 차지하게 된다. 이로써 개인적인 이야기가 더 광범위한 사회 흐름과 역사를 대표할 수 있다는 미셸 보주르의 주장이 마담 롤랑의 '특별한 회상'을 통해 설득력을 얻는다.

4. 『회상록』의 주제, 독서와 글쓰기

'특별한 회상'은 문학적 자화상의 여러 특성을 지니는 동시에 전통적 자서전의 특징도 가지고 있는데, 연대기적 순서를 존중하고 있다는 점이다. 화자이면서 주인공인 마담 롤랑은 자신의 부모와 주변 사람들, 그리고 자기의 어린 시절과 청소년기를 차례차례 이야기한다. 이렇게 이야기의 순서가 연대기적 구조를 따르고 있음에도, 독자는 작가가 언제나 독서와 글쓰기 체험이라는 주제로 돌아오는 것을 발견할 수 있다. '특별한 회상'에서 가장 중요한 위치를 차지하는 것이 바로 이 두 주제이다. 기억을 사로잡고 있는 독서와 글쓰기라는 두 주제가 마담 롤랑이 글을 쓰는 원동력 역할을 수행한다고 할 수 있다. 이 텍스트에서 독서와 글쓰기는 이야기의 줄거리를 만든다기보다 이야기의 흐름을 정해 주는 것으로 보인다.

사실 독서라는 주제가 자서전에 등장하는 것은 꽤 진부하게 느껴질 수 있다. 루소나 조르주 상드George Sand를 비롯해 대부분의 위대한 작가들의 자서전에는 어린 시절부터 이어진 독서 체험에 대한 이야기가 포함되어 있기 때문이다. 그러나 마담 롤랑의 텍스트에서 독서는 끊임없이 나타남으로써 지나칠 정도로 큰 위치를 차지하고 있어서 글쓰기의 핵심처럼 보인다. 루소의 자서전과 비교하여 '특별한 회상'의 특수성 중 하나는 독서라는 주제와 관련하여 화자가 삽입하는 주해와 여담이 텍스트에서 중요한 역할을 한다는 것이다. 화자는 연대기적 순서를 무시한 채 여담과 주해를 개입시키는데, 이 점은 이 텍스트에서 주목할 만하다. 마담 롤랑이 선호하는 작가들에 대해 언급했던 것을 모두 나열할 수는 없겠으나, 문학과 철학 분야의 위대한 저자들 중에서 프랑스 대혁명이 일어나는 데 중요한 역할을 한 플루타르코스Plutarque를 꼽을 수 있으며, 어린 시절 마담 롤랑에게 가장 강한 인상을 준 작가들은 페늘롱Fénelon, 몽테스키외Montesquieu, 볼테르Voltaire, 디드로Diderot, 마담 드 세비녜Madame de

Sévigné를 들 수 있고, 그 밖에도 18세기를 풍미했던 백과사전파와 당대의 사제들 등이 있다. 이렇게 다양한 작가들의 작품을 읽던 행복했던 시절을 계속 추억하는 것은 아마도 자신이 글을 쓰고 있는 생트펠라지 감옥에서의 유폐된 삶을 잊기 위한 방법이었을 것이다. 마담 롤랑은 열정적인 독서가 자신에게 상상할 수 있는 힘을 불어넣어 주었고, 그것이 자신의 삶을 지탱하는 중요한 요소라고 고백한다.

> 온화한 페늘롱은 내 마음을 감동시켰으며 타소Le Tasse는 내 상상력에 불을 지폈다. 가끔은 어머니의 요청으로 내가 좋아하지 않던 것을 큰 소리로 읽기도 했다. (…) 호흡이 빨라졌고 불이 얼굴을 뒤덮은 것 같은 느낌이었으며, 갈망하는 목소리는 나의 흥분 상태를 드러냈다. 나는 텔레마코스Télémaque에게 에우카리스Eucharis였고 탕크레드Tancrède에게는 에르미니Herminie였다. 그러나 그런 여성들로 변화하면서도 나 자신이 누군가를 위해 존재하는 것을 상상하지는 못했다. 나는 나 자신으로 되돌아오지 않았으며 내 주변에서 아무것도 찾지 않았다. 나는 바로 작품 속의 그녀들이었고 그녀들을 위해 존재했던 사물들만 보았다. 그것은 깨어나지 않는 꿈이었다.(Madame Roland, pp.323-324)

이같이 열광적인 상상의 인생이 마담 롤랑을 열정적인 독서로 이끌었던 것이다. 그녀는 집에 있던 작은 도서관의 책들을 "집어삼키고" 계속해서 "다시 읽기를 시작"할 만큼 독서에 열중했다. '특별한 회상'의 독자는 독서에 대한 이런 묘사들을 여기저기에서 발견할 수 있다. 수감되어 있던 화자이자 주인공인 마담 롤랑은 자기에 대한 글쓰기를 통해, 그리고 독서 경험에 대해 기억하면서 '나moi'의 이야기를 되새기고 있는 것이다. 작가는 자기에 대한 글쓰기에서 단순히 어린 시절과 청소년기의 이야기를 연대기적으로 서술하려고 하지 않았다. 그녀는 독서 경험을 자유스럽게 삽입함으로써 그녀가 한 일을 말하는 것이 아니라, 그녀가 현재 누구인지를 제시하고 있는 것이다.

　미래의 마담 롤랑, 마농은 열정적인 독서로부터 점차 글쓰기를 향해 나아간다. 그녀의 글쓰기는 수녀원에서 일 년을 보내고 나와서 친구들에게 보내는 편지로 시작된다. 특히 아미앵 출신의 친한 친구 소피 카네에게 많은 편지를 보냈다. "나는 친구들을 편지로 대체했는데, 특히 소피와 많은 편지를 주고받았다. 내가 글 쓰는 취향을 갖게 된 원인 중 하나는 내 안의 재능이 커져 갔기 때문이다."(Madame Roland, p.356) 마농이 친구 소피에게 첫 편지를 보낸 것은 열세 살 때 일이다. 마담 롤랑이 서간 문학을 통해 글쓰기를 시작했음은 '특별한 회상'에서 자주 언급된다. 그녀의 풍부한 서한들은 마담 롤랑이 전 생애에 걸쳐 끊임없이 글을 쓴 인물이라는 흔적을 남겼다. 열정적인 서한문 작가였던 그녀는 파리에서 벌어지는 문학과 정치 소식, 그리고 자신의 독서와 그 비평을 친구들과 나누었다. 마농은 편지들을 통해 개인적인 생각과 꿈, 세상에 대한 의심 등을 전했다.

　편지글을 통해 시작한 마담 롤랑의 글쓰기는 점차 그 영역을 확장시키기에 이른다. 특히 마농이 진심을 다해 사랑했고 그녀에게 독서 습관을 길러 준 어머니의 죽음 이후 그녀는 더욱 진중하게 독서하는 습관이 생겼고, 점차 글쓰기의 필요성을 깨닫기에 이른다.

공부는 나에게 더 이상 소중할 수 없을 정도로 중요해졌고, 나를 위로해 주었다. 나 자신에게 빠져서 자주 우울했던 나는 글쓰기가 필요함을 느꼈다. 내 생각들을 이해하고 싶었고,

펜의 도움으로 생각들을 명확히 할 수 있었다.(Madame Roland, p.466)

이처럼 마농에게 공부와 글쓰기는 슬픔을 달랠 수 있는 도피처이자 위로였다. 이어서 작가는 "여가에 대한 작품들과 여러 성찰들Oeuvres de loisir et réflexions diverses"이라는 제목의 글을 쓰기 시작했다고 고백하기도 하고, 브장송 학술원에서 발의한 "여성의 교육이 어떻게 더 나은 인간이 되는 데 이바지할 수 있을까"라는 제목의 콩쿠르에 자신이 논문을 썼음을 이야기한다. 이 콩쿠르에서 상을 받지는 못했지만, 마담 롤랑은 자신이 어린 시절부터 끊임없이 글을 써 왔음을 독자들에게 알리기를 원했던 것 같다. 이런 텍스트들은 작가 사후에 파편적으로 출간되기도 했다. 그녀의 텍스트들은 18세기의 여성이 작가가 되는 것이 어려운 일임을 의식하고 있었던 마담 롤랑이 자신의 감정과 생각의 흔적을 후대에 남기고픈 큰 열망을 품고 있었음을 알게 해 준다. '특별한 회상'에서 마담 롤랑은 당시 여성이 글을 쓰면 많은 것을 잃을 수밖에 없다고 이야기하면서, 그 이유는 남성들이 좋아하지 않기 때문인데 형편없는 글은 남성들의 조롱거리가 되고 훌륭한 글은 제거해 버린다는 의견을 서슴없이 내놓았다. 자신을 기다리는 단두대를 의식해서인지, 작가의 글쓰기는 터부시되었던 성에 대해 이야기하는가 하면 당대 남성 우월주의를 직접적으로 비판할 정도로 대담하다.

그녀에게 글쓰기는 어린 시절부터 감옥에서 죽음을 목전에 둔 말년까지 이어질 정도로 소중한 것이었고, 결국 『회상록』은 미완성으로 남는다. 마담 롤랑은 정치적 이유로 유폐되어 자신의 전형적이지 않은 삶을 후대에 남김으로써, 급박한 정치적 소용돌이 속에서 거부당한 것에 대해 증언하고자 하였다. 그녀를 버티게 해 준 유일한 방법은 글쓰기였으며, 그녀는 자기에 대한 글쓰기를 이어 나가면서 삶이 연장되고 있음을 스스로 확인할 수 있었다. 그렇기에 마담 롤랑의 '특별한 회상'은 과거를 회상하는 이야기인 동시에 글쓰기 그 자체의 행위에 대한 이야기이기도 하다.

3장 오토픽션과 상상의 기억 :
뒤라스와 박완서의 글쓰기

1. 오토픽션과 상상, 그리고 망각의 기억

오토픽션은 혼성어로서 'auto'와 'fiction', 즉 자전성과 허구성을 동시에 포함하며 전통적 시각에서는 공존이 불가능한 것으로 여겨졌던 '사실'과 '허구'라는 두 개념을 모두 지니는 혼종적인hybride 장르[19]이기에, 프랑스 문학계에 등장할 때부터 최근까지 여러 비평가들 사이에 논쟁을 불러일으키고 있다. '반허구적mi-fictif'이며 '반사실적mi-véridique'이라고 공표하는 동시에, "양심적인 자서전scrupuleuse autobiographie"임을 강조하는 오토픽션은 르죈의 자서전

---

19) 르죈이 허구와 사실이 하나의 텍스트 속에 공존하는 것에 대해 애매성으로 해석한 것에 비해, 두브로브스키는 장르의 혼종성을 인식한다. Philippe Vilain, "Démon de la définition", in *autofiction(s): Colloque de Cerisy*, sous la dir. de Claude Burgelin, Isabelle Grell et Roger-Yves Roche, PUL, 2008, p.470.

이론이 중시하지 않았던 '기억'과 '상상력'의 밀접한 관계를 복원시키는 듯하다.

　루소와 같은 전통적 자서전 작가들이 현실의 체험을 진실하게 이야기할 수 있다는 믿음을 가지고 자서전 이야기의 성실성sincérité을 담보했던 원칙은 진실만을 말하겠다는 윤리적인 차원[20]과 관계된 것이었다. 그러나 20세기 후반에 이르러서 점차 텍스트 속의 '허구'와 '사실'의 구분이 불가능해질 정도가 되었다. 성실성의 원칙은 자서전 작가가 하는 이야기가 현실에서 일어났던 사건을 충실하게 재구성한다는 것을 의미한다. 그런데 현실을 진실하게 이야기한다는 것에 대한 의혹이 생겨남으로써 허구와 구분이 불가능해졌을 뿐 아니라, 오히려 허구가 더 중요한 위치를 차지하기에 이르렀다. 실제로 일어났던 사건과 서술된 사건이 동일한 것인가에 대한 의문은 진실의 문제와 관계되며, 자서전을 쓰는 현재와 과거를 매개하는 기억은 시간적 차이로 인해 지워진 부분을 상상력으로 메우거나 창조해 냄으로써 과거의 사건을 재구성하고 가공한다. 자서전을 쓰는 작가는 전통적인 의미에서건 현대적인 의미에서건 기억과 상상력의 밀접한 관계를 간과할 수 없으며, 이 관계는 오토픽션이 생성된 여러 배경 중 하나라고 설명할 수 있다.

　기억과 상상의 관계를 살펴보기 위해서는 먼저 전통적으로 자서전 작가가 무엇보다도 중요하게 여기는 기억과 추억에 대해 고찰해 보아야 하며, 현재에 떠오르는 과거에 대한 기억이 온전할 수 없다는 점에 주목할 필요가 있다. 즉 기억은 망각으로부터 떨어져 나와 존재할 수 없다는 것을 인식하는 것이 기억

---

20) 유호식, 「자기에 대한 글쓰기 (2): 자서전과 성실성」, 『불어불문학연구』 86집, 2011년 여름호, 200쪽.

을 이해하기 위한 전제 조건이라고 할 수 있다.

　필립 르죈이 제시한 자서전의 정의에서 "실제 인물이 자기 자신의 존재를 소재"로 한다는 것은 자서전의 질료가 실제 인물의 '존재'를 근거로 함을 의미한다. 존재함을 이야기하기 위해서는 과거와 현재의 자신을 되돌아보고 기억해야 하며, 자서전은 그 기억을 회상형의 이야기로 풀어내는 것이다. 루소의 『고백록』은 작가가 자신의 존재에 대해 충실하게 기억하여 표현한다는 작가의 성실성이 중요한 문제였다. 그런데 자서전의 필요충분조건 중 하나로 제시된 기억과 재현은 허구의 개입 없이 불가능하다. 모든 것을 기억할 수 없는 인간이기에 잊어버린 부분들을 이야기하기 위해서는 상상력의 동원이 불가피하기 때문이다. 루소가 자신에게 남아 있던 기억만큼이나 확실치 않은 이야기의 도움을 통해 공백을 채울 수 있었다고 고백하면서 자신의 기억과 추억이 변형되는 것은 피할 수 없는 일이었음을 밝히는 것도 같은 맥락이다. 자서전 작가는 자신의 존재에 대해 이야기하기 위해 기억해야 하지만, 그 기억이 완전할 수 없음을 인정할 수밖에 없다. 즉 완전하지 않은 기억에 '확실치 않은' 이야기를 끼워 넣음으로써 공백을 메운다는 것은 상상력의 개입이 불가피함을 지적한 것이다. 이런 시각은 몽테뉴까지 거슬러 올라간다. 그는 『수상록』의 서문에서 "내 책의 소재는 나 자신이다"라고 밝혔지만, 텍스트를 통해 자신의 기억력에 의문을 가지고 진정성, 즉 정체성을 정립할 때 제기되는 허구의 차원과 관련된 원칙을 담보할 수 없음을 고백했다.

　이 세상에 나(몽테뉴)처럼 기억력에 대해 말할 자격이 없는 사람도 없을 것이다. 나는 내 내부에서 거의 아무런 기억력의 흔적도 찾아낼 수 없으며, 나만큼 기억력이 불완전한 사람은 이 세상에 없다고 생각하기 때문이다. 나의 다른 재능들은 열등하거나 보통에 속한다. 그러나 기억력만은 특별하게 그 유래가 없을 정도로 열등하여 그로 인해 명성을 얻을 정도라고 생각한다.(Montaigne, p.53)

몽테뉴는 자신이 유난히 기억하는 것에 열등한 존재임을 강조함으로써, 작품 속에서 빈번하게 이야기되는 여러 기억의 편린들이 정확한 것이 아님을 간접적으로 말하고 있다. 자신보다 "기억력이 불완전한 사람은 이 세상에 없다고 생각"할 정도의 작가이기에, 자신을 소재로 한 글쓰기에서 자기 자신을 정확하게 묘사하는 것은 애초에 불가능하므로 일관성 있게 이야기하려고 노력해도 결국 파편화되고 분산될 수밖에 없음을 인식하고 있는 것이다. 그래서 『수상록』에는 르죈이 자서전의 정의로 내세웠던 "연속적인 이야기"와 "개인의 인성에 대한 조직적인 이야기"가 존재하지 않는다. 몽테뉴가 작품의 서두인 '독자에게'라는 글을 통해 "나는 이 책에서 사람들이 나를 꾸밈없이 단순하고 자연스러운 일상적인 행동 속에서 바라보기를 원한다"고 말한 것은 글을 쓰는 현재의 관점에서 자신의 이야기와 생각을 펼쳐 보일 것임을 암시한다. 즉 신뢰할 수 없는 기억력에 의지한 글쓰기를 하니, 글을 쓰는 순간에 파악되는 자기 자신에 대해 이야기하겠다는 의지를 표명한 것으로 이해할 수 있다. 이는 르죈이 『수상록』을 자서전이라기보다 자화상에 가깝다고 주장했던 이유 중 하나이기도 하다.

이처럼 자서전 작가들은 그 장르가 출현하면서부터 끊임없이 자기에 대한 글쓰기에서 떼려야 뗄 수 없는 중요성을 지니는 기억이 언제나 망각을 동반한다는 것을 인식하고 있었다. 프랑스 현대 문학 작품 중에서 전 세계적으로 대중과 비평가들로부터 지대한 관심을 받았던 작품으로 꼽히는 『연인 *L'Amant*』의 작가 마르그리트 뒤라스Marguerite Duras 역시 망각의 기억에 대해 여러 번 의문을 제기하면서 반복적으로 자기에 대한 글쓰기를 이어 나갔다. 그녀는 한 인터뷰에서 기억과 망각에 대해 이렇게 언급했다.

> 기억은 항상 동일합니다. 망각에 대한 공포로부터 벗어나려는 하나의 시도이자 유혹이지요. (⋯) 어쨌든 기억은 실패입니다. 당신은 제가 논하고자 하는 것이 항상 망각의 기억에 대해서임을 압니다. 우리는 잊어버린다는 것을 알지요. 그것이 바로 기억입니다. 저는 기억을 그렇게 한정시킵니다.[21]

마르그리트 뒤라스에게 기억은 망각과 반대되는 것이 아니라, 망각의 기억이다. 기억이나 추억은 재발견되거나 재구성되기 위해 존재하는 것이 아니다. 기억해 내는 것 자체가 불가능하기 때문에 기억하려는 노력은 실패하고 만다. 기억은 부재하며 존재하지 않는 것이기 때문에 상상을 통해 현실을 허구화하게 된다. 기억하고자 하는 순간마다 새로운 상상력이 동원됨으로써 그전의 것과 다른 이야기로 허구화될 수밖에 없다. 작가가 40여 년에 걸쳐 반복적으로 다른 방식과 분위기를 자아내는 어린 시절 이야기를 이어 나갔던 이유를 여기에서 찾을 수 있다.

기억과 망각의 관계에 대한 사유는 프랑스를 비롯한 서양 문학에 국한된 것은 아니다. 박완서의 자기에 대한 글쓰기에서도 이러한 점을 쉽게 포착할 수 있

---

21) Suzanne Lamy et André Roy, *Marguerite Duras à Montréal*, Spirale, 1981, p.41.

다. 마르그리트 뒤라스가 40여 년에 걸쳐 인도차이나 반도에서 보낸 어린 시절을 글로 표현했던 것처럼, 1970년 불혹의 나이에 등단하여 작고할 때 까지 40여 년 동안 쉼 없이 자신이 겪었던 일제 식민지기 어린 시절과 6·25전쟁에 대해 이야기하고 증언했던 박완서에게 자신의 체험은 글쓰기의 동력이자 근원이었다. 박완서는 영감이란 하늘에서 떨어지는 것이 아니라 항상 나름의 그물을 치고 있다가 거기에 걸려드는 부분이 경험과 만나게 됨으로써 생성된다고 고백하기도 했다.[22] '소설로 그린 자화상'이라는 부제가 붙은 자기에 대한 글쓰기 2부작은 『그 많던 싱아는 누가 다 먹었을까』와 『그 산이 정말 거기 있었을까』[23]로 구성되어 있는데, 책 표지에 제시된 부제는 두브로브스키가 주장했던 혼종성을 담보하고 있다. 소설로 묘사된 자화상이라고 해석되는 부제는 현실의 작가 자신을 묘사하겠지만 소설이라는 허구의 형태를 빌릴 것임을 명시적으로 드러내기 때문이다. 또한 두 번째 작품인 『그 산이 정말 거기 있었을까』는 제목을 통해 이미 기억에 대한 의구심을 보여 준다. 이 텍스트가 담고 있는 내용이 어떤 것인지 전혀 짐작하지 못하는 독자라 할지라도 '그 산'은 무엇일까에 대해 의문을 갖게 하고, 이어서 작가가 '그 산이 거기에 없었을지도 모른다고 생각하며 글을 쓴 것이 아닐까'라고 자문하게 된다. 이런 의문을 품은 독자는 곧 작품의 서두인 '작가의 말'을 통해 박완서가 현실의 경험과 사건들을 기억하여 글로 쓰는 것을 어떻게 받아들이는가에 대해 다음과 같이 밝힌 것을 알게 된다.

---

22) 고정희, 다시 살아 있는 날의 지평에 서 있는 작가, 박완서」, 『한국문학』, 195호, 1990, 49쪽.
23) 박완서, 『그 많던 싱아는 누가 다 먹었을까』, 웅진닷컴, 1992; 『그 산이 정말 거기 있었을까』, 웅진닷컴, 1995.

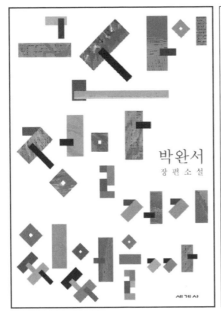

박완서의 『그 산이 정말 거기 있었을까』(세계사, 2012)와
마르그리트 뒤라스의 『연인』 한국어판(민음사, 2007) 표지

불도저의 힘은 망각의 힘보다 더 무섭다. 그렇게 세상은 변해 간다. (…) 이 태평성세를 향

하여 안타깝게 환기시키려가다도 변화의 속도가 하도 눈부시고 망각의 힘은 막강하여, 정

말로 그런 모진 세월이 있었을까 문득문득 내 기억력이 의심스러워지면서, 이런 일의 부질

없음에 마음이 저려 오곤 했던 것도 쓰는 동안에 힘들었던 일 중의 하나이다.(박완서,

1995, 6-7쪽)

3년간의 6·25전쟁 동안 피난 가지 못하고 서울 근방에서 겪어 내며 당했던

비참하기 이를 데 없는 여러 사건들과 체험을 이야기하는 이 작품의 서두에서,

작가는 마르그리트 뒤라스가 '망각의 기억'이라 명명했듯이 기억은 망각과 동행한다는 점을 강조하면서 기억의 불확실성에 대해 말하고 나아가 망각의 놀라운 힘에 대해 역설한다. 작품 제목에 대한 해설과도 같은 '작가의 말'에서 박완서는 '산'을 본인이 살고 있는 곳의 "소복한 동산"으로 설명한다. 자신이 예뻐했던 그 동산이 어느 날 불도저에 뭉개지고 "기하학적인 직선으로 재단이 되어, 허리를 온통 시멘트 계단으로 두른 추악한 모습"으로 바뀌게 되었는데도, 아무도 그것에 대해 아쉬워하지도 않았고 심지어 그 아름답던 동산을 기억하는 사람들도 없었다는 것이다. 결국 '그 산'은 두 가지 층위에서 해석될 수 있는데, 하나는 전쟁이 발발한 해 스무 살이었던 작가의 아름답고 찬란했던 젊음이 "소복한 동산"과 같았음을 의미하며, 다른 하나는 개인의 힘으로는 어쩔 수 없었던 "무지막지하게 직조되어 들어온 시대의 씨줄"을 뜻하는 것으로 볼 수 있다.[24] 개인적인 젊음의 그때가 정말 있기나 했었나를 기억하고자 하는 작가는 이데올로기로부터 기인한 동족상잔의 비극을 망각한 채 살고 있는 독자들에게 그 시절을 환기시키고자 한다. 망각되고 있는 사실들을 기억해야 함을 지적하는 박완서는 자신의 기억력이 의심스럽긴 하지만, 지나온 날들을 이야기해야 한다는 소명 의식을 가지고 있다. 개인적으로 겪고 느꼈던 전쟁의 참상을 알리는 것은 곧 시대의 아픔과 상처를 기억하게 하는 행위이기 때문이다.

모든 기억들은 시간과 함께 저절로 멀어져 가 원경이 되는데 유독 6·25 때의 기억만은 마

---

24) 이경호, 권명아 엮음, 『박완서 문학 길 찾기: 박완서 문학 30년 기념 비평집』, 세계사, 2000, 388-389쪽.

냥 내 발뒤꿈치를 따라다니는 게 이젠 지겹지만 어쩔 수가 없다. (…) 나의 동어 반복은 당분간 아니 내가 소설가인 한 계속될 것이다. 대작은 못 되더라도 내 상처에서 아직도 피가 흐르고 있는 이상 그 피로 뭔가를 써야 할 것 같다.[25]

작가에게 글쓰기는 기억해 내어 "그걸 증언할 책무"(박완서, 1992, 269쪽)를 이행하는 것이다. 끊임없이 기억해 내고 그것을 증언하는 박완서의 글쓰기는 망각할 수밖에 없는 인간의 본성과 싸워, 과거의 사실을 잊어버린 사람들로 하여금 기억할 수 있도록 하는 역할을 한다.

이처럼 자신의 삶을 관통하는 고통스러운 전쟁의 기억과 어린 시절에 대한 기억을 되살려 글로 표현함으로써 자기 자신에 대해 이야기하는 동시에 시대를 증언한다는 점은 마르그리트 뒤라스와 박완서의 글쓰기가 닮은 부분이다. 반면 기억과 망각의 관계에 대한 두 작가의 태도는 모든 기억에 망각이 함께한다는 점에 대해서는 이의가 없으나, 망각을 바라보는 관점에서 차이점을 발견할 수 있다. 마르그리트 뒤라스가 망각과 기억을 동일선상에서 이해하는 반면, 박완서는 망각을 인정하면서도 망각과 싸워 기억을 복원하고자 하는 의지를 가지고 글쓰기를 이어 나갔다. 아무튼 두 작가에게 기억은 언제나 망각과 동행하며, 마르그리트 뒤라스와 박완서의 자기에 대한 글쓰기에서 기억과 망각이라는 화두는 중요한 위치를 차지한다.

---

25) 박완서 외, 우리 시대의 소설가 박완서를 찾아서』, 웅진닷컴, 2002, 42쪽.

2. 상상된 기억

기억과 상상력과의 관계의 문제는 자서전 장르에 대한 이론이 출현하면서부터 끊임없이 제기되어 왔다. 주지하다시피 자기에 대한 '회고적인' 글쓰기에서는 기억이 중요한 견인차 역할을 하는데, 그 기억은 필연적으로 망각을 동반할 수밖에 없음으로 기억나지 않는 부분들이 상상력으로 채워지게 된다. 필립 르죈이 『자서전의 규약』에서 주장했던, 작가가 독자에게 자기 작품의 이야기와 사건이 '사실'이라고 밝히는 동시에 저자와 주인공 그리고 화자의 이름이 동일하면 자서전이고, '허구'라고 알려 주면 소설이 된다는 규약은 태생부터 무리가 있었던 것 같다. 르죈의 시각에서는 구분 가능한 것으로 여겨졌던 사실과 허구, 나아가 사실이 '기억'을, 허구가 '상상력'을 대변한다는 이분법이 자서전과 다른 장르를 구분하는 기준이 될 수 없음을 명시적으로 밝힌 글쓰기가 바로 두브로브스키의 오토픽션 글쓰기다. 그러므로 오토픽션은 두브로브스키 개인의 독창적인 시도에서 창조되었다기보다는, 자기에 대한 글쓰기를 하는 작가들이 언어를 통해 과거의 사건을 기억해 내어 글을 쓰는 것의 불투명성에 대해 언급한 지점과 맞닿아 있다고 할 수 있다. 이런 분위기 속에서 '새로운 자서전', 즉 상상력의 중요성에 방점을 둔 글쓰기가 등장하게 된다. 특히 누보로망 작가들이 1980년대에 들어서 자서전을 출간하면서 더욱 조명을 받게 된 '새로운 자서전'은 기억을 통해 사실을 진실하게 이야기함을 강조하던 르죈 식의 전통적인 자서전에 반기를 들고, 오히려 자서전에서 상상력의 중요성을 강조한다. 누보로망의 대표 작가 중 한 명이었던 알랭 로브그리예는 기억에 대해 다음과 같이 논한다.

작업(글쓰기)의 마지막까지도 나는 결코 명확하고 총체적인 이미지에 도달할 수 없을 것인데("내가 이와 같았다"라고), 내가 여러 부분과 요소들로 구성되어 있다는 인상이 너무 강하기 때문이다. 이 요소들은 공백이 있기 때문에 움직인다.26)

로브그리예는 '새로운 자서전'을 표방하면서 총체적인 '나moi'가 존재하지 않기 때문에 그러한 나를 글로 재현할 수 없음을, 내가 기억의 공백 때문에 조각나서 여러 요소로 계속 변화하면서 존재함을 역설한다. 그가 주장한 새로운 자서전은 "상상적 요소들, 매우 사소하거나 과장된 진짜 추억들, 혹은 텍스트의 지시 대상"을 토대로 복수의 '나'를 구성해 나가는 텍스트다.27) 기억이라는 것 자체가 진정성을 담보할 수 없기 때문에 기억 속에서 지워졌거나 희미하게 남아 있는 편린들을 모아 상상력을 동원하고 허구를 가미한 글쓰기가 새로운 자서전인데, 이는 두브로브스키가 1999년에 언급한 오토픽션의 특성과 동일하다. "설명적이고 단일한 자서전과 반대로 오토픽션은 인생을 하나의 전체로 이해하지 않는다. 오토픽션은 다만 별개의 파편들, 부서진 존재의 조각들, 자기 자신과 일치하지 않는 분산된 주체로 인해 분주하다."28) 새로운 자서전과 오토픽션이 진실만을 회고하여 이야기하겠다는 전통적 자서전보다 '양심적인 자서전'인 것처럼 보이는 이유다.

마르그리트 뒤라스와 박완서는 자신들의 개인적인 삶이 투영된 이야기를 끊

---

26) Alain Robbe-Grillet, "Du Nouveau Roman à la Nouvelle Autobiographie", in *Texte(s) et Intertexte(s)*, Rodopi, 1997, p.271.

27) Phlippe Gasparini, *Autofiction: Une aventure du langage*, Seuil, 2008, p.138.

28) Serge Doubrovsky, *Laissé pour conte*, Grasset, 1999, 책날개.

임없이 작품 속에 녹여 낸 작가들로 잘 알려져 있다. 마르그리트 뒤라스가 소설, 시나리오, 자서전, 희곡, 에세이를 쓰면서, 박완서가 소설, 콩트, 자서전, 에세이 등을 쓰면서 관통한 주제는 바로 자기 자신이라고 해도 과언이 아니다. 그들은 자신의 어린 시절과 전쟁 체험, 글을 쓰는 당시의 삶의 편린들에 대해 때로는 명시적으로 때로는 암묵적으로 계속해서 이야기했다.

망각의 기억을 강조하는 마르그리트 뒤라스가 자기 자신을 소재로 한 글쓰기를 할 때 가장 의존하는 것은 허구, 즉 상상력이다. 기억이 곧 망각에 다름 아니라는 그녀의 관점은 기억 자체를 상상된 것이라고 고백하기에 이른다. "당신의 인생에 대한 또 내 인생에 대한 역사는 존재하지 않으며, 오히려 어휘론과 관계된다. 내 인생에 대한 또 당신의 인생에 대한 소설은 존재하지만, 역사가 존재하지는 않는다. 영감은 상상에 의해 시간을 재연함으로써 인생으로 환원된다."[29] 모든 인생에 역사가 존재하지 않는다는 것은 자기 이야기를 할 때 객관적인 의미 탐구는 불가능하기 때문에 역사라고 명명할 수 없다는 뜻이다. 언어로 표현된 인생은 객관성을 확보할 수 없을 뿐 아니라, 텍스트에 존재하는 인생은 상상을 통한 기억으로서 실제 인생과는 다름을 밝힌 것이다. 그래서 그녀가 자기의 인생에 대해 이야기할 때는 단지 허구로 대변되는 소설만 가능하게 된다. 이런 면에서 마르그리트 뒤라스가 자기에 대한 글쓰기를 대하는 시각은 두브로브스키가 오토픽션을 소개하면서 "모험에 대한 언어가 아니라 언어에 대한 모험"이라고 언급했던 것과 일맥상통해 보인다. 처음으로 허구가 아닌 글을 썼

---

29) Marguerite Duras, "Entretien avec Hervé Le Masson", in *Le Nouvel Observateur*, 28 septempbre 1984.

다고 밝혔던 『연인』이 전통적인 자서전 작가가 자기 이야기를 전개하는 관점과 큰 차이를 보이는 것은 이러한 작가의 태도를 뒷받침하는 듯하다.

> 내 인생의 역사는 존재하지 않는다. 그것은 존재하지 않는다. 거기에는 중심이 없다. 길도 없고, 경계선도 없다. (…) 여기서 내가 하는 작업은 다르기도 하고 같기도 하다. 이전에 나는 분명하고 명확한 시기에 대해 말했었다. 여기서 나는 바로 그 젊은 날 어떤 일과 감정, 사건들이 매몰되었던 숨겨진 시기에 대해 말한다.30)

이 작품의 화자이자 주인공은 자신에게 삶의 역사는 존재하지 않으며, 자신의 삶에는 중심도 없고 길도 없으며 심지어 경계선도 없다고 고백한다. 이는 이제부터 이야기하게 될 자신의 삶에 대한 이야기가 중심이 없는 파편들로 재구성될 것이며, 이야기를 이끌어 나가는 줄기도 없을 것임을 의미한다. 르죈이 자서전의 정의로 제시했던 "자신의 인성의 역사를 중점적으로 이야기한, 산문으로 쓰인 과거 회상형 이야기"와는 거리가 멀다는 것을 알 수 있다. 과거를 회상하려면 지나온 삶을 기억하고 복원하여 그 역사를 되짚어 보아야 하는데, 그 모든 것이 불가능함을 역설하고 있기 때문이다. 더 나아가 화자이자 주인공은 이제부터 이야기하려는 인도차이나에서의 유년기에 대해 그전에도 이미 글로 썼다고 말한다. 이 작품을 선보이기 34년 전에 출판된 『태평양을 막는 방파제 *Un barrage contre le Pacifique*』를 언급한 것인데, 전작에서는 "분명하고 명확한 시기"에 대해서 말했다고 고백한다. 그리고 『연인』에서는 "그 젊은 날 숨겨진 사실"

---

30) Marguerite duras, *L'Amant*, Les éditions du Minuit, 1984, p.14.

을 이야기할 것이라고 밝힘으로써, 이 작품이 전작과 동일하면서도 다를 것임을 예고한다. 동일하다고 함은 인도차이나에서 살던 가난한 프랑스인 백인 가족 이야기, 그리고 가족의 일원인 주인공 소녀가 부유하고 나이 많은 중국인과 맺은 열정적인 관계를 이야기할 것임을 의미하며, 다르다고 함은 세부적인 내용 면에서 변화가 있을 것임을 뜻한다.[31] 이처럼 뒤라스가 기억을 대하는 방식, 즉 기억의 진정성을 신뢰하지 않으며 오히려 망각의 기억이자 상상된 기억으로 이해하는 방식은 이 작품을 전통적인 자서전의 범주로부터 벗어나게 한다. 객관적인 진실을 담보할 수 없다 하더라도 내적 진실, 즉 한 개인의 진실을 기반으로 삼을 때 자서전이 성립된다는 점에 부합하지 않기 때문이다. 내적 진실을 밝힌다는 것은 "과거의 현실을 그대로 모사할 수 있고 그러한 모사를 통해 '진실'을 추출할 수 있음"(유호식, 2011, 204쪽)을 뜻한다. 마르그리트 뒤라스에게 과거의 사건이란 언어를 통해 그대로 모사할 수 없는 것이었기 때문에 이런 내적 진실조차 불가능하다. 그녀에게는 과거에 자신의 삶 속에서 일어났던 일들이 단지 상상을 통해 계속 변화하면서 존재할 뿐이다.

박완서의 경우에도 기억은 상상력에 다름 아니다. 1970년 처녀작인 『나목』을 발표하면서부터 쉼 없이 자기 삶의 기억을 바탕으로 한 글쓰기를 행했던 작가는 1992년 새삼스럽게 '유년의 기억'이라는 부제가 붙은 『그 많던 싱아는 누가 다 먹었을까』를 펴냈다. 이 작품은 "개성에서 남서쪽으로 이십 리가량 떨어진 개풍군 청교면 묵송리 박적골"(박완서, 1992, 12쪽)에서 보낸 작가의 행복

---

31) 작가는 실제로 『연인』에서 여러 차례에 걸쳐 전작인 『태평양을 막는 방파제』의 이야기를 직접적으로 번복했다. Marguerite Duras, *L'Amant, op. cit.*, p, 14, 34, 36 etc.

한 어린 시절과, 딸이 신여성이 되기를 바라는 홀어머니의 손에 이끌려 서울로 와서 오빠와 함께 살았던 6·25전쟁이 발발하기까지의 시기에 대해 이야기한다. 텍스트의 서문에서 작가는 자신이 바라보는 기억과 상상의 관계에 대해 다음과 같이 밝혔다.

이런 글을 소설이라고 불러도 되는 건지 모르겠다. 순전히 기억력에만 의지해서 써 보았다. (…) 이번에는 있는 재료만 가지고 거기 맞춰 집을 짓듯이 기억을 꾸미거나 다듬는 짓을 최대한으로 억제한 글쓰기를 해 보았다. 그러나 소설이라는 집의 규모와 균형을 위해선 기억의 더미로부터의 취사선택은 불가피했고, 지워진 기억과 기억 사이를 자연스럽게 이어 주기 위해서는 상상력이라는 연결고리를 만들어 주지 않으면 안 되었다.
더 큰 문제는 기억의 불확실성이었다. 나이 먹을수록 지난 시간을 공유한 가족이나 친구들하고 과거를 더듬는 얘기를 하는 경우가 많은데 그럴 때마다 같이 겪은 일에 대한 기억이 서로 얼마나 다른지에 놀라면서 기억이라는 것도 결국은 각자의 상상력일 따름이라는 것을 깨닫게 된다.(박완서, 1992, 작가의 말)

책 표지에 '장편소설'이라고 장르를 규정해 놓았음에도, 작가는 이 작품에 대해 "소설이라고 불러도 될지"모르겠다고 말하면서 "순전히 기억력에만 의지한" 글쓰기임을 강조하고 있다. 더욱이 "순전히 기억력에만"이라는 표현에는 기억력에 의지했음을 강조하기 위해 "순전히"라는 부사를 사용했을 뿐 아니라, "~에만"까지 넣음으로써 이 텍스트가 얼마나 자신의 기억을 바탕으로 쓰인 것인지를 보여 준다. 그런데 이어서 상상을 통한 허구화 없이 기억만으로 이야기를 연결시켜 나갈 수 없었음을 토로하고, 마침내 스스로 자신했던 기억력이라는 것도 상상력에 다름 아님을 깨닫게 되었다고 고백하기에 이른다. 그러면서도 박완서는 이어지는 '작가의 말'을 통해 이 작품을 쓰면서 자기 자신을 바로 보기위해 큰 용기가 필요했으며 이제는 대부분 이 세상 사람들이 아닌 자신의 피붙이들에 대한 애틋함으로 인해 고통스러웠다고 고백함으로써, 『그 많던 싱아는 누가 다 먹었을까』에 등장하는 인물들과 사건들이 자신의 삶을 재구성한 것임을 명시적으로 밝힌다. 특히 "40년대에서 50년대로 들어서기까지의 사회상, 풍속, 인심 등은 이미 자료로서 정형화된 것보다 자상하고 진실된 인간적인 증언"을 했음을 강조한다. 요컨대 작가는 이 작품이 소설이지만 기억에만 의지해서 썼으므로, 즉 과거의 사실을 진실하게 묘사했다는 점에서는 소설이 아닐 수 있으며 기억도 상상력과 동일한 것이니 소설이기도 한 혼종적인 글쓰기임을 내비치고 있는 것이다.

3. 기억된 상상

마르그리트 뒤라스와 박완서의 자기에 대한 글쓰기는 비단 기억을 상상력과 동일한 것으로 바라보는 것에 그치지 않는다. 그들이 오랜 기간 동일한 소재와 주제를 변주하여 반복적인 글쓰기를 이어 나갔다는 점은, 자서전 작가로서 얼마나 스스로를 똑바로 응시하기 위해 노력을 기울였으며 자기 자신에게 천착했었는지를 보여 준다. 사실 하나의 자서전은 작가가 상상을 통해 기억해 내어 자기 삶에 대해 이야기한 하나의 버전일 뿐이다. 그것은 자신이 표현하고자 한 의도와 정확하게 들어맞지 않을 수밖에 없기 때문에 작가로 하여금 '다시 쓰기

réécriture'를 하게 한다. 시간의 흐름에 따라서, 또 사건을 바라보는 관점에 따라서 같은 사건이라도 다르게 기억되고 다르게 묘사될 수 있다. 마르그리트 뒤라스나 박완서 같은 작가들은 이런 점을 인식하여 같지만 다른 작품들을 내놓았던 것이다.

『연인』이 출판된 지 7년이 지난 후, 마르그리트 뒤라스는 『북중국의 연인 L'Amant de la Chine du Nord』을 통해 다시 한 번 자신의 어린 시절을 이야기한다. 이 작품은 시나리오의 구조를 지니는 동시에 영화화를 염두에 둔 형식을 고수한 작품이다.[32] 다양한 장르를 넘나드는 활동을 한 작가의 열정이 이 작품을 통해 장르의 한계와 경계를 초월하려는 의지를 보여 주고 있다고 할 수 있다. 그래서 책의 마지막 부분에는 이 작품을 영화화할 경우 가능한 미장센을 제시해 주는, 장면에 대한 해설을 덧붙이기까지 했다.[33] 아무튼 작가는 전작인 『연인』에서 『태평양을 막는 방파제』와 동일한 사건들을 나열하면서도 수정을 가했던 것처럼, 『연인』의 새로운 버전인 『북중국의 연인』에서도 동일한 시도를 한다. 인도차이나에서의 유년기를 중심으로 자신의 젊은 시절을 오가는 내용을 담고 있는 이 작품에서 화자는 주인공이 메콩 강을 건너는 페리에서 장차 연인이 될 중국인과 만나는 장면을 묘사하기 위해 이미 책에서 제시했던 이미지를 언급한다.

---

32) Aliette Armel, "Duars: retour à l'amant", in *Magazine littéraire*, n 290, 1991, p.62.

33) 장 자크 아노Jean-Jacques Annaud 감독이 영화화한 연인이 작가가 의도했던 것과 큰 차이가 있음을 지적하면서, 자신이 『북중국의 연인』을 영화화 할 경우 혹은 다른 사람이 영화로 만들 때 고려해야 할 사항을 제시하고 있다.

이것은 메콩 강의 페리다. 책에 나온 페리. (…) 그녀, 어린아이, 그녀는 책에 나왔던 그 소녀처럼 옷을 입었고 화장했다. 현지 비단으로 만든 누렇게 된 흰색의 그 원피스, 커다란 검정 리본이 둘러져 있던 장미나무 빛의 부드러운 펠트로 된 둘레가 평평한 "어린 시절과 순수함"의 그 남성용 모자, 인조 보석 장식을 달고 검정에 금박을 입힌 너무 낡아서 발뒤꿈치가 완전히 찌그러져 버린 무도회용 그 구두.34)

화자는 메콩 강의 페리를 묘사하기 위해 다른 책에 이미 등장했던 배, 즉『연인』을 통해 소개되었던 바로 그 페리라고 말한다. 전작을 읽은 독자라면 페리에는 원주민들이 타고 다니는 버스 옆에 검정 리무진이 한 대 서 있고 그 차 안에 잘 차려입은 중국인이 앉아 있는 장면을 자연스럽게 연상할 수 있다.(Marguerite Duras, 1984, p.25) 이어서 주인공 소녀 역시 전작에서와 같은 옷을 입고 화장을 했다고 하면서, 직접적이거나 세부적인 묘사를 생략한 채 '그' 원피스이고 '그' 모자였으며 '그' 구두였음을 밝힌다.『연인』에서 여러 페이지에 걸쳐 중국인 애인을 만나던 날의 차림새와 화장한 모습에 대해 묘사하고 기억하려고 애썼던 것과는 차이를 보이는 묘사다.35) 작가가 여러 번에 걸쳐 다양한 장르의 작품들을 통해 이야기해 왔던 중국인과의 첫 만남은 이제 책의 기억, 즉 상상된 기억으로 남아 있음을 보여 주고 있는 것이다. 주지하다시피 마르그리트 뒤라스에게 '현실에서 경험한 사실'을 진실하게 이야기한다는 것은 가

---

34) Marguerite Duras, *L'Amant de la Chine du Nord*, Gallimard, 1991; rééd. coll. "Folio", 1993, p.35.

35) Marguerite Duras, *L'Amant, op. cit.,* pp.18–20, 21, 23, 24–25.

능하지 않을 뿐 아니라, 관심을 가질 만한 일도 아니다. 그녀에게 책 속의 주인 공은 허구적인 인물이기도 하고 마르그리트 뒤라스 자신이기도 하다.

『북중국의 연인』의 화자는 텍스트에서 저자와의 동일성을 직접적으로 언급하기도 한다. 화자는 '소녀' 혹은 '어린아이'로 지칭되는 주인공의 어머니가 인도차이나에서 당한 불행과 불공정함에 대해 글로 쓸 것이라고 다짐하는 내용을 이야기하면서 "내기는 받아들여졌다. 『태평양을 막는 방파제』"(p. 101)라는 각주를 달았다. 어머니가 많은 돈을 들여 식민지국으로부터 불하받은 땅이 정기적으로 바닷물에 잠기는 쓸모없는 땅이었고, 그 땅을 개간하려고 원주민들을 동원하여 방파제를 만들려는 노력을 기울였지만 실패를 거듭하다가 절망 가운데 살 수밖에 없었던 가족사가 『태평양을 막는 방파제』를 통해 작품화되었음을 이야기하는 것이다. 『북중국의 연인』의 화자와 주인공은 『연인』의 주인공이자 화자이며 동시에 『태평양을 막는 방파제』를 쓴 저자와 동일함을 에둘러 밝힌 셈이다. 이처럼 작가는 자기 자신에 대해 이야기하면서 기억과 상상을 끊임없이 뒤섞음으로써 그 경계를 구분하는 것을 불가능하게 한다. 요컨대 기억이 상상을 통해 가능한 것이라고 고백하는 동시에 이 상상이 허구화되어 텍스트로 남아 있는 것을 다시 기억해 냄으로써, 마르그리트 뒤라스의 자기에 대한 글쓰기 속에서 기억과 상상은 상호 순환성을 획득한다. 이러한 상상의 기억은 오토 픽션의 중요한 특성으로서 자크 르카름이 지적한 것처럼 모순contradiction을 내포하고 있다. (Jacques Lecarme, 1997, p. 277) 소설이면서 동시에 자서전임을 공표하는 오토픽션은 장르의 구분에서, 그리고 소설로 대별되는 허구성 즉 상상과 자서전으로 대별되는 기억 사이에 경계를 지을 수 없기 때문에 내적으로 어쩔 수 없이 모순적이고 혼종적이다.

마르그리트 뒤라스가 그랬던 것처럼 박완서에게도 중요한 것은 현실에 대한 진실과 진정성이 아닌 상상의 기억이다. 그렇기 때문에 작가는 『나목』과 『목마른 계절』 그리고 『엄마의 말뚝』 3부작에서 이야기했던 내용들을 새삼스럽게 "순전히 기억력에 의지해서" 소설로 그린 2부작 자화상을 쓸 수 있었다.36) 이 작품들은 자신의 가족사가 포함된 정체성 찾기 여정을 문학적 여로 속에서 고스란히 보여 주는 작가의 대표적인 작품들이다. 『그 많던 싱아는 누가 다 먹었을까』는 「엄마의 말뚝 1」, 『그 산이 정말 거기 있었을까』는 『나목』과 『목마른 계절』, 「엄마의 말뚝 2」에 흩어져 있는 내용들을 변형하여 제시한다. 박완서가 1990년대에 발표한 두 작품은 소설임을 책 표지에 명시적으로 표기하는 동시에, 소설이라고 부를 수 없을 정도로 기억에 의지해 쓴 작품이다. 그런데 기억은 위에서 살펴본 바처럼 상상의 기억에 다름 아니다. 그것은 이 두 작품이 텍스트의 외부 세계, 즉 박완서의 경험의 세계와 책의 세계가 서로 만나고 통합되는 지점임을 의미한다.

작가가 동일한 사건을 전작에서의 내용과 다르게 제시하는 것은 어쩌면 당연한 것이고, 어느 것이 진실이고 어느 것이 거짓인가는 중요치 않다. 전작들은 그녀의 삶의 나이테를 변화시킨 요소들 중 하나다. 그래서 박완서는 『그 산이 정말 거기 있었을까』의 내용 중에 작가의 처녀작 『나목』을 직접적으로 언급하기도 한다. "처음 방문한 지섭이네는 훗날 『나목』을 쓸 때 고가의 모델로 삼고

---

36) 박완서, 나목』, 여성동아, 1970; 『박완서 소설전집 10』, 세계사, 1995: 『목마른 계절』, 수문서관, 1978; 『박완서 소설전집 6』, 세계사, 1993: 「엄마의 말뚝 1,2,3」, 『문학사상』, 1980년 9월호, 『문학사상』 1981년 8월호, 『작가세계』, 1990년 봄호; 『박완서 소설전집 8』, 세계사, 1993.

싶을 만큼 깊은 인상을 남겼다."(277쪽) 『나목』의 주인공 경아의 가족이 살던 고가(古家)가 『그 산이 정말 거기 있었을까』의 주인공이 사귄 첫 남자 친구인 지섭이네 집이 모델이 되었다고 이야기하는 이 부분은 두 작품에서 조금 다른 양상으로 묘사되고 있기는 하지만, 작가에게는 『나목』에 등장하는 고가와 『그 산이 정말 거기 있었을까』의 지섭이네 집이 동일한 상징성을 지니고 있음을 보여 준다. 이런 고백은 주인공과 화자가 동일함을 제시할 뿐 아니라 전작을 썼던 저자와 동일한 정체성을 지녔음을 발견하게 해 준다.

　『그 많던 싱아는 누가 다 먹었을까』에서는 오빠의 결혼과 관련된 이야기를 통해 전작을 직접적으로 언급한다. 주인공의 오빠가 일제 말기에 고향인 송도에서 전통 결혼식을 올리는 장면을 묘사하면서 주인공이자 화자는 자신의 다른 작품을 떠올린다. "나는 그때 화관을 쓴 올케 언니에게서 받은 인상을 오랫동안 잊지 못하고 있다가 훗날 『미망(未忘)』을 쓸 때 여주인공 혼례 장면에서 우려먹은 바가 있다."(169쪽) 이 두 작품에서 화관을 쓴 여성의 세부 묘사는 차이를 보인다. 여기에서 중요한 점은 작가가 자신의 체험을 바탕으로 소설과 자서전을 오가는 글쓰기를 병행했다는 것이다. 소설 속에는 작가 자신의 진실된 삶과 체험이 녹아 있는 한편, 자서전에는 작가의 삶이 책의 삶과 불가분의 관계임이 강조되기 때문이다. 기억이 상상력을 통해 소설화되고 그 상상력의 결과물을 다시 기억해 내는 이런 순환적 글쓰기는 마르그리트 뒤라스와 박완서의 자기에 대한 글쓰기가 지니는 공통점이며, 이 작품들을 오토픽션으로 바라볼 수 있는 중요한 근거를 제공한다.

　한편 우리는 박완서 작품들이 소설로 공표되었다는 점이 마르그리트 뒤라스의 작품들과 다른 점임을 발견하게 된다. 박완서의 두 작품은 '장편소설'이라는 장르가 책 표지에 제시되어 있기 때문에 위에서 분석했던 텍스트 내적 모순성과 함께 두브로브스키가 정의한 오토픽션의 조건에 정확하게 들어맞는다. 그러나 마르그리트 뒤라스의 두 작품은 모두 그 장르를 책 표지에 밝히지 않았다. 다만 인터뷰나 텍스트 내에서 밝힌 작품 간의 관계를 통해 이 작품들이 작가의 자서전임을 확인할 수 있다. 이런 이유로 마르그리트 뒤라스의 두 작품은 자서전 이론가들에 의해 어떤 장르로도 "정해지지 않는indéterminé" 작품으로 분류된 것으로 보인다.(Jacques Lecarme, 1997, p.276) 그렇다고 해서 전통적인 의미의 자서전이라고 보기는 더욱 어렵다. 『연인』과 『북중국의 연인』의 주인공은 저자와 동일한 정체성을 지니는 동시에 오토픽션이 내세우는 텍스트의 내부적 모순성이 존재하기 때문이다. "모든 자서전이 오토픽션의 한 형태이고 모든 오토픽션은 자서전의 변종"[37]이라는 두브로브스키의 주장은 '포스트모던한 형태의 자서전'으로서의 오토픽션의 위치를 확인시켜 주며, 이렇게 해서 마르그리트 뒤라스의 두 작품을 오토픽션으로 읽을 수 있는 길이 마련된다.

---

37) Philippe Vilain, "L'autofiction selon Doubrovsky", *Défense de Narcisse*, Grasset, 2005, p.211.

4장 여성의 정체성 탐구 : 클레르 마르탱

1. 『철 장갑 안에서』와 자서전

1914년 퀘벡에서 태어난 클레르 마르탱Claire Martin[38]은 사십 세가 넘은 나이인 1958년에 첫 소설 『사랑으로 혹은 사랑 없이 *Avec ou sans amour*』라는 소설집으로 등단하자마자 퀘벡의 유서 깊은 출판사(Cercle du Livre de France)에서 제정한 문학상을 여성 작가 최초로 수상함으로써 많은 관심을 받았고, 이후 현대 퀘벡 문학을 대표하는 작가로서 최근까지 다양한 작품 활동을 전개했다. 특히 퀘벡의 조용한 혁명Révolution tranquille 시기에 퀘벡 사회의

---

38) 2014년에 타계한 클레르 마르탱의 본명은 클레르 몽트뢰유Claire Montreuil다. 스물 일곱 살이 되던 해 방송국 아나운서로 활동하기 시작하면서부터 외가의 성인 마르탱을 가명 으로 사용했으며 작가가 되면서 필명이 되었다.

문제점들을 신랄하게 비판하고 성찰한 자서전 『철 장갑 안에서 *Dans un gant de fer*』[39) 2부작을 발표함으로써, 프랑스어권 캐나다인들에게 큰 반향을 불러일으켰다. 작가는 퀘벡 문학에서 페미니즘의 면모를 처음으로 명시적으로 보여 준 것으로 간주되기도 하는 이 작품들로 퀘벡 지방 문학상Le Prix littéraire de la province de Québec, 프랑스 퀘벡상Le Prix France-Québec 등을 수상했으며 다양한 독자층의 관심을 받았다. 1965년에 출판된 첫 자서전은 '왼쪽 뺨'이라는 부제가 붙어 있는데, 폭력적인 아버지 밑에서 보낸 어린 시절과 퀘벡에서 가장 유서 깊은 여성 교육 기관으로 알려진 위르쉴린 수녀원 기숙학교와 보포르에 있는 노트르담 수녀원 기숙학교에서의 생활을 이야기한다.

이 작품은 필립 르죈이 천명했던 전통적인 의미의 자서전이며, 르죈이 제시한 자서전의 규약 네 가지 요소에 세부적으로 부합한다. 르죈은 자서전의 요건의 첫째로 언어적 형태가 산문으로 된 이야기 형식이어야 할 것, 둘째로 다루어진 주제가 한 개인의 인성의 역사에 대한 것이야 할 것, 셋째로 실제 인물을 지칭하는 저자와 텍스트 내에 존재하는 화자가 동일할 것, 넷째로 텍스트 속에서 화자와 주인공이 동일하고 이야기가 과거 회상형으로 쓰여야 할 것을 제시했다. 특히 저자-화자-주인공이 동일해야만 자서전이 될 수 있다고 강조했다. 이 동일성은 텍스트에 등장하는 인물들의 이름을 통해 가장 쉽게 확인할 수 있다.

---

39) Claire Martin, *Dans un gant de fer. Première partie. La Joue gauche*, Le Cercle du livre de France, 1965; *Dans un gant de fer. Deuxième partie, La Joue droite*, Le Cercle du livre de France, 1966; 여기에서는 Claire Martin(Edition critique par Patricia Smart), *Dans un gant de fer*, Les Presses de l'Université de Montréal, 2005 판을 참조했다.

『철 장갑 안에서』에는 저자의 이름이자 실제 인물을 지칭하는 클레르라는 고유 명사가 직접 언급된다. 주인공 클레르와 저자 그리고 화자의 동일함이 명시적으로 드러나는데, 화자는 자신의 이름이 엄마의 절친한 친구 이름에서 비롯되었다고 하면서 친가 쪽에서는 할머니들 중 한 명의 이름에서 유래한 것이라고 믿고 있다는 설명을 덧붙인다.(p.205) 어디서나 흔하게 접할 수 있는 클레르라는 평범한 이름이 클레르 마르탱이라는 자신의 이름이 됨으로써

『철 장갑 안에서』('왼쪽 뺨') 표지

고유성을 담보한다고 천명하는 화자는 이 작품 속 주인공이 바로 글을 쓰는 작가와 동일한 클레르임을 다음과 같이 확인시켜 준다.

우리(할머니와 나)는 미래에 대해서, 나의 미래에 대해서 말하고 있었다. 할머니는 나에게 만약 나중에 결혼할 생각이 있다면 어떤 경우든지 선택하기 전에 깊이 생각해야 한다고 말했다. 나는 할아버지처럼 온화하고 성격이 좋은 사람과 결혼할 거라고 대답했다.(나는 약속을 지켰다.)(p.234)

외할머니와 미래에 대해 대화하는 열두 살의 주인공이 할아버지 같은 남편을 만나 결혼할 거라고 이야기하는데 그 약속이 이행되었음을 글을 쓰고 있는

화자의 직접적인 개입을 통해 보여 주고 있다. 제라르 주네트Gérard Gentte는 화자의 개입을 '예견anticipation' 또는 '예변prolepse'이라 명명하고, 1인칭으로 쓰인 회상형의 이야기에 부합하는 것으로서 주인공과 주인공의 미래를 연결해 주는 역할을 수행한다고 했다. '예견'은 텍스트에서 이야기되고 있는 과거와 글쓰기를 행하는 현재를 이어 주는 가교가 되는데, 이 작품에서는 주인공과 화자의 동일함, 나아가 저자와의 동일성을 우회적으로 표현하고 있다.

한편 이 작품은 르죈이 강조했듯 '한 개인의 삶'이면서 동시에 '인성의 역사'를 이야기하는 전통적인 자서전의 특징을 띤다. '인성의 역사'는 자신의 지난날을 되돌아보고 자기의 추억과 감정을 주관적인 관점에서 이야기하는 것을 의미하며, 개인의 정체성 탐구와 밀접한 관계를 맺는다. 클레르 마르탱은 『철 장갑 안에서』를 통해 자신의 어린 시절을 회고하고 묘사함으로써 삶에서 겪었던 다양한 경험들에 대해 자신이 느낀 감정이 어떠했는가를 주관적으로 이야기한다. 또한 르죈이 근대적 자서전의 모델로 삼았던 루소의 작품과 같이 자기가 하는 이야기의 진실성을 여러 번 강조하는 것을 발견할 수 있다. 화자는 자신이 이야기할 내용의 진실성을 확보하기 위해 첫 부분에 "아무것도 잊어버리지 않은 강렬한 기억력에 따라" 글을 쓰고 있음을 고백하고, 자신의 아버지를 "마치 책에서 찾아볼 수 있는" 인물 중 한 명 같다고 말함으로써 실제 존재했던 인물임을 역설적으로 표명한다.(p.76) 또한 작품 초반부를 길게 차지하는 작가의 계보에서 화자는 누벨 프랑스Nouvelle France에 도착한 조상들의 실명을 언급하고 정확한 시기까지 제시하며, 자신의 필명인 마르탱을 설명하면서 외할아버지가 역사적인 사건과 연루된 면들을 자세하게 이야기하기도 한다.(pp.81-83) 이는 『철 장갑 안에서』가 담고 있는 이야기가 실제로 확인이 가능한 것들이고 거짓이 아님을 언명하는 것과 다름 아니다. 클레르 마탱은 작품이 출판된 직후 작품의 진실성에 대해 다음과 같이 밝히기도 했다.

소설에서 말할 수 있는 어떤 것들이 있지만 말할 수 없는 다른 것들도 있습니다. (…) 진실이 진실임 직한 것이 아니라는 것을 당신도 아실 겁니다. 진짜 같지 않은 진실은 제가 얼마 전에 출판한 책과 같은 텍스트 속에 있어야 합니다. 그런 것들은 소설과는 잘 어울리지 않습니다.[40]

위에서 살펴본 것처럼, 『철 장갑 안에서』는 자서전 이론의 창시자인 필립 르죈이 자서전의 기본적 요건으로 제시한 사항에 모두 부합한다. 다른 한편으로 이 작품은 텍스트 내에 끊임없이 등장하는 사회적이고 역사적인 사건들에 대한 이야기를 삽입함으로써 회상록의 특성을 내포하고 있다. 증언의 기능을 강조하는 회상록은 사건들에 대해 관찰자적인 입장을 취하고 역사와 타자들에 관한 이야기를 한다. 반면 자서전은 자기 자신에 관심을 기울여 자신의 주변에서 벌어지는 일들을 주로 다루며 주관적인 관점으로 이야기를 전개시킨다. 이런 두 장르의 특성을 모두 지닌 『철 장갑 안에서』는 자서전인 동시에 한 시대의 이야기인데, 작가의 유년의 기억이면서 1920년대 퀘벡 여성들의 복종에 대한 이야기이기도 하다. 이 작품은 지극히 개인적인 이야기를 풀어내는 동시에, 영어권이 지배적인 위치를 차지하는 캐나다에서 프랑스어권 지역으로서 오랫동안 유

---

40) Patricia Smart, "Quelle vérité?: Dans un gant de fer, sa réception et la question de la référentialité", in *Voix et Images*, vol.29, n1,(85), 2003, p.37.

폐되었던 퀘벡 사회에서 가족, 종교, 교육의 미명하에 자행된 폭력과 억압 그리고 학대에 대해 고발한다. 1960년부터 확산되고 있던 조용한 혁명을 통해 퀘벡인들은 전통적 관습으로부터의 해방과 자유, 변화를 부르짖고 있었고, 이 작품의 출간은 세간의 큰 관심사가 되었다. 클레르 마르탱은 한 인터뷰에서 자신의 어린 시절과 젊은 시절에 대해 이야기한 2부작 자서전을 1950년대 후반부터 집필하기 시작했다고 고백하면서, 조용한 혁명이 일어나기 전이었던 그때는 퀘벡 사람들이 이런 종류의 폭로를 수용할 준비가 되어 있지 않았다고 판단해서 출간을 늦췄다고 밝혔다.[41] 작가는 텍스트를 통해 이런 경험이 자신만의 것이 아니라 20세기 초반 퀘벡에서 살았던 사람들이 공감대를 형성할 수 있는 이야기임을 강조한다. "그렇지만 나 혼자만 학대받았던 것으로 생각하면 안 된다. 우리 대부분이 각자 자신의 차례가 있었다."(Claire Martin, 2005, p.140) 클레르 마르탱의 자서전이 퀘벡 사회의 과거를 증언해 주고 있음을 지적했던 많은 비평가들 중 알랭 퐁토Alain Pontaut는 다음과 같이 말한다.

이 경험은 유일한 것이 아니다. 얼마나 많은 마을에서, 또 얼마나 많은 집에서…. 그래서 이 경험은 서로 소통한다. 이 경험은 유년기를 망가뜨리고, 재능을 단절시켰으며, 정신적 외상을 남겼고, 삶을 파괴한 것에 대해 이야기하고 고발하며 변호하는 것을 그 의무로 여기면서, 다른 여성들과 자매들에게 말을 건넨다. 가장 고통스러운 점은 사랑의 종교라는 이름으로 그녀들이 파괴되었다는 것이다.[42]

---

41) Gilles Dorion, "Bibliographie de Claire Martin", in *Voix et Images*, vol.29, n.1, (85), 2003, pp.59-77.

42) Alain Pontaut, "L'enfant devant les monstres", in *La Presse* (supplément), 17

이 작품을 르쾬 식의 자서전으로 간주하는 동시에 여성으로서 한 시대와 사회를 증언하는 문학으로 읽을 수 있는 이유를 여기에서 찾을 수 있다. 클레르 마르탱에게 여성으로서의 정체성이 어떻게 형성되었는가를 간과한 채 자신의 개인적인 정체성을 찾아갈 수 있는 길은 없었기 때문이다.

2. 타자와의 부정적인 관계 형성과 여성의 정체성

자서전 이론 연구자인 엘리안 타본르카름은 여성의 정체성이 '동일시identification'와 '관계lien'에 의해 형성되므로 '공동체communauté'나 '상호의존interdépendance' 관계 속에서 그들의 정체성을 정의 내릴 수 있다고 말했다.(1997, pp.119-120) 인간은 누구나 타인과 관계를 맺지 않고는 살아갈 수 없는 존재이며, 그 관계 속에서 정체성을 구현하고 정립해 간다. 여성들에게는 특히 이런 관계가 중요한 역할을 한다. 여성들은 자라면서 억압의 대상이 되어 감에 따라 사회와 자아 사이에서 끊임없이 분열되고 정체성 문제로 고통을 느끼는 경우가 많은데, 이로 인해 어머니나 주위의 여성들, 나아가 여성이라는 상상의 공동체와 동일시하고 내밀한 관계를 맺어 나가는 것을 볼 수 있다. 이는 여성 작가들의 글쓰기의 특수성이 드러나는 지점과도 연결되어 있다. 먼저 여성 작가들은 1인칭으로 서술된 유년기에 대한 추억을 담고 있는 자전적 소설을 선호하며, 이때 자주 등장하는 테마가 어머니에 대한 성찰, 동성애의 환상, 자

---

septembre 1966, p.4.

기 육체의 발견이다. 또한 여성 작가들은 남성 인물들을 형상화하는 데 어려움을 겪는 특성이 있으며, 남성 작가들에 비해 자신의 정체성을 새롭게 탐구하고 규정하는 데 노력을 기울인다.(Didier, 1980, p.34) 이처럼 여성 작가들의 글쓰기의 특성과 자서전의 일차적인 목적이라고 할 수 있는 정체성 탐구는 긴밀한 관계를 형성하고 있다.

클레르 마르탱은 『철 장갑 안에서』에서 자기 자신에 대한 이야기를 펼치면서 가족과의 관계성, 나아가 역사와 사회와의 관계성을 매우 중요하게 다룬다. 이 작품에서 화자이자 주인공인 클레르는 아버지와 학교 교육에 의한 소외와 거부, 폭력과 억압을 견뎌 내야 했던 어린 시절이 상처로 얼룩져 있었음을 이야기하기에 앞서 모든 것을 용서했다고 선언함으로써 타인과의 관계성을 강조한다. "나는 모든 것을 용서했다 J'AI TOUT PARDONNE"라는 대문자로 구성된 문장으로 시작되는 이 작품은 먼저 아버지에 대한 용서에 관해 이야기하고 이어서 자기 가족의 계보, 즉 친가와 외가의 계보를 언급하면서 선조들이 퀘벡의 어떤 역사적 사건과 결부되는가를 자세하게 설명한다.

『철 장갑 안에서』는 타인과의 관계에 바탕을 둔 정체성 형성의 여정이 소외와 거부로 시작되는 것을 보여 준다. 타인과 사회로부터의 소외와 거부의 경험은 먼저 아버지와 어머니의 관계를 통해 그려진다. 그래서 화자는 자신이 1914년 4월 18일에 "호랑이" 아버지와 "비둘기" 어머니 사이에서 태어났다(p.79)는 표현으로 자서전의 시작을 알린다. 작가의 아버지 오빌라 몽트뢰유는 첫 번째 아내였던 로라 말루앵이 결핵으로 요절하자 화자-주인공의 어머니인 알리스 마르탱과 두 번째 결혼을 해서 일곱 명의 자식을 낳는다. 신실한 가톨릭 신자였던 스물세 살의 알리스 마르탱은 고해 신부로부터 어린 아들이 딸린 홀아비를 소개받게 되고, 노처녀인 자신의 운명이라고 여기며 결혼한다. 그런데 결혼 전날 오빌라 몽트뢰유의 전 부인의 친척이라는 사람이 그녀를 찾아와 그와 결혼하지 말라고 충고한다. [43] 그는 아내가 친정 식구를 만나는 것조차 못마땅하게 여기는 사람이었고, 자신의 심기를 건드렸다는 이유로 아내에게 심한 폭력을 휘두르는 인물이었으며, 엔지니어로서 충분한 소득이 있었음에도 지독한 구두쇠였다. 이런 말을 들었음에도 불구하고, 파혼을 하기에는 너무 늦은 시기였기 때문에 알리스 마르탱은 그와 새로운 가정을 꾸리게 된다. 신이 맺어 준 인연이라고 믿으며 인내했던 알리스도 넷째 아이인 클레르가 두 살이 되었을 때 남편의 폭력을 견디다 못해 아이들을 데리고 친정에 가서 살면서 2년간 별거를 했다. 그러나 오빌라 몽트뢰유가 더 이상 폭력을 휘두르지 않을 것이며 물질적으로 필요한 것을 모두 제공할 것이고 친정 부모를 자주 볼 수 있게 해 주겠다는 약속을 전하러 그들을 맺어 준 고해 신부가 찾아오자, 화자의 어머니는 그의 충고를 받아들여 아버지와 재결합한다.

어머니와 아버지의 관계를 통해 화자는 당대 여성의 삶에 대해 이야기한다. 작가는 여성들이 당연히 집과 부엌에 있어야 했으며 일요일이 되면 교회에 가려고 유일한 외출을 하던 시대를 살았다고 밝히면서, 여성이 얼마나 소외된 삶을 살았는지를 자신의 어머니를 통해 보여 준다. 문화를 향유하거나 대학에 진

---

43) 이 작품이 세상 빛을 본 후, 오빌라 몽트뢰유의 전 부인인 로라 말루앵의 조카 중에 부모를 여의고 잠시 동안 몽트뢰유가에서 살았던 베르트 나도라는 사람이 작가에게 편지를 보냈다. 편지에는 자신의 이모 중 한 사람이 알리스 마르탱을 찾아갔었고 결혼에 대해 다시 생각해 보라는 충고를 했다는 사실을 확인시켜 주는 내용이 담겨 있었다. 우리가 인용한 책의 마지막 부분에 부록으로 수록되어 있다. (pp.636-637)

학할 권리를 갖지 못했던 여성의 사명은 쉼 없는 출산과 육아 그리고 집안일뿐이었기에 타자와 사회로부터의 완전한 소외와 고립이 가능했음을 강조하는 것이다. 작가는 자신의 삶을 되돌아보고 반추하기 위해 어머니가 어떻게 살았는가를 떠올리고, 어머니의 모습을 통해 당대 여성들을 되비추는 셈이다. 클레르 마르탱이 정체성을 찾아가는 여정에서 가족과의 관계, 나아가 자신이 살았던 사회와의 관계가 중요한 자리를 차지하고 있음을 알 수 있다. 여성의 '내면적 나je intime'는 언제나 사회적 맥락에 기반하고 있다고 지적한 캐서린 로버츠 Katherine A. Roberts의 의견처럼, 클레르 마르탱의 정체성 역시 자연스럽게 정치적 담론을 확보한다.

화자-주인공이 어린 시절에 직접 겪었던 소외의 경험은 다음과 같이 나타난다. 화자는 새로운 집을 장만한 아버지가 어머니와 아이들을 맞이했던 것을 기억하면서, 퀘벡 시에서 몇 마일 떨어진 그 집이 허허벌판에 고립된 채 지어졌으며 굉장히 추운 곳이었다고 묘사한다.

> 아버지는 우리가 거주할 수 있도록 큰 집을 장만했는데, 그 집은 아름다웠지만 겨울에는 끔찍할 정도로 추웠다. 아버지는 여름에도 사람들의 발길이 거의 닿지 않고 그 외에는 황량하기 그지없는 외곽 지역에 있는 집을 선택했다. 그 집은 버려진 광대한 땅 한가운데 세워져 있었으며 법의 심판을 피해 달아난 범죄자나 정신병자가 숨어 살았을 것만 같았다. 우리가 바로 그렇게 해야 했다. 어떤 길도 거기로 통하지 않았다.(p.92)

화자는 아버지의 폭력과 학대의 구체적 사건들을 이야기하기에 앞서 먼저 가족이 살게 된 집에 대해 묘사함으로써 앞으로의 삶의 모습을 예견하게 한다.

위 인용문을 통해 겉으로 보기에는 평화로운 가족이지만 아버지 앞에서 상상도 할 수 없을 정도로 얼어붙는 일상을 보내야 하는 어머니와 자녀들의 모습을 짐작할 수 있기 때문이다. 이 집의 위치에 대한 설명에서도 앞으로 벌어질 일들을 가늠할 수 있다. 범죄자나 정신병자가 숨어 사는 황량한 곳에 고립된 채 서 있는 이 집은 정상적이지 않은 아버지로부터 피할 길 없는 인생을 감내해야 하는 가족들의 모습을 투영하고 있는 것으로 볼 수 있다. 엔지니어였던 아버지 덕택에 물질적으로는 부족하지 않은 생활을 영위할 수 있었던 가족이지만, 정신적으로 얼마나 소외와 고통 속에서 살아가야 했는가를 은유적으로 묘사하고 있는 것이다. 동시대의 문인이었던 가브리엘 루아Gabrielle Roy는 이 자서전이 출판된 후 작가에게 다음과 같은 내용이 담긴 편지를 보냈다고 한다. "저는 당신이 말한 음울한 집을 알고 있었답니다. 남편과 제가 여름 별장에 가는 길에 그 집이 있었죠. 그 집이 누구 소유인지 알기 훨씬 오래전부터 저는 그 집을 보면서 수많은 불행이 거기에 깃들어 있는 느낌을 받았고, 어쩌면 약간 광기가 있는 냉혹한 사람의 집이었을 거라고 생각했었답니다."

고립된 채 집 안에서 소외된 생활을 하던 주인공 클레르는 수녀원 기숙학교에 입학한다. 당시 퀘벡 사회에서 일반적으로 했던 것처럼 그녀는 두 언니가 다니고 있던 위르쉴린 수녀회 소속의 여학생 기숙학교에서 교육을 받았다. 유럽에서 선교를 위해 정착한 수녀들에 의해 1639년에 세워진 북아메리카 최초의 여성 교육 기관, 즉 유서 깊은 곳에서 학업에 매진할 수 있게 된 것이다. 그러나 집과는 달리 학교에서는 새롭고 너그러운 세상을 기대했던 클레르가 그곳에서 처음 해야 했던 일은 낯선 언어 표현들을 배우는 것이었다. 예를 들어 "소변을 보고 싶다"는 표현 대신 언제나 "위로 올라간다"라는 표현을 써야 했다. 화장실이 2층에 있었기 때문에 생겨난 표현인 것으로 추정되지만, 3층이나 4층에 있을 때에도 화장실을 가기 위해서는 "위로 올라간다"고 말해야 했던 것이다. 또 월경을 시작했을 때는 "새로운 것과 함께"라는 식으로 우회적인 단어를 사용해야 하고, 어떤 식으로라도 육체나 성적인 의미를 암시하는 단어를 사용해서는 안 된다는 규칙이 있었다. 학교에 도착한지 며칠이 지난 어느 날, 수업 중에 화장실에 가고 싶었던 클레르는 옆에 앉은 친구에게 "소변"이라는 단어를 무심결에 말하게 된다. 그 친구는 그런 단어를 사용하는 학생이 있으면 수녀 선생님에게 밀고해야 한다는 규칙에 따라 행동한다. 수녀 선생님에게 불려가 잘못된 말을 한 것이 있으며 그것이 무엇인지를 말하고 회개하라는 요구를 받은 클레르는 자신이 어떤 말을 잘못했는지조차 인식하지 못한다. 그렇게 사건은 일단락된 것처럼 보였지만, 그날 밤 수녀 선생님은 잠자리에 들려는 클레르를 옆방으로 불러내 한 시간이 넘도록 무슨 잘못을 했는지 생각해 내라고 종용한다. 끝까지 무엇이 잘못되었는지 모르는 아이에게 수녀 선생님은 자신의 입에 손을 대고 작은 소리로 "소변"이라는 단어를 말하면서 그런 단어를 사용한 것이 잘못이라며 그녀를 회개시킨 후에야 잠자리에 드는 것을 허락한다.(pp.121-123, 214)

　북아메리카에서 가장 청교도적인 사회를 형성하고 있었던 퀘벡의 전통에서 여성의 육체는 거부하고 부정해야 할 대상이었다. 청교도적 전통에서 인간의 육체와 인간의 세속적 행동 양식은 모두 거부의 대상이 된다고 할 수 있다. 그 중에서도 여성의 육체는 가장 금기시되고 거부해야 하는 것이었다. 그러나 주기적으로 이루어지는 생리 기관의 변화와 임신을 통한 육체적 변화, 출산 등은 여성들로 하여금 자신의 몸에 대해 많은 관심을 가지게 한다. 엘리안 타본르카름 역시 비평서를 통해 여성의 자서전에 육체에 대한 언급이 더 자주 등장하는 것을 발견할 수 있다고 밝혔다.(pp.95-97) 클레르 마르탱의 자서전에서도 주인공 자신의 육체, 즉 여성의 육체에 대해 여러 번 언급하는데, 육체는 부정해야 할 대상으로 나타나는 특성을 보인다. 위에서 지적한 것처럼 생리 현상을 표현하는 것조차 금기시하는 수녀들의 언어는 육체와 관계된 모든 것을 거부하는 전통을 고수하고 있으며, 그들에 의해 행해지는 교육의 현장에서 그런 전통은 더욱 가중된다. 이런 교육을 받은 클레르는 자연스럽게 자신의 육체에 대한 수치심을 가진다.

> 우리는 몸에 대해 수치심을 갖는 것이 생활화되었고, 몸에서 일어나는 모든 것이 알려지지 않은 어떤 죄의 대가라고 여기는 것이 생활화되어서 몸에서 털이 자라는 것조차 당황스럽게 여겼다. 나는 겨드랑이와 음부에 털이 생긴 것을 알았을 때 낙심했다. 내가 무엇을 할 수 있었겠는가? 나는 침대의 넓이가 허락하는 한 내 손을 몸으로부터 가장 멀리 떨어뜨려 놓고 잠을 잤음에도, 죄의 대가가 내 몸 곳곳에 이르렀던 것이다.(pp.214-215)

주인공은 자신의 몸을 수치스럽게 여길 뿐 아니라 육체의 변화를 죄를 범한 대가로 여긴다. 기숙학교에 머무는 동안 월경을 시작한 학생이 수녀에게 찾아가 어떻게 대처해야 할지를 묻자 수녀는 월경은 신이 내린 징벌이라고 말한다. 어린 학생들은 몸의 변화 하나하나가 모두 죄의 대가이고, 그렇기 때문에 수치스럽게 여겨야 할 것이라고 생각한다. 닫힌 집에서 고립된 생활을 한 어린 시절을 뒤로하고 열린 공간일 것 같았던 학교를 향해 한 발자국을 내디딘 소녀에게 새로운 세계가 선사한 것은 자신의 육체조차 부정해야 한다는 사실이었다. 자기 자신의 육체를 부정함으로써 완전한 소외와 거부를 맛본 클레르에게 세상은 또한 폭력과 억압으로 가득한 곳이다.

어린 시절을 물들인 폭력은 모두 아버지에 의한 것이었기에, 클레르는 자기가 승인한 것 외에는 그 어떤 것도 허락하지 않았던 아버지에 대해 이야기한다. 이 가족에게는 여섯 살이 되면 매번 미사에 참석해야 하며 집에서는 언제나 침묵을 지켜야 하고 질문은 절대로 해서는 안 된다는 규칙이 있었다. 어느 일요일, 아직 미사에 참석할 수 없는 나이였던 클레르와 두 살 위의 오빠 앙드레는 집에 아버지와 갓난아기와 함께 남아 있었다. 오빠가 "개인individu"이라는 새로운 단어를 알려 주었는데, 그 단어의 어감이 우스꽝스럽게 느껴진 클레르의 웃음보가 터지는 일이 벌어졌다. 언제나 조용히 해야 하는 집에서, 그것도 아기가 잠을 자고 있는데 이런 상황이 발생한 것이다. 그러자 작업실에 있던 아버지가 즉각 나와서 이 어린아이들의 따귀를 때리기 시작한다. 이어서 주먹으로 때리던 아버지는 혈기를 주체하지 못하고 아이들을 발로 걷어차 이 방에서 저 방으로 뒹굴며 가게 만든다. 화자는 이런 일상이 반복되었다고 고백하면서, 아버지가 자신들 중 아무도 죽이지 않았다는 사실이 놀랍다고 부연한다.(p.97) 아버지의 무차별적인 폭력은 끊임없이 이어진다.

나로서는 바로 어제 그런 일이 벌어졌던 것처럼 느껴진다. 엄마가 아기를 재우기 위해 위층으로 올라간다. 아버지가 그 뒤를 따른다. 몇 분 후, 우리는 소름 끼치는 소음과 고함 소리를 듣는다. 아기는 계단에서 바닥까지 굴러 떨어지고, 이어서 자신의 아들처럼 포대기로 싸이지 않은 엄마가 더 오랫동안 거기에 방치된다. 아주 오랫동안. 끝없이. 어린아이였던 우리들은 부엌에서 나갈 엄두를 못 낸 채 서로 달라붙어 있었다. 아주 어렸지만 우리는 이런 상황에서는 아무것도 못 보고 못 들은 척해야 한다는 것과, 울거나 소리치면 안 된다는 것을 알고 있었다. 어떻게 우리가 그것을 알게 되었는지는 모르겠다. (…) 나는 세 살 반이었다. 증오와 경멸을 선택하기에는 너무 어렸다.(p.93)

아버지의 폭력은 어머니뿐 아니라 자식들, 심지어 갓난아기에게까지 이른다. 2층에서 계단을 타고 땅바닥까지 굴러 떨어진 어머니는 얼굴 전체에 시퍼런 멍이 들고 코뼈가 부러지는 중상을 입어 이비인후과 의사였던 아버지의 동생이 와서 치료해 주었다. 이처럼 아버지와 클레르 그리고 다른 가족과의 관계는 억압과 폭력의 가해자와 피해자의 관계로 나타난다. 특히 세 살 반밖에 되지 않았던 클레르에게 이미 증오와 경멸이 자리 잡도록 했던 상황에 대해 기억하는 것은 수난 당했던 삶에 대해 기억하는 것이고, 그것을 기억해 글쓰기를 함으로써 증언자로서의 자기 정체성을 재구성하는 작가 클레르 마르탱이 공존하고 있음을 보여 준다. 그러므로 화자-주인공은 아버지로부터 기인한 상처를 '증오'와 '경멸'이라는 감정으로 해소하는 수난자로서의 자기의식으로 드러내는 동시에 증언자로서의 역할을 감당하고 있는 것처럼 보인다.

화자-주인공에게 폭력은 가정에서만 존재하는 것이 아니다. 기숙학교에서 수녀 선생님들이 사디즘에 비견될 정도의 가학 행위를 빈번하게 자행하는 것을 목도하기 때문이다. 그녀에게는 장세니즘Jansénisme의 영향을 받은 위르쉴린 학교뿐 아니라, 아버지의 경제적 어려움으로 인해 전학하게 되는 노트르담 학교도 엄격함을 넘어 억압적인 분위기를 자아내는 곳이다. 화자는 특히 비뚤어진 수녀 선생님들의 만행에 가까운 체벌과 폭력을 여러 사건을 통해 밝힌다. 학년이 바뀌면서 담임교사가 바뀌었는데, 생포르튀나라는 수녀 선생님은 학생들에게 다음과 같이 설교한다.

이튿날이 되자마자, 그녀는 자신의 지도 아래서 금지된 모든 것들에 대해 긴 설교를 늘어 놓았다. 그녀에게 제출하지 않은 편지를 쓰는 것, 심지어 장딴지 아래에 닿는 길이의 원피스를 입는 것 — 그녀는 물론 장딴지라는 단어를 사용하지 않기 위해 다음과 같이 말했다. "치마의 시침이 땅바닥에서 이러한 간격이어야 한다" —, 가까운 친척 이외의 사람을 면회 실에서 만나는 것, 그리고 특히, 특히, 파마를 하는 것.(p.238)

생포르튀나 수녀는 사춘기에 접어든 여학생들이 자신의 육체나 외모에 관심을 가지는 것도, 서로의 생각과 감정을 나눌 편지를 쓰는 것도 금지 사항임을 강조한다. 그러나 이런 규칙이 존재하는 것보다 문제가 되는 것은 규칙을 어긴 학생들에게 가해지는 체벌의 양상, 그리고 규칙을 어기지 않았다 하더라도 수녀 선생님의 주관적인 판단에 따라 괴롭힘을 당할 수 있었다는 사실이다. 우리의 주인공은 심한 곱슬머리였는데, 생포르튀나 선생님은 자연적인 곱슬머리라는 학생의 말을 전혀 믿지 않는 행동을 한다. 그날 밤 잠자리에 든 클레르가 몰래 머리를 말고 있지는 않은지 확인하기 위해 침실에 오더니, 매일 밤 그녀를 찾아와 확인한다. 생포르튀나의 끈질긴 괴롭힘은 여기서 끝나지 않고, 젊은 수녀를 한겨울 새벽 다섯 시에 자고 있는 클레르에게 보낸다. 그녀를 깨워서 물통에 머리카락을 담그게 하고 마를 때까지 그대로 있으라는 체벌을 가한 것이다. 며칠 동안 이어진 체벌로 클레르는 결국 추위에 떨다가 비염과 중이염에 걸린다. 이 사건은 금지 사항을 만든 목적이 어떻게 해서든 희생자를 만들어서 그 대상을 집요하게 괴롭히려는 사디즘에서 비롯된 것임을 보여 주는 예라고 할 수 있다. 화자는 이어지는 이야기에서 생포르튀나 수녀가 특히 악독한 사람이었기 때문이 아니라, 다른 수녀들 역시 혈기를 참지 못하고 학생들에게 가학적인 체벌을 하는 경우가 많았다고 고백한다. 생쥘이라는 뚱뚱하고 못생긴 수녀의 체벌 방식은 더욱 폭력적이어서 따귀를 때리는 것으로 시작해서 주먹으로 머리를 내리친다든지, 심하게는 기숙사 공동 침실의 한가운데에서 맞던 학생이 구석까지 내몰리는 상황이 벌어지기도 했다는 것이다. 폭력과 학대로 얼룩진 학교생활에서 주인공은 고통스러운 삶을 이어 갈 수밖에 없다. 무조건적으로 복종해야 하고 조금이라도 어긋나면 가차 없는 징벌이 뒤따르는 규칙 아래에서 살아야 한다는 사실은 주인공으로 하여금 삶에 대한 염증을 느끼게 한다.

화자-주인공이 아버지와 수녀 선생님들, 그리고 학교에서 벌어진 다양한 소외와 거부, 폭력적 억압에 대해 증오심을 가지게 된 것을 토로하는 이 작품은 작가가 퀘벡 사회에 대해 가진 불만을 토로하고 비판하는 것에 다름 아니다. 클레르 마르탱은 특히 퀘벡의 교육 제도가 변화되어야 함을 설파한다. 퀘벡에서는 1964년 교육부가 출범하기 전까지 가톨릭과 개신교 위원회로 구성된 '공공 교육부'에서 교육을 총괄했다. 퀘벡인들의 교육 수준은 캐나다의 다른 지역 사람들에 비해 현저하게 낮았는데, 이는 의무 교육 제도가 북아메리카에서 가장 늦게 시행되었기 때문이다. 교육 분야에서 특히 종교의 개입이 뚜렷하게 엿보이는 퀘벡 사회는 가톨릭에서 지키려는 미덕들이 세대가 달라져도 변하지 않고 존속했던 것으로 평가된다. 이런 사회적 상황에서 1920년대에 학교를 다녔던 클레르 마르탱은 1960년대까지도 크게 달라지지 않고 지속된 퀘벡의 교육 제도를 비판한다.[44] 교육의 변화 없이 퀘벡 사회와 여성들의 삶이 바뀔 수 없기

---

44) 퀘벡 교육 제도에 대한 비판은 1950년부터 줄을 이었다. 특히 장 폴 데비앙

때문이다. 가톨릭과 결탁된 교육 제도로 인해 캐나다의 다른 지역에 비해 퀘벡 여성들이 더 종속적이고 억압적인 삶을 살고 있다는 점을 파악한 것이다. 작가는 퀘벡 여성들의 삶이 어땠는지를 다음과 같이 고백한다.

> 결혼을 하지 않으면 존재조차 하지 못했던 사회에서 너무 일찍 태어난 못생긴 소녀들은 수녀의 길을 걸었는데, 그녀들은 가장 단조로운 우둔함에 빠졌으며 그녀들이 지닌 재능을 따귀를 때리거나 주먹으로 치는 기술로만 발전시키는 것에 사용했다.(p.247)

결혼을 안 하거나 못한 여성들은 존재하지 않는 것과 다름없는 사회에서 수녀가 될 수밖에 없었다는 위의 인용문은 신의 부름을 받아 성직자가 되는 것이 아니라 세상에서 내쫓겨서 어쩔 수 없이 수녀원에 숨어 들어갔음을 폭로한다. 이미 시작부터 비뚤어져 있었던 셈이다. 그렇게 해서 수녀가 된 여성들은 각자가 지닌 재능을 발산하는 대신 따귀를 때리거나 주먹으로 타인을 때리는 기술을 발전시키고 그런 행위를 통해 자신들의 비틀린 욕구를 해소하기에 이른다. 이런 수녀들이 교사가 되어 이루어지는 교육이 문제가 없을 수 없다. 작가는 퀘벡에 암묵적으로 존재하던 교육 제도와 여성에 대한 사회적 협약을 반박하고 고발하는 동시에, 스스로 자율적이고 독립적인 여성으로서의 삶을 개척해 나갈 것을 예고한다.

Jean-Paul Desbiens 수사(　　)는 교사이자 작가로 활동하면서 『어느 수사의 오만함*Les insolences du Frère Untel*』(1960)이라는 작품을 통해 교육에 대해 신랄한 비판을 행했고, 이 책은 퀘벡의 조용한 혁명이 일어나는 도화선이 된 여러 사건 중 하나였다.

3. 반항의 독서에서 자유의 글쓰기로

소외와 폭력을 감내해야 했던 유년 시절을 보낸 클레르가 현실의 고통으로부터 자유를 누릴 수 있었던 곳은 책의 세계였고, 많은 책이 있었던 외가가 그녀의 자유를 보장해 주는 곳이었다. 외할머니는 그녀에게 글을 읽는 것과 쓰는 것을 흥미로운 게임으로 알려 주었으며 프랑스어를 우아하게 구사할 수 있도록 도와주었다. 언제나 침대 맡에 샤토브리앙Chateaubriand의 책을 놓아두었던 외할머니는 클레르가 잘못 말하거나 잘못된 표현을 사용할 때면 고쳐 주는 역할을 자처했다. 부모의 별거 기간 그리고 어머니가 아플 때마다 외가에서 지내면서 그곳의 평화롭고 활기찬 분위기를 만끽했던 클레르는 기쁘고 슬픈 감정을 자연스럽게 표출하는 법을 외가에서 습득할 수 있었다. 그녀에게 외가는 어린 시절에나 글을 쓰고 있는 때에나 영원한 낙원으로 남아 있다. 그녀는 외가의 서가에 꽂혀 있던 『돈키호테』를 읽은 것이 어린 클레르의 첫 독서 체험으로서 기억 속에 남아 있음을 고백한다.

> 내가 읽은 첫 번째 책은 『돈키호테』였다. (…) 할아버지는 약국 뒤편에 작은 서가를 가지고 있었다. 겨우 더듬더듬 읽기 시작하면서부터 나는 가장 낮은 곳에 꽂혀 있던 책을 끄집어내서 구석에서 읽기 시작했다. (…) 할머니와 할아버지는 매일 책을 읽었다.(pp.112-113)

다섯 살 때부터 책을 읽을 수 있었던 분위기를 제공한 외가에서 머물렀던 시간들은 클레르로 하여금 독서를 통해 자신만의 길을 열어 갈 수 있는 가능성을 발견하게 해 주었다. 책을 많이 읽고 말을 올바르게 하는 것이 중요하다고 가르쳤던 외할머니의 영향을 받은 주인공은 책 읽기에서 기쁨을 느낀다. 아버지의 집과 학교에서는 자신의 감정이나 생각을 표현할 수 없었지만 외가를 방문할 때마다 그곳에 있는 책을 읽는 것이 그녀에게는 큰 즐거움이었다. 어린 시절의 독서는 현실에서 멀어질 수 있는 방법이었으며 자신이 꿈꾸는 세계를 향해 나아갈 수 있는 유일한 통로였다. 외가의 서재에서 읽었던 라신Racine, 샤토브리앙, 조르주 상드, 로르 코낭Laure Conan 등의 작품들은 후에 작가의 작품 세계에 영향을 미친다. 클레르 마르탱은 한 인터뷰에서 특히 조르주 상드, 콜레트 Colette, 나탈리 사로트Nathalie Sarraute 등의 작품에 대해 극찬을 아끼지 않으면서 자신의 문학 세계를 형성해 나가는 데 그들이 중요한 작용을 했음을 밝히기도 했다.[45]

외할머니에게 새해 선물로 책을 사 달라고 요청한 어느 겨울 방학, 프랑스에서 온 책을 선물 받은 딸에게 아버지는 "프랑스에서 건너온 것들이 요즘은 가치가 없으니 책을 읽는 중에 올바르지 않은 내용이 있으면 더 이상 읽지 않을 수 있는 분별력이 있어야 한다"고 충고한다(p.224). 독서가 꼭 필요한 것이라고 생각하지 않았을 뿐 아니라 프랑스를 혐오하던 아버지는 클레르가 프랑스에서 온 책을 읽는 것 자체가 못마땅하다. 아버지의 반대에도 불구하고 주인공은 독서의 즐거움을 포기하지 않고 외가에서의 독서를 즐긴다. 아버지가 자신의 아내와 아이들이 방문하는 것조차 싫어했던 마르탱가는 클레르에게 아버지의 뜻을 어기고 방문하여 자유로울 수 있는 곳이었고, 그곳에서의 독서는 아버지에

---

[45] André Ricard, "Entretien avec Claire Martin", in *Voix et Images*, vol.29, n.1, (85), 2003, pp.17-18.

게 반항할 수 있는 방법이었던 셈이다. 이처럼 주인공에게 독서는 아버지의 법에서 빠져나와 자신만의 세계를 구축할 수 있는 새로운 세계였다.

클레르 몽트뢰유가 외가의 성(姓)인 마르탱을 필명으로 선택하게 된 이유를 여기에서 짐작할 수 있다. 피에르 에마뉘엘Pierre Emmanuel은 필명에는 자신이 처한 현실을 회피하거나 속이고자 하는 의도가 내재되어 있다(1983, p.85)고 주장했는데, 클레르 마르탱에게 필명은 법적인 정체성과 아버지의 권력을 단절시키고 거부함으로써 자신을 자유롭게 하는 장치였던 것으로 보인다. 아버지로부터 반항할 수 있는 장소이자 반항의 독서를 행할 수 있었던 외가는 이제 완전한 자유를 누릴 수 있는 성(姓)을 제공하게 된다. 그녀는 필명을 통해 성(姓)이 강요하는 아버지로부터 남편으로 이어지는 권력에 종속되는 것을 거부한다. 그래서 수동적으로 읽기만 하던 행위가 글을 쓰는 행위로 옮겨 가게 되고 점차 클레르 마르탱이라는 필명과 조우하게 되는 것이다.

클레르는 무료하고 숨 막히는 학교생활을 이어 가면서 점차 글쓰기에서 기쁨을 찾는다. 그녀는 열두 살이 되면서 여러 편의 소설을 쓰기 시작했고 학창 시절에는 오랫동안 일기를 썼는데, 아버지가 보게 될 것을 걱정해서 스스로 없애 버리기도 했다. 작가는 1999년에 발표한 자전 작품집 『일생 동안 *Toute la vie*』에서 자신에게 문학은 "모든 것이 가능한 세계로, 우리가 살고 있는 삶이 아닌 우리가 읽고 있는 삶으로 인도하는"(p.103) 기회였다고 회고했다. 혼자만의 습작 시절을 보내던 클레르는 어느 날 학교에서 나폴레옹을 주제로 글을 쓰고 있었는데, 생프로테 수녀 선생님이 그것을 보고 이렇게 말한다.

정상적인 사람이라면 나에게 이런 말을 할 것이라고 생각할 것이다. "글을 쓰는군요. 참 좋은 일이죠. 계속하세요. 열심히 연마해 보세요" 등등 (⋯) 그녀는 다음과 같이 긴 설교를 늘어놓았다. 첫 번째, 걱정스러운 취향을 가졌다. 두 번째, 내가 내 인생에서 결코 한 권의 책도 쓸 수 없을 정도로 어리석기 때문에 혼자 글을 쓰는 것은 불가능하다. 세 번째, 캐나다에는 왕이 존재한 적이 없었기 때문에 나의 나폴레옹은 터무니없이 꾸며낸 이야기에 불과하다. 어처구니가 없어진 나는 그녀 말의 맥락을 놓쳐 버렸고, 네 번째, 다섯 번째가 있었는지 듣지도 않았다.(p.219)

생프로테의 이런 말은 당대 퀘벡 사회가 얼마나 전통과 종교의 억압 속에 갇혀 있었는지를 적나라하게 보여 준다. 교사가 학생에게 긍정적인 요소를 찾아서 지지해 주기는커녕 오히려 학생의 꿈을 깔아뭉개는 태도를 보이는 수녀 선생님의 비틀린 시선을 전하고 있는 이 장면은 종교 기관이 중심이 된 전근대적 교육의 비합리성을 역설하고 있다. 여성이 글을 쓴다는 것에 대해 부정적인 입장을 확실하게 가지고 있던 생프로테는 클레르가 평생 동안 단 한 권의 책도 쓸 능력이 없을 거라고 거침없이 말한다. 게다가 나폴레옹이라는 역사적 인물뿐 아니라 문학에 대해서도 전혀 지식이 없는 교사의 면모가 드러난다. 지식을 전달해야 할 교사가 상식에 불과한 내용조차 제대로 인지하지 못하고 있는 것이다. 이런 부분들을 통해 클레르 마르탱의 자서전이 왜 조용한 혁명기에 퀘벡인들에게 큰 반향을 불러일으켰는지를 이해할 수 있다. 작가는 한 인터뷰에서 자신이 작가가 된 것에 대해 가족들과 사람들이 어떻게 여겼는지에 대해 직접 고백하기도 했다. "내가 라디오 아나운서라는 사실이 이미 내 가족들에게는 충격적인 일이었습니다. 글을 쓴다는 것을 그들이 어떻게 받아들였을지 상상해 보세요. 우리 집에서 여자들은 집에, 특히 부엌에 있어야 했고, 일요일에만 한 번

외출했지요. (…) 나는 내가 원했던 것을 결국 이루어 냈다는 점에 만족하고, 내 남편이 일방적으로 이혼을 요구할 거라고 생각했던 선량한 사람들을 아연실색케 했다는 점에 만족합니다."[46] 클레르 마르탱의 이런 고백은 결혼한 여자가 글을 쓴다는 이유로 이혼을 당할 수 있던 퀘벡 사회의 분위기를 짐작케 한다.

작가는 자신이 어린 시절에 겪었던 모든 고통을 글쓰기를 통해 치유하게 되었음을 밝힌다. 그녀는 소설 속에나 등장할 것 같은 인물인 자신의 아버지에 대해 이야기하기 전에 먼저 아버지를 용서했다고 말한다.

> 나에게, 또 그에게 시간이라는 것 (…) 최근 몇 년 동안 그는 방어하지도 못하는 연약하고 가련한 어린아이처럼 타인에게 의지하는 생활을 했다. 어린아이를 용서하는 것을 거부하기란 지극히 어려운 일이다. 그는 자신이 저질렀던 폭력과 횡포에 대한 기억조차 잃었고 우리가 늘 그를 사랑하지 않았다는 것을 알고 놀라기까지 했다.(p.75)

아버지를 표현하는 "그ILUI"는 텍스트 속에서 이미 죽은 존재로 묘사된다. 이제는 아무 힘없는 가엾은 존재가 된 아버지의 마지막 모습을 보면서 글을 쓰고 있는 작가의 분신이자 화자는 시간의 흐름을 암시한다. 그토록 증오했던 학대자로서의 젊은 아버지는 이제 존재하지 않으며 심지어 자신이 저질렀던 횡포에 대해 기억도 하지 못하지만, 그로 인한 정신적 외상은 마흔 살을 넘긴 중년의 작가에게 여전히 큰 흔적으로 남아 있음을 고백한다. 그 시절에 대해 이야기함

---

46) Rémy Charest, "Claire Martin: Ecrire sans attaches", in *Le Devoir*, 20–21 mars 1999.

으로써 상처를 치유할 수 있는 때가 되었다. 그래서 클레르 마르탱은 자신이 작가로서 "글을 쓰기 시작한 1957년부터 유년기에 대한 기억들을 글로 쓸 준비가 되었음을 느꼈다"고 말하기도 했다. 자신의 상처를 증언한다는 것은 그 고통을 받아들여 과거에 대한 우울한 회상에 그치지 않고 고통을 희망으로 변화시키는 창조적 과정, 즉 글쓰기를 통해 거듭날 수 있음을 의미한다. 클레르 마르탱은 글쓰기를 통해 자신의 그늘진 과거, 즉 아버지와 사회의 억압과 폭력으로부터 자유로워질 수 있었다. 그래서 상처의 경험을 이야기로 변화시켜 문학으로 탄생시킨 자서전 『철 장갑 안에서』를 통해 작가는 고통을 초월하고 클레르 마르탱이라는 여성의 정체성을 재구성하기에 이른다.

작가 자신이 두 눈으로 목격하고 온몸으로 느꼈던 경험을 이야기하는 이 작품은 한 개인의 실존적인 상처와 고통을 넘어서 역사의 한 순간에 대한 증언으로 각인되고 있다. 약자로서, 개인으로서, 여자로서 겪었던 체험을 형상화하는 『철 장갑 안에서』는 촘촘히 엮은 씨줄과 날줄을 통해 퀘벡 사회를 되비춘다. 따라서 이 자서전은 개인적인 기록의 형식을 취하고 있지만 한 세대, 한 집단, 한 지역의 기록으로 전이되는 힘을 지닌다. 이 작품이 단순히 사적인 상처의 치유를 위한 글쓰기에 그치지 않고, 증언의 글쓰기로서 퀘벡 사회의 과거와 현재의 모습을 비추고 변화를 촉구하는 시각에서 읽힐 수 있는 이유다. 결국 클레르 마르탱의 정체성은 오랜 세월 종교적 전통과 사회적 억압으로 인해 이중으로 고통 받은 퀘벡 여성들과 공감하고 연대함으로써 성립되는 정체성이다. 작가는 퀘벡 여성들을 위로하고 그들의 상처를 치유하는 정체성을 얻어 다시 태어나며, 그녀의 글은 이를 통해 고유한 생명력을 얻기에 이른다.

2부

자기에 대한 글쓰기와 정체성

자기에 대한 글쓰기를 행하는 사람은 기본적으로 자신의 정체성을 탐구하려는 의도를 가지고 있다. 비단 자서전이나 회고록뿐 아니라 내면 일기나 서한문을 관통하는 대주제 역시 정체성과 깊은 관계를 맺고 있음을 발견할 수 있다. 자기에 대한 글쓰기를 하는 작가는 지난 시절을 되돌아보면서 자신의 정체성에 대해 성찰하기도 하고, 글을 쓰는 현재 자신의 정체성이 어떤 모습인지 보여 주기도 한다.

정체성은 유년 시절에 뿌리를 두고 있다고 할 수 있는데, 문학적 가치가 높은 자서전들 중 많은 작품이 유년 시절에 대한 이야기를 담고 있다. 20세기 프랑스 문학의 장에서는 특히 장 폴 사르트르Jean-Paul Sartre의 『말Les mots』, 나탈리 사로트의 『유년 시절』, 마르그리트 유르스나르Marguerite Yourcenar의 『세상의 미로Le labyrinthe du monde』, 조르주 페렉의 『W 또는 유년의 기억』 등이 그렇다. 자기에 대한 글쓰기에서 정체성과 유년 시절은 이처럼 매우 긴밀한 관계를 지닌다. 마르그리트 뒤라스와 박완서는 유독 어린 시절에 대한 이야기를 여러 번 반복적으로 행한 작가들이다. 그들이 최초의 유년기를 보낸 원시적이고 야생적인 자연 환경, 이어서 그곳을 떠나면서 가지게 되는 상실감 등은 어린 주인공들의 정체성 형성 과정과 밀접한 관계를 맺고 있다. 나아가 유년기를 보낸 장소의 자연 환경은 주인공과 작가의 정체성을 상징적이고 비유적으로 드러내는 중요한 역할을 행하기도 한다.

예를 들어 마르그리트 뒤라스의 작품들을 관통하는 물의 이미지가 바로 그런 것이다. 그녀의 텍스트 속에는 도처에 물이 있고, 물로 인해 고통 받으며, 물로 인해 삶을 영위하기도 하는 이야기가 펼쳐진다. 다양한 물의 이미지와 자기에 대한 글쓰기 작품 속 인물들과의 내밀한 관계는 작품 속에서 물이 단순한 배경에 그치지 않음을 보여 준다.

작가가 자기에 대한 글쓰기를 통해 자신의 정체성을 탐구하고 드러내는 방법은 다양하다. 일기는 창작 동기가 자기 삶을 기록하는 것이고, 자기가 읽기 위한 글이라는 점에서 개인의 경험과 정서의 표현이 비교적 덜 가공적이다. 다미앵 자논Damien Zanone이 언급했던 것처럼 자서전을 쓰는 작가가 자신의 인성의 역사에 대해 이미 자각하고 있는 것과는 달리, 일기의 경우에는 작가가 바로 그것을 통해 자신의 인성을 자각하게 된다. 이런 점에서 마르그리트 뒤라스와 박완서가 극단적으로 겪은 고통의 체험을 일기 형식의 텍스트로 발표한 것은 성인이 된 자신들의 인성을 스스로 들여다보고자 한 것으로 이해할 수 있다.

5장 유년의 정체성과 장소

1. 유년 시절과 정체성

마르그리트 뒤라스와 박완서는 텍스트 속에 끊임없이 유년기를 재현하는 작가들이다. 이 두 작가는 글쓰기를 시작할 때부터 삶의 황혼기에 집필한 텍스트에 이르기까지 계속해서 자신들의 유년기를 묘사하고 이야기했다. 마르그리트 뒤라스의 경우, '방파제 작품군Cycle du barrage'[47]이라고 불리는 3부작 자전적 글쓰기를 통해 이런 면을 직접적으로 보여 준다. 1950년에 출판된 『태평양

---

[47] '방파제 작품군'이라는 용어는 작가 사후에 자전적 글쓰기에 대한 관심이 높아지면서 태평양을 막는 방파제』, 『에덴 시네마Eden Cinema』, 『연인』, 『북중국의 연인』 등에 관한 연구가 활발하게 이루어진 가운데 사용되기 시작했다. Eva Ahlstedt, Le "Cycle du barrage" dans l'oeuvre de Marguerite Duras, Acta universitatis Gothoburgensis, Goteborg, 2003.

을 막는 방파제』를 통해 작가가 어린 시절을 보낸 인도차이나에서 겪었던 가족사와 개인사가 소개되기 시작하며, 가족이 모두 세상을 떠난 1984년에 발표된 『연인』은 작가의 첫 번째 자서전[48]으로서 전작에서 말하지 못했던 큰오빠에 대한 어머니의 지나친 애정, 중국인과의 사랑, 근친상간을 암시하는 작은오빠와의 관계 등을 담고 있다. 공쿠르상Prix Goncourt을 받으며 전 세계적인 관심을 불러일으킨 『연인』은 장 자크 아노가 영화로 만들어 많은 사람들을 매혹시키기도 했다. 그러나 시네아스트이기도 했던 뒤라스는 자신의 작품이 영화화되는 과정을 지켜보면서 자신이 진정으로 보여 주고자 한 것과는 다른 방향으로 영화가 전개되었다고 생각했고, 『연인』이 세상에 모습을 드러낸 지 7년 만에 그리고 아노의 영화가 개봉되기 전에 시나리오와 같은 구조를 지니고 장르의 경계가 허물어진 『북중국의 연인』을 출간한다. 이처럼 작가는 작가로서 명성을 얻기 전부터 죽음을 눈앞에 둔 시점까지 자신의 유년 시절에 대해 '다시 쓰기'를 반복함으로써, 자신의 정체성을 탐구했다.

박완서를 소개할 때면 '불혹의 나이에 등단하여 천의무봉의 글쓰기'를 행한 작가라는 수식어가 붙듯이, 1970년에 작가로서의 삶을 시작하여 2011년에 작고한 후에도 여전히 평단과 대중의 사랑을 받고 있다. 개인의 체험을 통해 얻은 것들을 문학 속에 살아 숨 쉬게 하는 박완서의 글쓰기 중에서 「엄마의 말뚝 1」과 『그 많던 싱아는 누가 다 먹었을까』는 유년기에 벌어진 동일한 사건을 묘사

---

48) 작가 자신이 연인이 논픽션임을 다음과 같이 언급했다. "내가 픽션을 쓰지 않은 것은 이번이 처음입니다. 나의 다른 작품들은 모두 픽션이지요. 『80년 여름L'été 80』까지도요." Aliette Armel, *Marguerite Duras et l'autobiographie*, Le Castor Astral, 1990, p.23.

하는 부분이 적지 않다. 비교적 짧은 「말뚝 1」의 내용이 고스란히 『싱아』의 초반부를 장식하고 있는 형국일 정도다. 한 인터뷰에서 작가는 자신의 체험과 작품의 관계에 대해 이렇게 고백하기도 했다. "가령 『그 많던 싱아는 누가 다 먹었을까』나 『그 산이 정말 거기 있었을까』 같은 소설에서는 체험을 비틀지 않고 원형을 그대로 보여 주고 싶었습니다. 사람의 운명보다는 그 시대의 풍속, 그러니까 1930~1950년대 시골과 서울의 모든 풍속을 재현하고 싶었죠. 소설로서는 가치가 사라지더라도 나중에 자료로서의 가치를 지닐 수 있으면 했습니다." (이경호, 권명아 엮음, 2000, 33쪽)

브뤼노 베르시에Bruno Vercier가 모든 유년 시절 이야기에는 부모와 가족 구성원, 친구 등의 등장인물이 존재하며 출생 이야기와 최초의 기억, 집, 학교, 책, 병, 사춘기, 유년기의 꿈 등의 요소들이 빠지지 않고 구성되어 있다고 지적했듯이, 마르그리트 뒤라스와 박완서의 자기에 대한 글쓰기에서도 이런 점들을 모두 포착할 수 있다.(*Revue d'histoire littéraire de la France*, 1975, p.1033) '다시 쓰기'라고 부를 수 있는 공통된 글쓰기 방식 외에도 뒤라스와 박완서는 닮은 점이 많다. 두 사람 모두 작품 속 주인공들의 국적과 인종은 다르지만 중국 문화의 직접적인 영향 아래 놓인 문화적 분위기 속에서 어린 시절을 보냈다. 또 일찍 아버지를 여의고 어머니와 함께 가난한 유년기를 보냈으며, 어머니의 억척스러운 모성에 힘입어 가난하지만 높은 수준의 교육을 받을 수 있었다는 공통점도 있다. 알랭 비르콩들레 Alain Vircondelet는 뒤라스의 유년기에 깊은 영향을 미친 장소들에 대해 이렇게 말한다. "인도차이나에서 보낸 날들은 어린 마르그리트로 하여금 매혹적인 아우라를 덧입게 했다. 메콩 강 삼각주에 있는 빈롱, 사이공, 캄보디아 프레아놉의 토지, 코끼리 산맥의 평원, 향기 나는 강

위에 떠 있는 작은 거룻배들과 중국 배들이 그러하다."(1998, p.75) 두 작가의 유년기 이야기 중에서도 특히 자신의 주위 환경과 관계있는 장소의 변화에서 야기되는 정체성 탐구의 여정을 살펴봄으로써 그들의 삶의 나이테가 어떻게 구성되었는가를 확인할 수 있을 것이다.

2. 캄, 캄포, 박적골

마르그리트 뒤라스와 박완서에게 유년의 공간, 그중에서도 태어나 자란 곳은 신화적인 장소로 각인되어 있는 듯하다. 뒤라스에게는 열여덟 살 때 프랑스로 이주하기 전까지 살았던 인도차이나 반도의 캄이, 박완서에게는 어린 시절의 완전한 행복감을 떠오르게 하는 "개성에서 남쪽으로 이십 리가량 떨어진 개풍군 청교면 묵송리 박적골"(『싱아』, 12쪽)이 바로 그런 공간이다. 흥미로운 사실은 이 작가들에게 인도차이나의 캄, 그리고 박적골은 다시 돌아갈 수 없는 장소가 된다는 점이다. 1950년대에 독립 전쟁을 치른 인도차이나는 프랑스로부터 독립한 후 공산화되면서 프랑스인이 방문하기 어려운 곳이 되었으며, 개성은 6·25전쟁 후 휴전선 이북으로 편입되면서 남한에 살고 있는 작가 박완서가 갈 수 없는 곳이 되었다. 이런 면에서 캄과 박적골은 물리적으로 되돌아갈 수 없는 장소일 뿐 아니라, 정신적으로도 돌이킬 수 없는 어린 시절을 상징적으로 나타내는 원형적이고 신화적인 기억의 장소라고 할 수 있다. 이 두 작가가 자신의 유년의 공간을 글쓰기를 통해 끊임없이 묘사하고 이야기하는 이유를 여기에서 찾을 수 있다.

뒤라스의 텍스트에서 인도차이나의 캄 또는 캄포로 불리는 곳은 어린 시절의 기억으로 작가를 사로잡는 곳이다. 『방파제』에서 기억의 원초적 공간으로 그려지는 캄에 대해 뒤라스는 다음과 같이 묘사하고 있다.

이 나라는 정말 빠르게 저녁이 되었다. (…) 아이들이 말을 알아듣는 나이가 되면 사람들은 곧 늪의 무시무시한 밤과 야수들을 조심해야 한다고 가르쳤다. (…) 사실 아이들이 죽어 갔던 늪으로 이루어진 캄 평야는 한쪽이 중국해로 둘러싸여 있었고, 그 동쪽은 아시아 대륙의 매우 높은 고원 지대에서 시작되어 해안까지 뻗어 있는 아주 긴 산맥으로 가로막혀 있었으며, 이 산맥은 타이 만까지 곡선을 따라 내려가서 물에 잠겼다가 점점 작아지지만 어두운 열대림으로 부풀어 오른 수많은 섬들로 다시 나타났는데, 아이들이 죽어 갔던 이유는 호랑이 때문이 아니라 굶주림과 굶주림이 원인이 된 병, 그리고 굶주림으로 인해 먹을 것을 찾아 헤매는 모험 때문이었다.(pp.32–33)

『방파제』에서 작가는 자신이 어린 시절을 보낸 인도차이나 반도, 그중에서도 태평양에 맞닿아 있는 평야 지대에서 가난한 삶을 이어 나가는 사람들과 굶주림에 허덕이는 어린아이들, 그리고 그곳에서 "백인 빈민petit blanc"으로 살고 있는 주인공 가족들의 삶을 그린다. 이 작품은 죽어 가는 말과 태평양에 가까운 인도차이나의 어느 평야에서 가난하게 살고 있는 백인 가족의 일상을 묘사하는 것으로 시작된다. 프랑스 북부 지방의 초등학교 교사였던 어머니는, 지금은 고인이 된 아버지와 결혼한 후 식민지에서의 삶을 광고하는 포스터를 보고 인도차이나로 이주했다. 그러나 아버지가 병으로 죽자 어머니는 홀로 두 아이를 양육하면서 에덴 시네마라는 극장에서 십 년 동안 피아니스트로 일해 모

마르그리트 뒤라스의 유년기 가족사진

은 전 재산으로 식민지 토지국으로부터 토지를 불하받는다. 토지국 관리들에게
뇌물을 바치지 않았던 그녀는 경작할 수 없는 땅을 속아서 사게 된다. 그 땅은
매년 7월에 태평양의 파도가 몰아쳐 와서 경작지를 휩쓸어 버리는 위치에 있었
다. 그 후 어머니는 그 평야 지대에서 몇 천 년 동안 대를 이어 살아온 사람들을
설득해 그들과 함께 태평양의 침범을 막는 방파제를 만들려는 노력을 기울인
다. 거센 대양의 파도를 막기에 통나무 방파제는 역부족일 수밖에 없었고, 어머
니는 꿈쩍도 하지 않는 토지국에 끊임없이 편지를 보내 자신의 처지를 알리고
새로운 경작지를 불하해 줄 것을 요구한다. 이처럼 쉬잔과 조제프 그리고 어머
니가 사는 지역은 불모의 땅이고 고통의 원천이다. 그들이 살고 있는 캄은 정신
적으로나 물질적으로 힘든 생활을 영위하는 곳으로서, 주인공들에게 삶에 대한

환멸과 고통을 안겨 주는 부정적인 공간이다. 그래서 쉬잔과 조제프는 최대한 빠른 시일 내에 이곳을 벗어나고 싶어 하며, 도시로 나갈 수 있는 날만 손꼽아 기다린다.

그런데 다른 '방파제 작품군'의 작품들에 비해 『방파제』에서는 캄에 대한 주관적인 애정을 표현하지 않는 것을 볼 수 있다. 이는 1950년대까지 작가가 프랑스 공산당원으로 활동했으며, 인도차이나 반도가 독립 전쟁을 치르던 시점에 발간된 이 작품에서 프랑스의 식민 통치 방식과 식민 정책에 대해 비판적 입장을 견지했기 때문으로 이해할 수 있을 것 같다. 인도차이나 식민국의 부패와 부도덕한 행태를 더욱 효과적으로 비난하기 위해서는 유년 시절의 행복을 이야기하기보다는 그곳에서의 고통을 부각시키는 것이 필요하다고 판단한 것으로 보인다. 삼십여 년이 흐른 후 공개적으로 자서전이라고 밝힌 작품 『연인』과 『북중국의 연인』에서 불모의 평야 캄은 작가의 기억 속에서 원형적인 공간, 즉 어머니의 자궁처럼 끊임없이 되돌아가고 싶은 욕망이 있지만 그럴 수 없는 곳으로 자리 잡고 있음을 쉽게 알 수 있기 때문이다. 그곳은 더 이상 어머니가 그토록 바라던 비옥한 삶을 이루지 못했던 고통의 장소로만 남아 있지 않다.

> 만일 내가 매일 밤 집에 들어가야 한다면, 우리 어머니는 잘 알고 있겠지만, 나는 작은오빠 탄과 함께 프레이놉으로 도망갈 거야. 방파제가 있는 곳으로.
> 중국인 애인은 그곳이 정확히 어디인지 물었다. 그녀는 그가 그곳에 대해 모르는 것이 조금도 중요치 않다고 말한다. 그가 되묻는다.
> "방파제가 있는 곳. 폴로와 탄과 함께." 그녀는 그곳이 낙원과 같다고 말한다. 그녀는 그곳이 바로 낙원이라고 말한다.(『북중국의 연인』, p.186)

중국인 애인을 둔 열다섯 살의 여자 주인공은 사이공에서 고등학교에 다니고 있다. 그리고 애인에게 자신의 가족이 경작할 수 없는 땅을 불하받아서 어떤 비참한 삶을 살고 있는지 이야기하면서 이런 어머니의 인생을 나중에 글로 쓸 것이라고 말한다. 작가가 세상을 떠나기 5년 전에 출간된 『북중국의 연인』의 주인공은 어머니가 고통 속에서 떠나야 했던 평야에 대해서 이처럼 "낙원"과 같은 곳이라고 회상한다. 이제 그곳은 『방파제』를 통해 묘사된 것처럼 참혹한 기억만을 남긴 곳이 아님을 알 수 있는 대목이다. 야생의 바다와 숲, 그리고 산이 함께 존재하는 곳이었던 평야는 대도시에서 생활하고 있던 주인공에게 경탄과 찬미의 대상으로 상기되기 때문이다. 오히려 그곳은 자신이 사랑하는 작은오빠와 집안일을 돌보던 원주민 소년 탄과 함께 그 경이로운 곳으로 되돌아가고 싶은 욕망을 고백하게 하는 장소다. 어머니에게는 끔찍한 상처만을 남긴 그곳이 주인공에게는 어린 시절을 기억할 때 떠오르는 비밀의 낙원이었던 셈이다. 『북중국의 연인』의 화자는 이어서 그곳에 되돌아가고 싶은 꿈에 대해 덧붙인다. "그 꿈은 어린아이가 그 곳을 떠난 후 몇 년 동안이나 계속되었다. 프레이놉과 레암의 비포장도로를 다시 보는 것. 그곳의 밤을 다시 보는 것. 그리고 바다까지 이어진 캄포의 길을 다시 보는 것." 이처럼 『방파제』에서는 캄으로, '방파제 작품군'의 마지막 텍스트에서는 캄포로 등장하는 평야는 뒤라스에게 잊히지 않는 곳이다. 『말하는 여자들 Les Parleuses』라는 대담집을 통해 작가는 자신이 유년 시절에 얼마나 멋진 체험을 했는지 고백하기도 했다. "그런데 그 백인들, 그 비열한 작자들이 보코르라는 역을 방파제 옆에 건설했어요. (…) 보코르 역시 내가 오빠와 함께 원숭이들을 잡기 위해 낮잠 시간에 가곤 했던 코끼리 산맥의

한 부분이었죠. (…) 이미 『방파제』에서도 이야기했지만, 거기서 우리는 호랑이에게 희생된 새들을 볼 수 있었어요. 그리고 머리 위로는 거대한 칡나무가 있었고 물고기도 많았지요. (…) 맞아요, 그곳은 놀라웠답니다. 갓 열 살, 열두 살이었던 우리가 할 수는 없었지만, 칡나무에 기어오르려고 시도하기도 했었죠."(p.138) 비록 뒤라스 가족에게 경제적으로 큰 고통을 안겨 준 곳이기는 하지만, 캄 또는 캄포는 한편으로 어린아이들이었던 작가와 오빠에게 유년의 모험 놀이터였으며 인도차이나 반도의 야생을 경험할 수 있었던 자유를 상징하는 장소였던 것이다.

박완서의 작품 속에서 묘사되는 고향 박적골은 언제나 푸근함과 넉넉함을 선사하는 곳으로 그려진다. 작가는 자신의 고향을 알지 못하는 독자들에게 마치 자신만 알고 있는 유토피아를 소개하려는 듯이 여러 작품을 통해 그곳에 대한 변함없는 애정을 표현한다. 뒤라스처럼 고향의 지명을 변형시키지 않고 「말뚝 1」이나 『싱아』에서 자신의 고향에 대해 직접적으로 밝히는 것은 아마도 작가가 고향을 완전한 낙원으로 여기기 때문일 것이다. 개성과 그 옛 지명인 송도는 분단국가에 살고 있는 독자들에게 지금은 오고 갈 수 없는, 더 이상 아무 곳에도 존재하지 않는 공간이기도 하다. 이는 먼 옛날 아담과 이브가 살았지만 지금은 어디에서도 발견할 수 없는 에덴동산 같은 낙원을 떠올리게 하며, 낙원을 상실한 삶의 고단함과 뿌리 뽑힌 정체성을 찾기 위해 애쓰는 주인공의 인생을 보여 주기도 한다. 『싱아』의 화자는 고향 박적골을 다음과 같이 묘사한다.

바위라고는 하나도 없이 능선이 부드럽고 밋밋한 동산이 두 팔을 벌려 얼싸안은 듯한 동네는 앞이 탁 트이고 벌이 넓었다. (…) 거의 흉년이 들지 않는 넓은 농지는 다 우리 마을 사람들 소유였다. 땅을 독차지한 집도 땅을 못 가진 집도 없었다. 다들 일 년 먹을 양식 걱정은 안 해도 될 자작농들이었고 부지런했다.(13쪽)

여기에서 화자는 고향 마을이 얼마나 안정적이며 비옥한 삶을 누릴 수 있는 곳이었는지를 그리고 있다. 어느 누구도 부족함 없이 "거의 흉년이 들지 않는 넓은 농지"를 가지고 자작농으로 살아갈 수 있는, 이상향 속에서나 존재할 법한 완벽한 곳이라고 이야기하고 있다. 또한 박적골의 동산은 부드럽고 밋밋할 뿐 아니라 동네를 얼싸안은 형세를 띠고 있는데, 이것은 후에 화자가 서울에서 매일 통학길에 왕래해야 했던 바위투성이의 인왕산과 대조되는 부분이기도 하다. 박완서의 고향은 인간이 살아가는 최상의 장소이자 완벽한 유토피아이며 낙원으로 묘사된다.

박적골은 나의 낙원이었다. 뒤란은 작은 동산같이 생겼고 딸기 줄기로 뒤덮여 있었다. 그 밖에도 앵두나무, 배나무, 자두나무, 살구나무가 때맞춰 꽃 피고 열매를 맺었고, 뒷동산엔 조상의 산소와 물 맑은 골짜기와 밤나무, 도토리나무가 무성했다. 사랑마당은 잔치 때 멍석을 깔고 차일을 치면 온 동네 손님을 한꺼번에 칠 수 있도록 넓고 바닥이 고르고 판판했지만 둘레에는 할아버지가 좋아하시는 국화나무가 덤불을 이루고 있었다.(「엄마의 말뚝 1」, 14쪽)

「말뚝 1」은 엄마의 손에 이끌려 아름다운 고향을 떠나 몇 개의 고개를 넘고 송도에 다가가는 순간을 기억하는 화자이자 주인공의 이야기로 시작된다. 오빠를 대도시에서 교육시키기 위해 서울에서 살고 있던 엄마는 어느 날 조부모와 함께 살고 있던 어린 주인공을 데리러 온다. '대처'라고 불리는 서울에 가기 싫어하는 어린 딸의 머리를 싹둑 잘라 버림으로써, 더 이상 시골 마을의 아이로 살 수 없음을 깨달은 주인공은 마지못해 엄마를 따라나선다. 당시 신여성이라 불렸던 대도시에서 교육받은 여자들은 비녀나 댕기를 사용한 전통적인 헤어스타일이 아닌 단발머리를 했기 때문이다. 박적골로부터 점점 멀어지는 가운데, 화자는 갑자기 고향집 주변의 완벽한 자연 경관을 떠올린다. 박적골의 자연환경은 여러 작품에서 조금씩 다르게 묘사된다 할지라도 그야말로 낙원과 같다. 그 낙원에 있는 나무들은 모두 꽃을 피울 뿐 아니라 열매를 맺어 인간에게 직접적으로 이로움을 준다. 그렇기 때문에 이런 자연 속에서 자연과 분리되지 않은 자연 그 자체로서의 시간들을 보낼 수 있었던 것이다. 어른들이 비옥하고 넓은 농지에서 부지런히 일했다면, 아이들은 풍성한 자연 속에서 자유롭게 뛰어놀 수 있었다. 그래서 비평가 권택영은 작가의 유년기를 자연과 구별되지 않았던 "싱아의 삶"[49]이었다고 부르기도 했다. 작품의 제목에 등장하는 싱아는 그 아름답던 자연이 어디로 사라지고 없어졌는지에 대한 물음이며, 자연과 하나 되었던 어린 시절에 대한 동경과 그 시절을 보냈던 고향에 대한 그리움을 표현하고 있음을 유추할 수 있다. "방목된 것처럼 자유로웠던"(「말뚝 1」, 16쪽) 낙원에서의 어린 시절을 보내던 작가는 어머니의 강요에 의해 대처로 떠나는 끔찍한 일을 겪게 된다. 그리고 점차 자신의 상황이 박적골에서와는 다르다는 것을 인식하게 되고, 현실과 직면하는 시간이 다가온다.

---

49)이경호, 권명아 엮음, 박완서 문학 길 찾기: 박완서 문학 30년 기념 비평집』, 앞의 책, 364쪽.

3. 람, 콜랑, 송도(개성)

캄과 박적골이 마르그리트 뒤라스와 박완서 작품 속 주인공들에게 원초적이고 신화적인 장소로서 자연과 함께 어우러진 삶을 살아가는 곳이라면, 람, 콜랑, 송도는 자연으로부터 어느 정도 거리를 둔 장소로서 대조적인 풍경을 보여 주는 곳이다. 이 장소들은 세상으로부터 고립된 곳이 아니며 문명화된 사람들이 살아가는 공간이다. 이 도시 속에서 주인공들은 이제까지와는 다른 새로운 경험을 하게 되고, 자신들의 정체성과 진정한 모습을 찾아가는 여행을 시작한다.

'방파제 작품군'의 첫 작품에 등장하는 람은 캄으로부터 60킬로미터 떨어진 곳에 위치해 있는데, 작은 도시인 그곳에서 주인공들은 새로운 사람들을 만날 수 있었다. 쉬잔은 매일 집 앞에 있는 다리 위에 앉아 람에서 오는 사냥꾼들을 기다리고 있다. 혹시나 그들 중 한 명이 그녀를 도시에 데려가 주지 않을까 하는 기대에서다. 쉬잔의 오빠 조제프는 차를 타고 지나가던 도시의 우아한 백인 여인의 고장 난 차를 고쳐 주는 날이 오기를 꿈꾼다. 그러면 그녀와 함께 도시에 나가서 살 수 있을 것이라는 소망을 가지고 있기 때문이다. 불행하고 가난한 생활을 하는 쉬잔과 조제프 남매는 도시에서 여유로운 삶을 누리는 식민지국에서의 진정한 백인의 인생을 꿈꾸는 것이다. 그러던 어느 날, 쉬잔 가족은 람에 있는 레스토랑에서 무슈 조를 만난다. 사냥꾼들이 평야에서 숲으로 들어가는 길에 그들을 운송해 줄 말을 산 조제프는 그렇게 해서라도 황야에서의 지루한 삶을 이겨 내려고 했지만, 너무 늙은 말을 산 탓에 곧 죽고 만다. 불모지에서의 삶을 어떻게 해서라도 이어 가려던 또 하나의 시도가 실패하자 가족은 이런 지겨운 일상에서 벗어나고자 바람을 쐬려고 람에 간다. 그리고 쉬잔은 꿈꾸던 백마 탄 왕자를 바로 그곳에서 만나게 된다. 무슈 조는 쉬잔과 사랑에 빠져 매일 밤 그녀를 만나 그곳에서 춤추며 즐기는 나날을 보낸다. 그러고는 쉬잔 가족이 살고 있는 캄의 방갈로에 방문해서 그녀에게 사랑을 속삭인다. 부자 아버지를 둔 무슈 조로부터 드디어 다이아몬드 반지를 받게 된 쉬잔은 반지를 받자 그와의 관계를 청산하고 가족과 함께 반지를 팔기 위해 대도시로 떠난다. 그리고 그곳에서 겪는 여러 이야기가 작품에서 비중 있게 전개된다.

람은 이 작품의 인물들이 비참하고 고립된 삶으로부터 잠시나마 벗어날 수 있게 하는 곳인 동시에, 그처럼 비참한 자신들의 처지를 직시하게 하는 곳이기도 하다. 답답하고 비관적인 현실로부터 멀어지게 해 주는 곳이지만, 그곳에서 만난 무슈 조와의 관계를 통해 쉬잔이 얻어 낸 다이아몬드 반지는 가족들을 대도시로 이끌고 거기에서 다시 한 번 자신들의 처지를 깨닫게 해 주기 때문이다. 람이라는 곳은 이 작품의 이야기가 전개되는 데 중요한 위치를 차지하며, 주인공들의 삶을 급격하게 변화시키는 장소인 셈이다. 이는 이곳이 쉬잔이 정체성을 형성해 나가는 과정에 혼란과 불안을 제공한다는 의미이기도 하다. 원초적이고 자연적인 공간인 캄에서 떠난 쉬잔은 람에서 자신이 꿈꾸던 사람을 만나 구름 위에서의 생활을 즐기지만 점차 그것이 한낱 꿈이었음을 알아 가는 여정을 밟기 때문이다.

람이 『방파제』에서 캄과 대조적인 공간으로 그려진다면, 『북중국』에서 주인공인 '소녀'의 삶을 변화시키는 곳은 콜랑이다. '방파제 작품군'의 마지막 작품 속에서 주인공 '소녀'는 사이공이라는 대도시의 한 구역인 콜랑에 있는 기숙사에서 살고 있다. 그녀는 중국인 애인의 집이 있던 중국인 구역이기도 했던 콜랑에서 많은 시간을 보낸다. 콜랑은 뒤라스에게 중국인 애인과의 사랑을 기억나게 하는 곳이며 그 이야기를 몇 번이나 반복해서 글로 쓰게 해 주는 공간이다. 화자는 다음과 같이 콜랑을 묘사한다.

> 오래된 전차의 소란 속에서 중국인 도시가 그들(소녀와 중국인 애인)에게 점점 가까워지고, (…) 쉼 없이 경적을 울리며 달리는 전차는 도망치고 싶을 정도로 날카로운 소리를 낸다. 콜랑의 아이들 무리가 전차에 매달려 있다. (…) 전차는 더 이상 전차의 형태가 아니라 무엇인지 알아볼 수 없을 만큼 울퉁불퉁한 모습이다. (…) 자, 이제 조용하다. (…) 인도차이나 여기저기에서 볼 수 있는 것처럼 구획이 나눠진 길이다. 분수가 있다. 지붕 덮인 회랑이 길을 따라 뻗어 있다. 회랑에는 상점이나 기차가 없다.(p.71)

여기에서 볼 수 있듯이 콜랑은 전차라는 현대적인 기계 문물을 대표하는 모습으로 묘사된다. 그런데 이 전차는 도시적이고 현대적인 상징성을 지니고 있음에도, 도시와 고향 마을 사이에 드러나는 대조적인 면을 강조하기 위해서인지 강철로 된 매끈한 몸매를 과시하는 대신 너무 많은 사람들이 달라붙고 "매달려"서 전차인지 분간할 수 없을 만큼 이리저리 "튀어나오고" "울퉁불퉁한" 모습으로 그려진다. 모든 것이 뒤섞여 있는 도시에서 콜랑 구역은 특히 무질서한 지역과 모든 것이 정리되어 있는 지역의 대조적인 모습을 잘 보여 주는 곳이다. 이 장소는 구획 정리를 통해 불평등이 자리 잡은 곳인 동시에 사람들이 아무렇게나 올라타 전차가 제 모습을 잃어버릴 정도로 규칙이 위반되는 곳이다. 도망치고 싶을 정도로 "날카로운 소음"을 내는 전차는 콜랑에서 비참하게 살고 있는 원주민들의 무질서한 삶의 고통스러움을 보여 주며, "구역이 나눠진 길"과 전차나 상점 없이 조용하고 평온한 "지붕 덮인 회랑"의 풍경은 콜랑이라는 구역 속에 완전히 다른 두 모습이 함께 존재함을 환기시킴으로써 불평등한 현실을 형상화한다. 주인공 소녀는 이렇듯 혼돈스러운 삶의 현실을 마주 대하고 있다. 게다가 이곳은 중국인 연인의 집이 있는 곳이기도 하다. 아직 성인이 되지 않은 소녀와 중국인 남자의 연인 관계가 콜랑에서 맺어지는데, 당시 사회에서 금기시되었던 백인 여자와 중국인 남자, 그중에서도 미성년자와 원주민 남자의 관계가 부적절하다 못해 관습을 위반하는 행위로서 콜랑이라는 장소의 특성과 함께 그려진다. 화자는 주인공이 육체적, 감정적, 정신적으로 겪는 혼란과 동요를 이 장소를 묘사함으로써 그리고 있는 것이다. 마르그리트 뒤라스는 어린 시절에 인도차이나에서 겪었던 정체성 형성의 어려움에 대해 인터뷰를 통해 밝히기도 했다. "당신은 주어진 공간 속 한 사회 안에 있고, 그 사회에서 태어났으며 그 사회의 언어로 말합니다. 어린 시절에 했던 첫 놀이가 베트남 아이들과 함께 했던 베트남 아이들의 놀이였죠. 그러고 나서 사람들은 당신이 베트남 사람이 아니며 프랑스 사람이 아닌 하찮은 베트남 사람들을 만나기를 그만두어야 한다 말하고, 슬리퍼를 신고 감자튀김과 스테이크를 먹어야 한다고 가르치죠."50) 작가가 어린 시절에 겪어야 했던 이런 혼란스러운 환경과 상황은 작품 속 어린 주인공들이 처했던 상황과 동일하다.

뒤라스의 작품 속에 고향과 대비되는 도시로서 람과 콜랑이 있다면, 박완서의 작품에는 송도가 등장한다. 이 도시는 『싱아』의 초반부터 나온다. 어린 주

---

50) Marguerte Duras, Michelle Porte, *Les Lieux de Marguerite Duras*, Les Editions de Minuit, 1978, p.61.

인공에게 개성은 꿈의 도시다. 무명옷을 물들일 수 있는 "덕국(독일) 물감"이나 고무신, 참빗, 금박댕기 등을 살 수 있는 곳이 바로 송도이기 때문이다. 화자이자 주인공은 텍스트를 통해 직접적으로 "어린 나에게 송도는 꿈의 고장이었다"(12쪽)라고 고백하기도 한다. 그래서 그녀는 먼저 기분 좋은 문명의 냄새를 지닌 이 도시에 대해 황홀한 감정을 품는다. 송도는 문명과 문화의 냄새를 느낄 수 있는 곳인 동시에, 한 번도 가 보지 못한 세계에 대해 일종의 두려움을 느끼게 하는 곳이었다. 「말뚝 1」의 주인공이 증언하듯이 주인공이 성장할수록 송도는 황홀한 감정보다는 두려운 감정을 가지게 하는 곳이 된다. "사람들이 대처라 부르는 송도나 서울에 대해 그 나이 또래의 계집애다운 막연한 동경조차 품지 못하고 다만 두렵기만 했던"(16쪽) 것은 대처에서 공부하던 오빠가 성공해야 한다는 부담감을 가지고 살아가야 하는 것에 측은함을 느끼게 되면서부터다. 박적골에서 야생의 삶을 영위하던 주인공 소녀에게 어느 날 서울에서 온 엄마가 함께 가자고 하자 막무가내로 거부하는 이유이기도 하다. 결국 서울을 향해 여행을 나서게 된 주인공은 기차를 타기 위해 송도를 거치게 된다. 지리적으로 박적골과 서울의 중간에 위치해 있는 송도는 주인공의 의식 속에서는 서울과 동일한 장소인 '대처'이다. 뒤라스의 작품 속에서 람이 캄에 대립되는 이미지를 가지고 있는 것처럼 송도 역시 박적골과는 이질적인 성격을 지닌 고장이다. 처음 송도에 온 소녀의 눈에 비친 그곳의 정경은 다음과 같다.

　　내가 최초로 만난 대처는 크다기보다는 눈부셨다. 빛의 덩어리처럼 보였다. 토담과 초가지붕에 흡수되어 부드럽고 따스함으로 변하는 빛만 보던 눈에 기와지붕과 네모난 2층집 유리창에서 박살나는 한낮의 햇빛은 무수한 화살처럼 적의를 곤두세우고 있었다.(『엄마의

말뚝』, 12쪽)

어린 소녀의 대처에 대한 첫인상은 부정적인 모습이다. 주인공은 눈부시며 "빛의 덩어리" 자체로 느껴진 송도와 "부드럽고 따스한" 빛이 있던 고향 마을의 정경을 대비시키더니, 나아가 무수한 빛으로 번쩍거리는 도시가 적의를 가지고 있다고 느낀다. "무수한 화살"이 자신을 향해 조준되어 있는 것처럼 느끼는 소녀는 뭔지 모를 불안과 두려움을 가지고 있음을 알 수 있다. 도시를 상징하는 이 빛은 주인공의 미래를 밝게 비춰 주는 것이 아니라 적의를 품고 그녀에게 상처를 주는 섬광과 같다. 여기에서도 작가는 박적골을 최고의 장소로 간주하는데, 그것은 박적골에서 보낸 시간이 가장 자유롭고 행복했던 시기에 해당된다는 사실에만 기인하는 것은 아닌 듯하다. 노년이 된 박완서에게 박적골은 여전히 삶을 영위하는 가치관과 환경에서 높이 평가할 만한 곳이기 때문이다. 그녀에게 도시는 증오와 불신, 그리고 불평등이 응집된 불모의 황야로서 인간의 인간다움을 말살하는 곳이다.

화자는 이어서 송도라는 도시가 두려움을 주는 빛과 연관되어 있음을 주인공의 외삼촌과 얽힌 일화를 통해서 밝힌다. 대처에 살던 외삼촌이 주인공의 고향 집을 방문했을 때, 주인공은 안경을 쓰고 있던 외삼촌의 눈을 볼 수 없었다. 소녀는 자신이 보기에 무서운 화경을 양쪽 눈에 하나씩 붙이고 있던 외삼촌이 싫고 무서웠다고 고백한다. 그런 주인공의 환심을 사기 위해 외삼촌이 꺼내 든 것은 은전이었고, 그마저도 번쩍거리기만 하는 물건으로 여겼던 소녀는 외삼촌을 끝내 무서운 존재로 기억하고 말았다는 것이다. 그러고는 송도에 도착했을 때 외삼촌을 떠올리면서 대처의 빛 역시 그의 안경에서 번쩍거리던 섬광과 오버렵시킨다. 대처에 대한 불길하고 두려운 예감은 『싱아』에서도 직접적으로 드러난다.

> 나는 농바위 고개 위에 서 있는 게 아니라 전혀 이질적인 두 개의 세계의 경계에 서 있는 것처럼 느꼈다. (…) 가슴이 두근대는 소리가 들리는 것 같았다. 그것은 내 마음속에서 평화와 조화가 깨지는 소리였고, 순응하던 삶에서 투쟁하는 삶으로 가는 갈림길에서 본능적으로 감지한 두려움이었다.(42쪽)

농바위 고개는 박적골에서 송도까지 가는 데 있던 여러 고개 중 마지막 고개다. 화자이자 주인공인 소녀는 지금 이 농바위 고개에 서서 대처를 내려다보면서 느끼는 감정을 토로하는데, "평화와 조화가 깨지고", "순응하던 삶에서 투쟁하는 삶"을 향해 나아갈 자신을 예견한다. 더 이상 자연과 하나가 되어 자유롭게 살 수 없음을 감지하고 있는 것이다.[51] 또한 고개 위에서 도시를 향해 내려가는 주인공은 이제 고향인 박적골에서 누리던 계층 없던 인간관계에서 벗어나 대처에서 겪게 될 추락하는 사회적 위치를 암시하기도 한다. 이런 느낌은 어린 박완서가 송도 거리를 걸으면서 즉시 감지된다. "길바닥이 딱딱하고 유리창이 달린 이층 삼층의 네모난 집들이 늘어선 한길"을 지나면서 그녀는 "처음 보는 것 천지였지만 기죽지 말고 두리번거리지 말아야겠다"고 생각한다. 주인공은 엄마 역시 그 대처에서 당당한 척했지만 그런 모습이 오히려 부자연스러워 보

---

51) 작가는 이런 감정을 다음과 같이 고백하기도 한다. "내 유년기의 완벽한 평화는, 그러나 언제고 거길 떠날 수밖에 없다는 상실의 예감에서 비롯된 것이 아니었을까. 마치 요람 속의 평화처럼." 이경호, 권명아 엮음, 앞의 책, 24쪽.

인다고 생각하기도 한다.(『싱아』, 43쪽) 이렇게 해서 송도는 주인공에게 어린 시절부터 꿈과 두려움을 함께 간직했던 곳이었지만 이제 더 큰 대처인 서울에서 겪게 될 여러 시련들을 미리 짐작하게 하는 역할을 한다. 송도는 주인공이 잠시 지나쳐 가는 장소이지만 앞날을 예견한다는 점에서 중요한 상징적 의미를 내포하고 있는 곳이다. 이제 주인공은 엄마가 뿌리내리기 위해 그토록 애쓰는 서울을 향해 한 걸음 더 가까이 내딛는다.

4. 대도시, 사이공, 서울

현실의 불평등과 혼란스러운 상황들을 겪은 뒤라스와 박완서 작품 속 주인공들은 점차 지금까지는 알지 못했던 사회적 위계질서를 깨닫게 된다. 그들은 가혹하지만 질서가 정립되어 있는 대도시에 살면서 자신들의 고유한 정체성을 찾으려는 노력을 기울인다. 특히 뒤라스의 주인공은 식민지 사회 구조가 얼마나 불평등하며 부조리한지를 고발하며, 박완서의 주인공은 어머니의 강요로 시골에서 상경하여 대도시에 뿌리내리기 위해 겪는 여러 가지 체험을 통해 자신만의 정체성을 찾으려고 애쓴다.

람에서 만난 무슈 조가 쉬잔에게 선물한 다이아몬드 반지를 팔기 위해 온 가족이 대도시에 머물게 된 『방파제』의 주인공들은 그들 앞에 펼쳐진 대도시를 스케치하듯 소개한다. 화자는 식민지국의 대도시 중에서도 백인 우월의 상징적인 의미를 지니는 장소를 "높은 도시" 혹은 "높은 지역"이라고 명명하면서 묘사한다. 이곳은 대부분 원주민으로 구성된 주민들이 살고 있는 주인공 가족의 터

전인 캄과는 극단적으로 다른 모습이다.

> 높은 지역에는 재산이 많은 백인들만 살았다. 백인들이 벌이는 사업의 초인적인 규모를 드러내기 위해 높은 지역의 거리와 보도는 아주 넓었다. 요란하고 쓸데없는 공간이 힘 있는 사람들이 휴식을 취하면서 어슬렁거릴 수 있도록 제공되었던 것이다. (…) 모두 아스팔트로 포장되어 있었고 넓었으며 가장자리에는 희귀한 나무들이 심어진 보도가 뻗어 있었는데, 보도는 잔디밭과 화단으로 분리되어 있었고 보도를 따라 번쩍거리는 관광용 택시들이 줄지어 서 있었다.(p.168)

백인 부자들만이 살며 사치스러운 환경을 즐기는 "높은 지역"은 앞서 살펴본 암흑의 장소 캄, 또 무언가 변화가 가능할 것 같은 람과는 완전히 다른 곳이다. 백인이라도 함부로 다가갈 수 없는 접근 불가능의 공간이기 때문이다. 게다가 이 대도시에서 주인공 가족이 머물고 있는 "상트랄 호텔"은 "높은 지역과 변두리 원주민 구역 사이"(p.171)에 위치해 있는데, 이곳 역시 "높은 지역"과는 완연히 다른 장소다. 이 호텔은 백인 부자들과 압제받는 원주민들 사이의 완충 지대인 셈이며, 이런 공간에 머물고 있는 쉬잔의 가족 역시 부유한 백인들과는 괴리된 삶을 살고 있음을 보여 준다. 즉 이 대도시는 완벽하게 백인들로 구성된 "높은 지역"과 백인들과 원주민들이 뒤섞여 있는 "상트랄 호텔", 그리고 지저분한 원주민들이 우글거리며 살고 있는 "변두리 원주민 지역"으로 위계화가 이루어져 있다. 인도차이나라는 장소가 포괄적인 시각에서 '캄-람-대도시'로 계층화되어 있다면, 조금 더 세분화된 시각에서는 대도시도 '높은 지역-상트랄 호텔-변두리 원주민 지역'으로 구분되어 위계질서를 확립하고 있는 것이다.

이 작품의 화자는 주인공 쉬잔이 여러 상황을 겪으면서 점차 성숙해져 감에
따라 사회 구조가 위계화되어 있음을 묘사하는 데서 그치지 않고, 그에 따른 불
평등과 불공정한 행태에 대해 고발한다. 화자는 명확하게 구분지어진 장소들을
통해 계층 간의 접근 불가능성을 그리는 한편 "높은 지역"의 넓디넓은 거리와
보도를 "요란하고 쓸데없는 공간"이라면서 그곳의 분위기를 부정적인 시각으로
묘사한다. 이것은 식민지 국가의 사회 구조가 얼마나 불공정한 것인지를 고발
하고자 하는 작가 자신의 목소리라고 할 수 있다. 그래서 『방파제』는 부유한 백
인들이 원주민들에게 얼마나 잔인하게 굴었는지 이야기한다. 그들은 원주민들
에게 흰 옷을 입히고는 자신들이 사는 곳의 청결을 유지시키며, 라텍스 생산을
위해 원주민들의 피를 흘리게 하는 사람들이다.(pp.168-169) 이처럼 화자는
식민지 국가에서 부유하고 힘 있는 백인들이 원주민들의 피를 빨아먹으면서도
자신의 안락과 부만을 추구하며 심지어 같은 백인이라도 쉬잔의 어머니같이 힘
없고 순진한 사람들을 속여서 재산을 축적하던 부패한 사람들임을 고발한다.

『북중국』의 화자는 선량한 소시민이 냉대당하며 계층의 경계가 뚜렷한 식민
지 국가의 대도시를 이렇게 그린다.

고등학교가 있는 도로다. 아침 일곱 시 반. 사이공이다. 시(市)의 살수차가 지나간 후, 거리
는 기적처럼 상쾌해지는데 자스민 향이 도시에 범람하는 자스민의 시간이다. 어떤 백인들
은 이곳에 살게 된 초창기에는 "역겨울 정도로" 향이 너무 지독하다고 말한다. 그렇지만
식민지를 떠나게 되면 곧 그 향을 그리워한다.(p.60)

여기에서는 '방파제 작품군'의 첫 작품인 『방파제』처럼 대도시를 익명으로

제시하지 않고, 사이공이라는 실제 도시 이름을 제시한다. 그리고 사이공에서 고등학교를 다니는 주인공 '소녀'는 이 대도시에서 발산되는 고유의 향기에 대해 이야기하면서, 그곳의 청결함과 좋은 향기에 대해 긍정적인 시각으로 그리고 있는 듯하다. 그러나 이어지는 표현을 살펴보면 다른 인상을 받게 된다. "범람하는"이라든가 "향이 너무 지독하다"와 같은 표현은 무언가 부정적인 의미를 내포하고 있는 화자의 생각을 감지케 하며, "역겨울 정도로"라는 몇몇 백인들의 말을 직접 인용함으로써 거만한 백인들이 식민국의 수도를 바라보는 시각을 보여 준다. 자신들이 공급한 문명의 이기인 "살수차"를 통해 아침마다 그곳 고유의 향기로 물든 사이공에 대해서 어떻게 느끼는지 여실히 나타내는 구절이며, 그 어떤 상황과 환경 속에서도 자신들의 우월함을 드러내려는 오만하고 힘 있는 백인들의 오리엔탈리즘을 엿볼 수 있는 부분이다. 화자가 바라보는 이 도시의 아침은 "기적처럼 상쾌"하지만, 우아하기 그지없는 삶을 사는 백인들에게 이런 사이공의 아침은 단지 지저분하고 역한 냄새를 풍기는 식민국의 일부일 뿐이다. 어디에도 안주하지 못하고 어떤 사회 계층에도 속하지 못하는 『북중국』의 주인공 '소녀'와 『방파제』의 쉬잔이 불평등하고 부당한 식민지 사회에 존재하는 사회적, 인종적 차별에 맞서 점점 반항하게 되는 이유다. 그녀는 이렇게 어디에서도 자리를 찾지 못하고 반항하며 부유하는 정체성을 지니게 된다.

한편 송도를 지나 서울에 도착한 어린 박완서는 전차를 보게 된다. 기실 전차에 대해서는 박적골에서 송도를 향해 걸어가면서 이야기한 적이 있었지만, 화자이자 주인공은 전차를 보면서 두려웠던 기억을 이렇게 떠올린다.

기차의 한 토막보다도 짧고 파란 전차가 등에다 뿔을 달고 한길 한가운데를 달리는 게 보였다. 뿔하고 공중에 걸린 줄하고 사이에서 파란 불꽃이 튀는 걸 보니까 전차를 타는 게 호기심보다는 겁이 났다.(『싱아』, 45쪽)

주인공에게 송도의 첫인상은 공격적인 적의를 품은 빛이었다. 그리고 서울에 도착한 다음에는 송도에서 본 빛보다 더 무서운 "파란 불꽃"이 튀는 걸 본다. 전차를 타면 "어딘든지 가고 싶은 데를 앉아서 저절로 갈 수"(『말뚝』, 22쪽) 있다던 엄마의 말만큼 주인공에게 전차는 그다지 편리하고 신기한 것이 못 된다. 그녀에게 전차는 무엇보다 "등에다 뿔을 달고" 달리면서 무시무시한 불꽃을 뿜어내는 공포의 대상으로 비춰진다. 전차의 이런 이미지는 시골 소녀가 앞으로 살아가게 될 미지의 세계에 품고 있는 불안한 감정을 보여 준다. 그리고 서울에서 성공해야 하는 이 가족과 확고부동한 질서가 세워진 도시 사이에서 일어날 대립을 은유적으로 표현하고 있는 듯하다. 엄마는 아들이 성공하려면 오랫동안 기다려야 함을 알고 있다. 또 당시에는 의무 교육이 아니었던 초등 교육을, 그것도 서울에서 시키기 위해 딸인 주인공을 서울로 데리고 왔다. 주인공의 조부모가 이 무모해 보이는 계획에 반대했던 것이 오히려 이성적으로 보일 정도다. 딸을 "공부를 많이 해서 이 세상의 이치에 대해 모르는 게 없고 마음먹은 건 뭐든지 할 수 있는"(『말뚝』, 25쪽) 신여성으로 키우고 싶은 엄마의 바람은 지금으로서는 망상에 가까워 보인다. 이 가족이 서울 생활에서 성공하고 안정적이며 수준 높은 삶을 영위하기란 공중에 걸린 전깃줄처럼 접근하기 어려울 뿐 아니라 붙잡기도 힘들 것임을 예고하고 있는 것 같다. 이어지는 텍스트에서 전개되는 이야기는 서울에 자신의 영역을 표시할 '말뚝'을 박기 위해 엄마가 얼마나 노력했는가에 관한 것이다. "뿔하고 공중에 걸린 줄하고 사이에서 파란 불꽃이"

튄다는 묘사를 통해, 어렵게 이어진 뿌리와 줄기처럼 이 가족과 서울 사이에서 분투가 이어질 것임을 예견할 수 있다.

서울역에서 내린 엄마가 할머니가 준 보따리들을 옮길 지게꾼과 가격을 흥정하는 동안 주인공 소녀는 지게꾼들이 말하는 "상상꼭대기"(『말뚝』, 26쪽)라는 단어를 듣고 왠지 모를 슬픔이 복받쳐 오는 것을 느낀다. 이 단어가 정확히 어떤 의미인지 이해할 수 없었던 주인공이지만, 앞으로 살게 될 동네에 대한 의심과 두려움이 한층 커 가고 있음을 알 수 있다. 정작 엄마가 찬미하던 전차를 타지 못하고 전찻길을 따라 걷던 모녀와 지게꾼은 전찻길이 끝난 후부터는 경사진 좁은 골목길을 굽이굽이 올라간다. 그리고 처음 대처에 대해 주인공이 가졌던 두려움은 점차 혐오로 바뀐다. "상자갑만 한 집들이 더러운 오장육부와 시끄러운 악다구니까지를 염치도 없이 꾸역꾸역 쏟아놓아 더욱 구질구질하고 복잡한 골목이 한없이 계속됐다."(『말뚝』, 26쪽) 그래서 그녀는 오빠와 엄마가 살고 있는 서울을 무수한 화살처럼 적의를 내뿜던 송도의 풍경과 비교하기 시작한다. 적어도 송도는 자신을 압도하는 동시에 매혹시켰던 질서가 존재했는데, 이제부터 살게 될 서울은 아무런 질서나 아름다움을 발견할 수 없었기 때문이다. 엄마가 말해 줬던 것과는 오히려 반대되는 모습의 서울을 대면한 시골 소녀는 혼란에 빠지고 만다. 그리고 앞으로 계속해서 오르고 넘어야 할 가파른 경사면들이 그녀 앞에 숨길 수 없는 현실로 버티고 서 있다. 그녀의 서울 생활은 바로 이 "구질구질한" 동네에서 시작되고, 그곳에서 매일 인왕산을 넘어 학교에 다녀야 하는 고달픈 일상도 감내해야 한다.

통학길은 늘 혼자일 수밖에 없었다. 엄마는 나를 문 안에 있는 학교에 밀어 넣을 생각만 했지 같은 또래를 사귈 수 없는 게 얼마나 큰 불행감이 된다는 걸 이해하려 들지 않았다. 나는 외로울 때마다 동무보다는 시골의 뒷동산을 더 많이 그리워했다. 오래 가뭄이 든 것처럼 생기 없는 나무가 듬성듬성 있을 뿐 맨땅을 드러낸 산이 너무도 이상했다.(『싱아』, 74쪽)

주인공의 어머니는 딸을 문 안에 있는 초등학교에 입학시키기 위해 친척집 주소를 빌려 위장 전입을 했다. 주인공 가족은 사대문 밖의 달동네였던 현저동에 살았기 때문이다. 딸을 현저동의 수준 낮은 학교에 보내지 않고 사대문 안의 버젓한 학교에 보내는 데 일단 성공한 것이다. 그 먼 거리를 매일 홀로 걸어 다녀야 했던 딸의 입장이 고려되지 않았기 때문에, 소녀는 점점 말이 없는 성격이 되고 자신만의 상상 세계를 키워 가게 된다. 6년 동안 고독하고 사색적인 생활을 한 주인공 소녀의 정체성은 이렇게 힘겹게 먼 거리를 오가면서 불모의 땅에서 형성되어 간다. 주인공은 점차 엄마의 유별난 교육관과 서울에서 살아남기 위해 힘겹게 이어 나가는 삶에 반항하는 사춘기를 지나, 6·25전쟁을 통해 사회의 불평등함에 눈뜨게 된다. 이처럼 박완서에게 유년의 장소들은 낙원으로부터 뿌리 뽑힌 정체성을 재정립하고, 다시 뿌리내리기 위해 지난하게 싸워 나가는 여정을 보여 준다. 이런 어린 시절의 독특한 체험과 환경은 결국 불혹의 나이에 등단해 사십 년이 넘는 세월 동안 끊임없이 작품 활동을 할 수 있었던 밑거름이 되었다는 점에서 매우 소중하다. 작가 박완서에게 유년기가 그토록 중요한 글쓰기의 원동력이 되는 이유이기도 하다.

이처럼 마르그리트 뒤라스와 박완서의 작품 속 주인공들은 육체적으로 성장하고 정신적으로 성숙해 가는 과정이 장소의 변화와 함께 드러난다. 즉 야생적

이고 자유롭지만 물리적으로 닫힌 공간에 머물러 있던 주인공이 점차 열린 공
간으로 이동하게 되면서, 비록 불공평함과 불공정함이 만연한 곳이라 할지라도
이성적이고 정돈된 위계질서가 존재하는 그곳에서 점차 자신의 고유한 정체성
을 확립해 나가는 것이다.

6장 뒤라스와 물의 이미지, 그리고 정체성

1. 마르그리트 뒤라스의 정체성 탐구 여정

마르그리트 뒤라스의 '방파제 작품군' 중에서도 특히 『태평양을 막는 방파제』(1950), 『연인』(1984), 『북중국의 연인』(1991)은 3부작 자전 작품으로 간주된다. 주지하다시피 각 작품은 모두 작가의 가족이 인도차이나 반도의 식민지국에 살면서 겪었던 빈곤과 불공정함, 그리고 어린 소녀와 성인 남자와의 사랑 이야기를 중심축으로 삼는다. 그러나 동일한 시대와 공간을 배경으로 하는 이 세 작품은 쓰인 시기에 따라 조금씩 다른 양상을 보인다. 『연인』의 첫 부분에서 작가는 "가족에 대해서 많은 글을 써 왔지만, 가족이 생존해 있을 때에는 그들의 주변에 대해서만 쓸 수 있었다"(p.14)고 명시적으로 고백하면서, 이 작품이 바로 가장 진실된 자서전이라고 단언하기까지 했다. 그리고 이 작품에는 주인공과 두 오빠와 어머니가 등장하며, 주인공과 중국인과의 연인 관계를 처음으로 제시한다. 『방파제』는 남매와 어머니로 구성되어 있던 구조였고, 주인공의 연인이 백인으로 소개되었다는 점에서 차이가 있다. 『연인』의 눈부신 성공 속에 마르그리트 뒤라스는 전 세계적으로 유명세를 타게 되고, 영화감독 장 자크 아노는 이 작품의 영화화를 제안한다. 그러나 작가가 원하는 방향으로 영화가 제작되지 않자, 뒤라스는 『북중국』을 써서 출간한다. 이 작품의 서문에서 저자가 밝히고 있듯이 제목부터 『연인』과 특별한 관계가 있

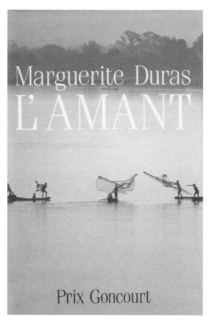

『연인』의 표지

으며, 내용 면에서도 전작과 크게 다르지 않음을 발견하게 된다. "이 텍스트는 『연인』과 어떤 관계를 지니게 될 것이다. (…) 이 책은 다음과 같이 명명될 수도 있었다. '길에서의 사랑' 혹은 '연인의 소설' 혹은 '다시 시작되는 연인'. 결국 우리는 더 광범위하고 진실된 두 개의 제목 중에서 선택했다. '북중국의 연인' 혹은 '북중국.'"(p.11) 그런데 이 작품은 형식적인 면에서 일반적인 소설의 형태가 아니며, 일종의 시나리오와 소설의 중간적인 형태를 보여 준다. 마지막 몇 페이지에 걸쳐 감독이 영화의 장면에 따라 지시하듯이 배경과 장치를 제시하는가 하면, 화자가 직접적으로 개입해서 이미 출판된 두 작품과의 관계를 설명하기도 한다.

마르그리트 뒤라스의 '방파제 작품군'의 마지막 작품인 『북중국의 연인』은 자기에 대한 글쓰기에 마침표를 찍는 역할을 수행하는 동시에, 자신의 정체성을 찾아 오랫동안 자전적 글쓰기를 멈추지 않고 다시 쓰기를 반복했던 작가의 흔적을 찾을 수 있는 텍스트다. 작가의 정체성 탐구 여정이 말년에 이르기까지 오랜 세월 동안 이어지면서, 전작에서 고백했던 내용이 사실과 다르다고 부인되기도 하고 파편화되어 드러나기도 하는 등 생성과 부정 그리고 재생성이 반복되는 양상을 보인다. 물의 이미지와 중첩되는 이와 같은 여정은 『북중국의 연인』에서 더욱 선명하게 확인된다.

2. 물의 양면성

마르그리트 뒤라스의 작품 속에서 물의 이미지가 중요한 부분을 차지한다는 사실은 무엇보다도 여러 텍스트에 다양한 형태와 양상으로 물이 끊임없이 등장하는 것을 통해 알 수 있다. 그렇기에 물이라는 주제는 단순히 장식적인 배경이나 메타포가 아니라, 등장인물의 영혼과 생각의 움직임을 드러내고 모든 상황에 침투하는 역할을 하고 있음을 짐작할 수 있다. 가스통 바슐라르Gaston Bachelard는 『물과 꿈 L'eau et les reves』이라는 문학 상상력 이론서에서 이미지의 양면성, 즉 욕망과 공포, 선과 악, 백과 흑으로 대변되기도 하는 양면성이 언제나 공존한다고 주장한다.52) 양면성을 살펴봄으로써 궁극적으로 근원적이고

---

52) Gaston Bachelard, *L'Eau et les reves: Essai sur l'imagination de la matière*,

일반적인 물의 이미지를 도출해 낼 수 있다는 것이다.

『북중국의 연인』에서 가장 직접적이고 명확하게 나타는 물의 이미지는 바로 가족의 희망을 송두리째 삼켜 버리는 바다다. 이 이미지는 파괴의 상징으로서 등장한다. 1920년대 후반 프랑스령 인도차이나 반도의 백인 가족인 "어린애 l'enfant"[53]와 두 오빠 피에르와 폴로 그리고 그들의 어머니는 피식민지인들과 다를 바 없는 삶을 살아가고 있다. 앞에서 이미 언급했던 것처럼, 남편이 죽은 후 고생 끝에 구입한 토지가 매년 7월이 되면 밀려오는 태평양의 파도 때문에 바닷물에 잠겨 경작할 수 없는 상황에 처해 있기 때문이다. 부패한 공무원들 중 어느 누구도 경작할 수 있는 땅을 원하는 어머니의 상소 편지와 방문에 도움의 손길을 주지 않는다. 바다의 폭력으로부터 벗어날 수 있는 방법이 없어진 어머니는 그대로 삶을 포기하든지, 바다를 상대로 힘든 싸움을 시작해야 할 운명에 처한다. 결국 어머니는 몇 천 년 전부터 그곳에서 그렇게 비참한 상태로 절망 가운데 살아온 원주민들을 설득해서 태평양의 거대한 파도를 막을 방파제를 건설해 보기도 하지만 소용없다. 사람들이 원시적으로 나무를 날라 와서 만든 방파제는 태평양의 파도를 이겨 낼 힘이 없었던 것이다. 그래서 작가는 『바깥세

José Corti, 1942; ⟨biblio essais⟩, 1996, p.19.

53) 연인』이 1인칭과 3인칭을 오가는 시점으로 쓰인 것과는 달리 『북중국』은 3인칭 시점으로 쓰였다. 텍스트에서 화자는 주인공을 지칭할 때 "la petite", "l'enfant", "la jeune fille" 등의 단어를 사용하며 이름을 언급하지 않는다. 이것은 화자와 주인공이 동일함에도 시간적이고 공간적인 거리를 효율적으로 표현하기 위한 기법 중 하나로 볼 수 있다. 여기에서는 화자와 주인공이 동일함을 강조하기 위해 그리고 화자가 발견하기를 원하는 정체성이 곧 주인공의 그것과 동일함을 보여 주기 위해, '화자' 또는 '주인공'이라는 표현 대신 '주인공-화자'로 표기하기로 한다.

상 *Le Monde extérieur*』에서 "대양은 움직임을 통해 그 심연으로 모든 것을 집어 삼킨다"(p.194)라고 말하기도 했다. 주인공-화자는 중국인 연인에게 바다로 인해 겪게 된 자신의 삶, 더 나아가 어머니의 삶에 대해 묘사한다.

> 그러고는 바다가 올라왔다.
>
> 그리고 어머니가 포기했다.
>
> 더 이상 잘은 모르겠지만 아마도 4년 동안 지속되었던 것 같다. 마침내 도달하게 된 것이다. 그것이 끝났다. 그녀가 포기했다. (…)
>
> 논은 파도의 침입을 받았고, 방파제는 휩쓸려 갔다.
>
> 어머니는 고지의 논과 방갈로, 그리고 그 안의 가구를 하인들에게 주었다.(p.103)

주인공-화자는 중국인 연인에게 어머니가 원하던 토지와 태평양의 파도 이야기를 들려주며 이렇게 끝을 맺는다. 어머니의 꿈과 희망은 파도에 휩쓸려 지나간 옛이야기가 된 것이다. 이렇듯 이 작품에서 물의 이미지는 주인공들의 삶을 침범하고 무너뜨리는 역할을 하는데, 어머니가 모든 희망을 다해 경작하고 가꾸려 했던 토지와 가정을 한순간에 집어삼키고 무너뜨리는 근원이 바다이기 때문이다. 바슐라르는 "바다는 분노에 대한 모든 은유, 그리고 격분과 분노의 모든 동물적인 상징성을 받아들인다. 바다는 사자의 갈기를 뒤흔든다"(p.194)고 표현하기도 했다.

『북중국』을 이끌어 가는 이야기의 중심축은 바다의 광폭함으로 상징되는 어머니와 가족의 불행한 삶과 더불어 중국인 연인과의 사랑이다. 고통스러운 삶으로부터 해방되고 다른 무엇인가를 향해 나아가고픈 주인공-화자는 금지된 사랑을 시도한다. 연인과의 사랑을 표현하는 가운데도 어김없이 물이 등장한다. 먼저 연인과의 우연한 첫 만남의 장소는 메콩 강을 건너는 배 위다. 주인공-화자는 그들의 만남 전에 장소를 묘사한다. "강이다. 메콩 강의 페리다. 책에 나온 페리."(p.35) 가족이 살고 있던 사덱에서 사이공에 있는 학교로 돌아가기 위해 배를 탄 주인공-화자에게 메콩 강은 어린아이의 세계를 떠나고 있음을 뜻한다. 즉 메콩 강을 건너고 있는 모습을 통해 중국인 연인의 밀실이 있는 사이공의 중국인 거리로 향해 가는 것을 보여 주는 것이다. 배 위에서 만난 연인들은 곧 육체의 욕망을 충족시켜 줄 행위를 즐기는데, 그 가운데서도 물이 등장한다.

> 그녀는 여전히 방 안에서 바다의 소음을 듣는다. 그것에 대해서 글로 쓴 후에도 그녀는 마치 중국인 거리의 소음처럼 그것에 대해 회상한다. 그녀는 연인들의 방에 바로 그날 바다가 있었음을 글로 썼던 것조차 기억한다.(p.81)

쾌락의 은유적인 표현으로 바다가 등장하는 것을 볼 수 있다. 여기에서 바다는 모든 것을 집어삼키는 파괴자가 아니라, 육체의 쾌락과 즐거움을 연상시킨다. 여성적이고 마술적인 바다는 영원하고 풍요로운 곳이며 이러한 이미지는 곧 여성성을 나타낸다. 쥘 미슐레Jules Michelet 또한 바다의 여성적인 상징성이 지치지 않는 욕망을 통한 수태와 해산54)으로 드러난다고 주장한 바 있다. 여기서 지치지 않는 욕망은 끊임없이 왕복 운동을 하는 파도를 뜻하고, 이를 통해 생명이 생성되고 탄생하는 것을 의미한다. 이 작품의 주인공-화자 역시 심

---

54) Jules Michelet, *La mer*, Gallimard, 1983, p.111.

오한 깊이의 바다를 헤아릴 수 없는 욕망과 쾌락을 내포하는 의미로 수용하고 있는 것 같다. 이는 성적 쾌락이 그녀의 육체를 침범함으로써, 심해를 향한 그녀의 두려움이 일종의 매혹으로 변형되는 지점이라고 할 수 있다. 게다가 주인공-화자는 추억으로 간직한 그 체험을 이미 글로 썼음을 기억하면서 또다시 글을 쓰고 있음을 고백함으로써 『연인』을 간접적으로 언급하고 있다. 끊임없이 밀려드는 바다의 파도처럼 그녀의 기억도 머릿속에 들어와서 글로 남겨지고, 다시금 상기되어 글을 쓰고 있는 것이다. 이처럼 바다는 부정적이고 긍정적인 상징성을 지니는 동시에 글쓰기 자체에도 영향을 미치고 있다.

3. 작품 속 인물들과 물

물의 이미지는 은유적인 상징성만 지니는 것이 아니라 작품 속 인물들과도 직접적으로 관계된다. 글쓰기 자체와도 연관되는 이 인물들은 뒤라스의 여러 작품에 등장하는 이름 없는 인물인 "거지 여인la mendiante"과 안 마리 스트레테이다. 이 두 인물은 작가의 자기에 대한 글쓰기 작품들에만 등장하는 것이 아니라 비평가들에 의해 '인도 작품군cycle indien'[55]이라고 일컬어지는 작품들 속에서는 매우 중요한 역할을 한다. 『북중국』에서 본격적으로 이야기가 전개되기 전 프롤로그와 같은 부분에 등장하는 거지 여인과 안 마리 스트레테는 뒤라

---

55) *Le Ravissement de Lol. V. Stein*, Gallimard, 1964; *Le Vice-Consul*, Gallimard, 1966; *India song*, Gallimard, 1973; *La femme du Gange*, Gallimard, 1974.

스의 충실한 독자라면 주인공-화자에게 큰 영향을 미친 인물들임을 짐작할 수 있다. 사실 이 둘은 『북중국』만 놓고 봤을 때에는 미미한 인물처럼 보이지만, 마르그리트 뒤라스라는 작가의 작품들을 전체적으로 조망해 보면 그 상징성을 파악할 수 있다. 이들은 뒤라스의 여러 작품에서 나타나고 사라지기를 반복함으로써 작가에게 깊은 영감을 제공한 인물임을 알 수 있으며, 나아가 작가의 글쓰기가 동일한 인물이나 사건에 대해 반복적으로 이어져 나가고 있음을 자연스럽게 보여 준다. 또한 각 텍스트에서 이들의 등장과 퇴장 자체가 물의 이미지와 중첩됨으로써 이 두 인물은 뒤라스의 모든 작품 속에서 살아 숨 쉬는 물의 이미지와의 깊은 연관성을 환기시키기도 한다.

거지 여인은 일찍이 『방파제』에서 최초로 언급되었다. 이 작품에서 거지 여인은 인도차이나 반도에서 비참한 삶을 이어 가고 있는 주인공 가족에게 맡겨진 원주민 아기의 어머니로 등장한다. 발을 다친 어느 원주민 여인(거지 여인으로 간주되는)이 고향인 북쪽 지역으로 다시 돌아가면서 아기를 돌볼 수 없는 처지에 처해 주인공 쉬잔의 어머니에게 아기를 맡기고 떠나는데, 어머니와 가족의 극진한 보살핌에도 아기는 곧 병들어 죽게 된다는 이야기이다.(pp.109-110) 그러나 이 작품에서 거지 여인은 큰 비중을 차지한다기보다는 단지 인도차이나 원주민들의 극한 빈곤과 처참한 인생을 백인 통치자들의 삶과 대조적으로 보여 주기 위한 예 중의 하나로 비쳐진다. 이어서 거지 여인은 『부영사 Le Vice-Consul』에서 주요 인물로 등장한다. 이 작품의 주인공인 피터 모르강은 한 거지 여인의 불행하고 비참한 삶에 대해 소설을 쓰는 것으로 나온다. 이 인물이 상징적이며 신화적인 모습을 지니게 되고, 고통의 기념비적인 위치를 획득하게 될 것임을 보여 주는 지점이다. 이렇게 해서 거지 여인은 『부영사』 이래로 작품과 장르를 넘나드는 고정되지 않은 특성을 지닌 채, 독자가 작가의 작품들을 전체적으로 이해할 수 있는 가능성을 마련해 준다. 마들렌 보르고마노Madeleine Borgomano가 거지 여인이 바로 뒤라스 작품들을 이해하기 위한 실마리를 제공하는 인물이라고 주장했던 이유다. 뒤라스의 작품들 여기저기에서 나타나고 사라지는 이 인물은 『연인』과 『북중국의 연인』에 다음과 같이 등장한다.

그녀는 항상 운동장에 있는 사과나무 그늘에서 잠을 잤다. 그리고 거기, 그 미친 여자 곁에서 언제나 어머니가 벌레에 물리고 파리 떼가 들러붙은 그녀의 발을 치료해 주고 있었다. 그녀 옆에는 이야기 속에 존재하는 딸이 있다. 그녀는 그 아이를 데리고 2천 킬로미터나 왔다고 한다.(『연인』, p.106)

그 어린 나이에 의해 남겨진 공백 속에 날카롭고도 광적인 웃음과 외침으로 중단되는 세 번째 음악이 흘러나온다. 식민지국을 가로지르는 사람은 매일 밤 그런 것처럼 바로 갠지스 강의 그 거지 여인이다. 언제나 바다에 도달하기 위해 노력한 죽은 아이들의 도로인 시타공 도로는 아시아 거지들이 천 년 전부터 물고기들이 많이 사는 송드 바다를 향해 난 길을 발견하려고 했던 그 길이다.(『북중국』, p.22)

『연인』에서는 거지 여인의 모습이 『방파제』의 원주민 여인과 많이 닮아 있다. 주인공의 어머니가 그녀의 상처를 치료해 준다든가, 이야기 속에 존재하는 딸이 있다는 점은 바로 작가의 전작에 등장했던 인물임을 상기시켜 준다. 이어지는 『북중국』에서 거지 여인은 단지 식민지국 원주민들의 고통에 찬 삶과 먹을 것을 구하기 위한 외침만을 보여 주는 데 그치지 않는다. "날카롭고도 광적인 웃음과 외침"으로 대변되는 이 인물이 바로 "갠지스 강의 그 거지 여인"임을 직접적으로 언급함으로써, 이미 '인도 작품군'의 여러 텍스트 속에 등장했던 그 인물임을 강조한다. "광적"이라는 표현처럼 온전한 정신을 지니지 못한 그녀는 항상 바다 근처 혹은 강 가까이에 머물고 있다가 밀려드는 파도처럼 이 텍스트에서 저 텍스트로 이동하여 나타난다. 이렇게 해서 거지 여인은 뒤라스의 모든 작품들이 닿고자 하는 "무한한 상태 état illimité"[56]를 나타낸다. 작가의 후기 작품들은 점차 소설, 영화, 희곡 혹은 에세이로서의 특징들이 혼합된 면모를 지니게 됨으로써 장르의 구별이 어렵게 되었다. 마르그리트 뒤라스는 또 작품들 사이의 상호 텍스트성을 통해 하나의 작품이 그 자체로만 존재하고 한계 지어지는 것을 거부하는 글쓰기를 이어 나갔다. 이런 성향을 일컬어 다니엘 바조메 Danielle Bajomée가 "무한한 상태"라고 명명했으며, 거지 여인의 편재성이 바로 이런 뒤라스의 작품 전체의 특성을 보여 준다. 또한 이 "무한한 상태"는 작품 속에 끊임없이 등장하는 물의 이미지, 그중에서도 바다와 맞닿아 있는 것으로 보인다. 편재성을 지닌 거지 여인의 특성이 자연스럽게 물의 이미지와 연결되는 이유가 바로 여기에 있다고 할 수 있다.

한편 바다를 향해 물고기를 찾아 헤매는 거지 여인에게 바다는 무한하고 매혹적인 동시에 쉽게 다가갈 수도 없고 먹을 것을 제공하지도 않는 존재다. 그럼에도 쉼 없이 바다를 향해 나아가는 거지 여인이 결국 주인공—화자의 어머니와 깊은 연관을 맺고 있음을 짐작하게 된다. 『북중국』의 어머니 역시 거지 여인처

---

56) Danielle Bajomée, *Duras ou la douleur*, de Boeck Université, 1989, pp. 28-43.

럼 자식들을 지켜 주지 못하는 인물로 등장하며, 방파제 사업에 대한 그녀의 광기 어린 고집은 자녀들을 뿔뿔이 흩어지게 한 원인 중 하나이다. 어머니가 가장 사랑했던 큰아들은 아편쟁이로 많은 빚을 져 본국인 프랑스로 송환되고, 그녀는 큰아들의 폭력과 학대로부터 작은아들을 지켜 주지 못하며, 딸인 주인공-화자는 어머니의 방치 속에서 중국인과의 연애로 불명예스러워진다. 어머니와 거지 여인의 바다를 향한 광기는 주인공-화자의 정체성 형성에도 깊은 영향을 끼치는데, 알랭 비르콩들레는 특히 불행에 대해 잘 알고 있던 거지 여인이 온 땅을 방황하면서 넘어졌다가 일어서고, 잠 속에 빠졌다가 다시 깨어나는 모든 행위들은 바로 자신의 삶과 행복을 증언하기 위해 글을 쓰고 또 쓰는 작가의 작업과 맞닿아 있으며, 결국 마르그리트 뒤라스의 정체성과 연관성을 지닌다는 일리 있는 주장을 펼쳤다.[57]

뒤라스의 전체 작품들에서 가장 수수께끼 같은 인물인 동시에 거지 여인과 함께 작가의 글쓰기에서 가장 상징적인 인물은 안 마리 스트레테. 이 작품에서 안 마리 스트레테의 출현 역시 거지 여인처럼 미약한 듯 보이지만, '인도 작품군'으로부터 시작된 이 인물에 대한 작가의 애정은 '인도차이나 작품군' 중 마지막으로 집필한 텍스트 속에서도 식지 않고 있다. 작가는 미셸 포르트 Michelle Porte와의 대담집에서 안 마리 스트레테에 대해 이렇게 고백했다. "몇 년 전부터 내 영화와 책들은 안 마리 스트레테와의 사랑 이야기에 관한 것이다. 항상 그런 것은 아니다. 내가 다른 영화에 관여하고 있는 동안에는 그녀에 대해 관심을 기울이지 않는다. 그러나 그녀는 언제나 거기에 있다."(1977,

---

57) Alain Vircondelet, *Duras*, François Bourin, 1991, p.12.

p.69) 이처럼 안 마리 스트레트는 마르그리트 뒤라스가 무엇을 하든지 언제나 그곳에 존재할 정도로 작가와 떼어 낼 수 없을 만큼 함께하는 인물이다. 『북중국』의 첫 부분에서 주인공-화자는 식민지국의 공원을 묘사하면서 독자에게 어떤 설명이나 지시 없이 갑작스럽게 한 인물을 등장시킨다.

> 가로등 불빛 아래로 하얀 비포장길이 공원을 가로지른다. 길은 비어 있다. 그리고 여기, 진한 붉은빛 드레스를 입은 여자가 천천히 비포장도로의 하얀 공간으로 나아간다. 그녀는 강으로부터 온다.
> 그녀는 저택 안으로 사라진다.(p.19)

뒤라스의 대표적인 작품들을 읽은 독자라면, 작품 속에서 아직 이름을 가지지 못한 이 인물이 『인디아 송 India Song』과 『부영사』에 등장했던 바로 그 안 마리 스트레테임을 쉽게 감지할 수 있다. 붉은빛 드레스를 입은 한 여자가 강에서 식민지국의 공원으로 오고 있다는 묘사를 통해 영화 〈인디아 송〉에서 주인공 안 마리 스트레테가 입었던 강렬한 붉은 드레스를 떠올리게 되며, 동시에 갠지스로 사라진 그녀의 회귀를 자연스럽게 연상할 수 있기 때문이다. 그녀가 갠지스 강에서 다시 돌아온 것이다. 여기에서 안 마리 스트레테의 사라짐과 나타남이 물을 중심으로 이루어지고 있다는 점을 간과할 수 없다. 그녀가 등장하는 작품은 언제나 그녀의 저택을 물가로 상정하고 있으며, 그녀는 물을 통해 출현하고 사라진다. 이 인물이 물의 이미지와 직접적이고도 본질적인 관계를 맺고 있음을 드러내는 대목이라 할 수 있다.

이처럼 물과 뗄 수 없는 관계인 안 마리 스트레테는 『북중국』에서 주인공─

화자의 여성으로서의 정체성 형성에 기여하는 인물로 보인다. 그녀는 주인공-화자에게 반사된 거울과도 같은 존재이다. 여성성을 나타내는 바다의 이미지에 부합하는 안 마리 스트레테는 주인공 소녀에게 여성성을 지닌 모델이다. 팜 파탈과 같은 이 간부(奸婦)는 식민지국에 수많은 애인이 있었고, 그중 한 명은 그녀로 인해 자살을 한 것으로 소문이 나 있기까지 하다.(p.40) 그녀의 성적 욕망의 충족을 강조하고 있는 이 작품에서 안 마리 스트레테는 주인공-화자가 열 살 때 처음 그녀에 대한 이야기를 들은 후 중국인 애인을 만나 사랑하게 될 때까지 상상 속에서 동일시되는 인물이었다. 주인공-화자는 수녀 같은 삶을 살아가는 어머니가 아닌 관능적 쾌락에 몸을 맡기는 간부를 자신의 여성 모델로 삼았던 것이다. 그리고 그녀는 중국인 연인으로 인해 안 마리 스트레테처럼 드디어 불명예스러운 사람이 됨으로써, 상상 속에서만 동일시되었던 인물과 자신을 현실 속에서 동일시하는 데 성공한다. 한편 중국인 연인이 왜 안 마리 스트레테가 그토록 마음에 드는지 묻자, 주인공-화자는 잘은 모르겠지만 그녀와 관계된 '이야기'가 자신을 매혹시킨다고 대답하기도 한다.(p.51) "빈롱의 여인"이 하나의 매혹적인 이야기로서 독서에 열중해 있던 백인 소녀의 상상력에 중요한 위치를 차지하고 있음을 고백하는 것이다. 또한 안 마리 스트레테가 밀려들고 떠내려가는 파도처럼 여러 작품에 계속해서 나타났다가 사라지기를 반복하면서 이야기가 되었듯이, 주인공-화자 역시 자기에 대한 글쓰기를 통해 다르면서도 같게 등장함으로써 그저 이야기가 되기를 원하고 있음을 밝히는 것으로 이해할 수도 있겠다. 텍스트 내에서 양적으로 큰 부분을 차지하고 있지는 않지만, 안 마리 스트레테는 이 작품의 주인공-화자의 정체성, 나아가 작가의 정체성을 드러내주는 인물로서 매우 중요한 상징성을 지니고 있음을 짐작할 수 있다.

4. 주인공-화자의 정체성과 물의 이미지

『북중국』의 주인공-화자는 자신의 정체성을 탐구하는 여정 속에서 자연스럽게 다른 인물들과 동일화를 시도하기도 하고, 적대시하기도 한다. 이런 모든 노정을 살펴보면 언제나 물이 인물들과 직접적으로 연결되어 있다는 사실을 알수 있다. 본질적으로 거지 여인과 어머니 그리고 안 마리 스트레테의 정체성은 밀려들었다 밀려 나가는 파도와 같이 고정되지 않은 것이다. 그 속에서 주인공소녀의 정체성 역시 고정되지 않은 채 끊임없이 동요한다.

고통과 비참한 삶의 상징으로 나타나는 거지 여인과 어머니는 어디에서나 맞닥뜨리게 되는 바다의 횡포와 공격, 파괴 속에서도 꿋꿋이 질곡의 인생을 이어 나가야 하는 인간의 운명을 묘사한다. 그것은 주인공-화자에게 삶이 어린 시절 두려움의 대상이었던 바다처럼 다가오는 것을 의미하며, 피하고 싶지만 비켜 갈 수도 도망갈 수도 없는 것이 인생임을 깨닫게 한다. 그리고 그녀 자신이 바다가 되어 언제 어디에서든 흘러들어, 파괴되지만 무정형으로 재건되어 승리하는 정체성을 가지기를 몽상하기에 이른다. 바슐라르는 이런 욕망을 포효하는 바다와의 싸움을 시도하는 '스윈번 콤플렉스Complexe de Swinburne'라고 명명하고 이렇게 설명한다.

> 이미 자신의 몽상 속에서 그는 바다를 향하여 말한다. "몇 번이고 나는 그대의 무수한 물결에 대항하는 나의 넘쳐나는 힘을 충분히 의식하고 나의 새로운 힘을 과시하면서, 그대에게 대항하여 헤엄치고 싸울 것이다." 의지에 의해 꿈꿔진 이 쾌거는 바로 난폭한 물의 시인들

에 의해 노래된 경험인 것이다. 이것은 추억보다는 예견에 의해 창조된다. 난폭한 물은 용기의 한 도식이다.(p.190)

난폭한 바다에 대한 적대감과 그것을 이겨 내기 위한 용기는 바로 직접적인 싸움에 있음을 인식하는 스위번 콤플렉스는 결국 주인공-화자가 거지 여인이나 어머니의 모습 속에서 발견하고자 한 정체성과 맞닿아 있는 것으로 보인다.

안 마리 스트레테는 주인공 소녀가 여성으로서의 정체성을 형성해 나가면서 닮고자 한 인물이다. 인도차이나 반도에 소문이 자자할 정도로 여성적인 매력을 뿜어내는 안 마리 스트레테를 바라보며 자신도 그렇게 되고자 했던 주인공-화자는 중국인 연인을 둠으로써 그 꿈을 실현시키기에 이르렀다. 그러나 그녀는 단순히 자신을 매혹했던 여성을 닮아 가는 것에 만족하지 않았고, 중국인 연인과의 대화 가운데 자신이 진정으로 이루고자 하는 것을 깨닫게 된다. 자신이 안 마리 스트레테를 좋아하고 동경하게 된 것은 바로 그녀의 '이야기' 때문이었음을 인식하게 되기 때문이다. 책 읽기에 열중해서 살았던 어린 시절이 이제 그녀에게 글을 쓰고 싶다는 욕망과 꿈을 선사하고, 그녀는 '이야기'에 대한 목마름과 열정을 토로한다.

밤이 찾아왔다. 하늘은 점점 푸른빛으로 빛난다. 중국인으로부터 멀리 떨어져 있는 아이는 샘물 가까이에 있는 욕조의 시원한 물속에 누워 있다. 그녀는 자신의 삶에 대해 이야기한다. (…) 그녀는 자신이 하는 이야기에 완전히 빠져 있다. 그녀는 자신이 이 이야기를 자주 하며, 사람들이 그것을 듣지 않는다 하더라도 상관없다고 그에게 말한다. (…) ― 나에게 이야기한다는 것은 곧 나중에 글을 쓸 거라는 뜻이지요. 나는 그것을 막을 수 없답니다.(p.101)

주인공 소녀는 중국인 연인에게 자신의 어린 시절, 즉 어머니와 방파제에 얽힌 이야기를 하기에 앞서 위와 같이 말한다. 세상의 녹록지 않음에 맞서 싸우겠다는 의지를 지니게 된 주인공-화자가 이제 진정으로 자신이 추구하는 것이 무엇인지를 고백하는 것이다. 여기에서도 물의 이미지와 깊은 관계를 맺고 있는 주인공-화자의 상상력과 삶이 드러난다. 자신이 앞으로 끊임없이 이야기하게 될 글쓰기에 대해서 생각하며 말하고 있을 때 그녀가 쉼 없이 흐르는 "샘물" 가까이에 있는 "시원한 물" 속에 잠겨 있다는 점이 그렇다. 자신이 이야기를 하고 싶은 욕망을 억누를 수 없음을 물이 마르지 않고 흐르는 샘물로 표현하고 있으며, 물속에 잠겨 있음은 언제나 이야기 속에 존재할 자신을 나타낸다고 할 수 있을 것이다. 자신의 삶에 대한 이야기가 글쓰기를 통해 계속 이어질 것임을 상징적으로 보여 주는 대목이다. 누군가가 관심을 기울이거나 그렇지 않거나 여부는 중요치 않다. 그녀는 반복적인 이야기와 글쓰기를 통해 자신의 정체성을 찾아가는 삶을 살 것이기 때문이다. 그런데 그녀의 자기에 대한 이야기는 '방파제 작품군'이나 '인도 작품군'을 통해 확인할 수 있었듯이 계속 변화하지만 그러면서도 그대로 존재하는 특징을 지닌다. 바슐라르가 인간의 운명은 흐르는 물과 같기 때문에 일시적인 것이고 아무도 동일한 강물로 몸을 씻을 수 없다는 점을 강조한 것처럼(p.13), 작가의 자기에 대한 이야기는 마르지 않는 샘물처럼 계속 흘러나와 전작과는 다른 새로운 텍스트로 존재하게 되는 것이다. 이는 바로 주인공-화자이자 작가의 정체성을 나타내는 부분이기도 하다. 특히 마르그리트 뒤라스는 『물질의 인생 *La vie matérielle*』에서 다음과 같이 고백함으로써 자신의 정체성이 물의 이미지와 어떻게 연결되는지를 부연했다. "폭탄이 도시에 투하되었을 때는 폐허와 시체가 남게 마련이다. 그러나 당신이 원자폭탄을 바다에 투하하면 바다는 십 분 후면 그 모습을 되찾는다. 우리는 물을 하나의 형태로 만들 수 없다."(p.73) 뒤라스와 주인공-화자는 물과 같이 정형화될 수 없는 동시에 자유로운 정체성을 추구하는 인물이다. 프랑스인으로서 당시에는 손가락질 받을 수밖에 없었던 중국인 연인과의 관계, 남자인지 여자인지 알 수 없는 괴기한 옷차림 등은 주인공-화자가 사회 규범이나 틀 안에 갇힐 수 없음을 드러낸다. 그녀는 글쓰기라는 영혼의 자유로움에 닿기 위해 스스로 사회적 소외를 택했으며, 그녀의 자유로움은 언제라도 변형될 수 있으며 잡히지 않는 물과 같은 정체성을 탐구해 나가고 있는 것이다. 마르그리트 뒤라스의 마지막 작품 『글로 쓰인 바다 *La mer écrite*』에는 자신이 곧 바다였으며, 그것이 망망하게 언제나 우리 곁에 글로 남겨져 있음을 고백하는 듯한 구절이 있다. "매일, 우리는 그것을 바라본다. 글로 쓰인 바다."(p.7)

7장 뒤라스와 박완서의 자기에 대한 글쓰기에서의 고통과 몸

1. 고통과 몸, 그리고 뒤라스와 박완서의 글쓰기

고통이 무엇인가를 정의하는 것은 매우 어려운 일이다. 국제고통학회에서 내린 정의에 따르면, 고통pain은 "(신체적) 조직의 실제적 혹은 잠재적 손상과 관계하여 겪는 불쾌한 감각적·정서적 경험, 혹은 그러한 손상과 관련하여 서술된 불쾌한 감각적·정서적 경험"[58]이다. 고통이 일어나는 원인 혹은 상황 설명 외에 그 경험 자체가 어떤 것인지를 밝히는 것은 어렵다는 점을 이 정의를 통해서 확인할 수 있다. 고통을 표현할 때는 주로 '마치 ~인 것 같은'의 구조로 말하는 경우가 많다. '마치 송곳 끝으로 꼭꼭 찌르는 것 같은', '칼로 뼈를 깎는 것 같은' 등의 표현은 아픔을 일으키는 행위와 그 행위가 상처를 일으키는 신체의 부

---

58) David B. Morris, *The Culture of Pain*, Berkley and Los Angeles, University of California Press, 1991, p.6.

위 등을 이용하여 설명할 수밖에 없음을 보여 준다. 우리말에서 고통(苦痛)이라는 단어를 살펴보면, 정신적 '괴로움(苦)'과 신체적 '아픔(痛)'을 동시에 내포하고 있음을 알 수 있다. 일반적으로 괴로움은 다소 정신적인 것, 아픔은 다소 몸과 관계된 것이 사실이다. 그러나 인간에게 양자의 경계는 뚜렷하지 않다. 몸이 아플 때 참을 수 있는 한계가 사람의 성격, 문화적 배경, 직업, 상황에 따라 다르다는 점은 아픔에도 정신적 요소가 작용함을 보여 주며, 정신적으로 큰 충격과 슬픔을 느낄 때 가슴과 몸에 통증을 느끼는 경우도 많다. 그래서 그 두 가지 경험을 합쳐서 '고통'이라는 용어를 사용하는 우리말 표현은 타당해 보인다.

반면 서양에서는 '괴로움(苦)'과 '아픔(痛)'을 구별해서 사용한다. 우리말로 번역할 때는 모두 고통이 되지만 프랑스어에서 souffrance와 douleur는 뚜렷한 차이를 보인다. 라틴어의 dolor가 어원인 douleur는 반드시 육체적인 '아픔'만을 뜻하지는 않지만 그 첫 번째 의미는 육체적 아픔이며, souffrance와는 다르다. 이런 예는 영어의 suffering과 pain에서도 뚜렷하게 드러난다.

서양에서 '아픔'과 '괴로움'을 엄격하게 구별했던 것은 몸과 마음을 이원화하였던 플라톤적 이원론의 영향이라고 볼 수 있다. 오늘날 서양 철학과 문학에서 오랫동안 고수해 온 정신과 육체, 영혼과 물질, 주체와 객체, 안과 밖 등의 이원론은 더는 논의의 대상이 아니다. 특히 모리스 메를로퐁티Maurice Merleau-Ponty는 『지각의 현상학 *Phénoménologie de la perception*』을 통해 정신과 육체의 경계를 허물고, 몸59)-주체라는 새로운 개념을 선보였다.

---

59) 데카르트의 이원론적 실체로서의 몸corps을 우리말로 번역할 때는 영혼과 대립되는 의미에서 '육체'로 표현하는 반면, 탈이원론적 의미에서는 육체보다는 '신체'나 '몸'이라는 용어

몸은 대상이 아니다. 마찬가지로 몸에 관해 갖는 의식은 사유가 아니다. 말하자면 몸에 관한 명료한 관념을 갖기 위해 몸을 분해하고 재조립할 수 없다는 이야기다. 몸의 통일성은 항상 암시적이고도 불명료하다. (…) 그러므로 나는 나의 몸이다.[60]

인간 정신의 절대적인 우월성을 포기한 메를로퐁티의 주장은 몸이 원초적이고 주체적인 기능을 독점하는 동시에 인간의 객체로서 존재한다는 이중성에 바탕을 두고 있다. 이 철학자에 의하면 몸은 주체와 객체로서의 기능을 동시에 수행하는 한편, 인간이 온몸으로 또는 온몸의 각 기관을 통해 체험하는 구체적인 지각 세계와 밀접한 관계를 맺는다. 메를로퐁티의 몸 철학은 마르그리트 뒤라스와 박완서의 텍스트를 중심으로 고통과 몸의 문제, 나아가 글쓰기와의 관계를 설명하는 데 유용한 방법론이 될 것이다.

마르그리트 뒤라스와 박완서는 글쓰기를 통해 자신의 고통을 형상화한 작가들이다. 마르그리트 뒤라스는 인도차이나에서 겪었던 불운한 삶에 대해 끊임없이 이야기했으며, 성인이 된 후에는 제2차 세계대전으로 인해 정신적으로 황폐해졌던 고통의 나날에 대해 다양한 작품에서 다루었다. 박완서 역시 처녀작인 『나목』부터 6·25전쟁 때 입었던 상처와 고통의 기억들을 작품 속에서 쉼 없이 재현했다. 두 작가는 말년까지 이어졌던 끊임없는 창작 열정과 동일선상에서 자기 삶의 고통을 승화시키는 글쓰기를 행했다고 할 수 있다. 그중에서도 뒤라스의 『고통』은 여타의 작품들에서 전쟁의 참상을 다루면서도 일종의 거리 두기

를 사용한다. 이런 시각에서 앞으로 프랑스어 corps는 우리말 '몸'으로 표기하기로 한다.
60) Maurice Merleau-Ponty, *Phénoménologie de la perception*, Gallimard, 1945; réée. coll. "Tel", 1976, p.231.

또는 객관적인 시선을 유지했던 것[61]과 달리, 생생한 날것의 고통을 담고 있다. 당시 남편이었던 로베르 앙텔므Robert Antelme가 레지스탕으로 활동하다 나치에 의해 강제 수용소로 끌려 간 후 기다림의 시간, 이어서 구사일생으로 산송장인 채 돌아온 남편의 회복을 바라보며 일기 형식으로 쓴 이 작품은 작가의 개인적 고통의 극한을 보여 준다. 1944년 6월 1일에 체포된 로베르 앙텔므의 귀환을 기다리면서 1945년 4월의 어느 날부터 시작되는 『고통』은 수용소에서 돌아오기 시작한 많은 사람들 속에서 자신의 남편을 찾아다니는 마르그리트의 극렬한 아픔과 고통을 펼쳐 보인다. 요컨대 제2차 세계대전과 관련하여 나치의 유대인 대학살에 관한 내용이 주를 이루는 다른 소설들과는 달리, 이 작품은 뒤라스 자신이 직접 감내해야 했던 개인적인 고통의 나날들을 묘사하였다.

박완서 역시 전쟁을 통해 체험한 고통의 이야기를 계속해서 글로 표현했다[62]는 점에서 마르그리트 뒤라스와 같다. 그런데 여기에서는 전쟁의 기억을

---

61) 알랭 레네Alain Resnais 감독의 제안으로 쓴 시나리오 「히로시마 내 사랑Hiroshima mon amour」(1960)은 전쟁의 고통을 이야기하며, 『파괴하라, 그녀는 말한다Détruire, dit-elle』(1969), 『아반, 사바나, 다비드Abahn, Sabana, David』(1970), 『오렐리아 슈타이너Aurélia Steiner』(1979), 『초록색 눈Les yeux verts』(1980) 등에서는 '쇼아Shoah'에 대해 직접적으로 다루었다.

62) 전쟁의 참상을 끊임없이 풀어냈던 박완서는 『나목』(1970)뿐 아니라 『목마른 계절』(1978), 「엄마의 말뚝 1」(1981), 『그 산이 정말 거기 있었을까』(1995) 등의 작품에서 자신의 상처와 고통을 치유하기 위한 글쓰기를 했다. 악몽의 체험을 생생하게 드러냄으로써 역설적으로 고통에서 자유로워질 수 있는 수단으로 삼은 것이 바로 글쓰기였던 셈이다. "그때 남아 있는 나를 견디게 한 힘 같은 것이 있었어요. 언젠가는 이걸 글로 써야지 하고 생각했어요. 그런 예감도 있었으리라고 생각해요. 이건 나만이 겪은 거고, 나만이 겪은 것을 안 쓰면 안 될 것이라고 생각했던 거죠." 박완서, 「나의 문학은 내가 발 디딘 곳이다」, 『문학동

되살린 작품이 아니라, 작가의 젊은 아들이 갑작스러운 교통사고로 죽음을 맞이한 직후의 고통스러운 하루하루를 일기 형식으로 쓴 『한 말씀만 하소서』를 살펴보려고 한다. 이 작품은 박완서가 26살 외아들의 죽음을 겪은 1988년 가을, "극한 상황에서 통곡 대신 쓴"(171쪽) 일기를 2년 후에 『생활성서』 지면에 연재했던 것이다. 고통과 몸 그리고 글쓰기와의 관계를 고찰한 이 글에는 그날 그날 미세하게 지각된 상황과 감정의 변화를 최대한 생생하게 보여 주는 일기 형식으로 극한 상황을 재현한 작품이 적절해 보이는 이유다. 자신들의 몸과 정신이 어떻게 변화해 가는지를 날것 그대로 표현한 『고통』과 『한 말씀만 하소서』는 극도의 고통 속에서 글을 쓰고 있는 작가가 어떻게 자신을 인지해 나가며 처해진 상황을 극복해 나가는지를 잘 보여 주는 작품들이다.

2. 체화된 고통: 몸을 구조화하는 세계

마르그리트 뒤라스의 『고통』과 박완서의 『한 말씀만 하소서』 속 주인공은 모두 극심한 고통을 마주 대하면서 몸을 통해 그런 상황이 얼마나 견디기 어려운 것인가를 직접적으로 드러낸다. 그들의 고통이 단순히 정신적인 것이 아니며 이미 몸속에 정신적인 힘이 존재하고 있었기에 몸을 통해 그런 고통이 드러나는 것처럼 보일 정도로, 작품의 초반부에 몸의 고통에 대해 반복적으로 이야기한다. 이를 메를로퐁티는 '체화된 의식conscience incarné'[63]이라고 했는데,

---

네 , 1999년 여름호, 39쪽.

젊은 시절의 마르그리트 뒤라스

이것은 결국 그 용어 자체와 달리 '의식'이 아니라 '몸'을 의미한다. 밥을 맛있게 먹을 때, 악기를 연주할 때, 운동을 할 때 등 매순간 '어떻게 해야겠다'라고 생각하고 반성해서 그에 따라 동작하지 않듯이, 인간의 몸은 이미 주어진 환경 세계의 요구 사항에 맞추어 움직이고 반응을 보인다. 이때 '아무 생각도 없이' 그렇게 움직인다고 말하지만, 사실은 뚜렷하게 반성적인 생각을 하지 않았다는 것이지, '몸이 하는 생각'도 하지 않은 것은 아니다. 즉 몸이 하는 생각은 우리가 깨닫지 못하는 사이에 이루어지고, 이것이 바로 '체화된 의식'이다.

『고통』은 작품 제목을 통해서도 쉽게 짐작할 수 있듯이, 나치에 끌려간 남편

---

63) 조광제, 주름진 작은 몸들로 된 몸: 몸 철학의 원리와 전개』, 철학과 현실사, 2003, 68쪽.

을 기다리며 겪은 육체적, 정신적 아픔과 고통을 이야기한다. 텍스트의 초반부터 화자는 남편이 독일의 어느 곳에선가 죽어 가는 모습을 "고통이 극심하여 숨을 못 쉴 정도가 되면 고통은 더 이상 어떤 여백도 지니고 있지 않을"(p.16) 정도라고 표현한다. 그리고 끊임없이 남편인 로베르 엘[64]이 죽었다는 상상으로부터 벗어나지 못한다. 그가 죽기 바로 직전에 마르그리트 자신의 이름을 불렀을 것이며 심지어 그녀가 작품 속에서 첫 일기를 쓴 4월 어느 날을 기점으로 보름 전,

『고통』의 표지

구덩이 속에 내버려진 채 발바닥은 하늘을 향하고, 손은 벌린 채로 죽어 있는 모습을 상상하기도 한다.(pp.16-19) 그래서 그녀는 일상적인 활동을 제대로 할 수 없는 망상 속에 기거하기도 한다.

나는 검은 구덩이의 환영에 대항해 싸운다. 그 환영이 너무 강렬한 순간이 있는데 그럴 때면 나는 소리를 지르거나 집 밖으로 뛰쳐나가 파리 시내를 걸어 다닌다. D.는 이렇게 말한

---

64) 이 작품에 등장하는 인물들의 이름은 실제 인물의 이름과 약간 다르게 표현되기도 하지만, 작가 마르그리트 뒤라스에게 약간의 주의만 기울여도 곧 누구를 의미하는지를 알 수 있을 정도로 직접적인 방식으로 제시되어 있다. 작품 속에서 로베르 앙텔므는 로베르 엘로, 디오니스 마스콜로Dionys Mascolo는 디D.로, 마르그리트 뒤라스는 주인공이자 화자로 등장하는 마르그리트로 불린다.

다. "당신이 나중에 이런 일들을 다시 생각할 때면 수치스러울 거예요."[65]

시커먼 구덩이에 처박혀 죽어 있는 남편의 환영은 그가 돌아올 것이라는 통보를 받을 때까지 계속해서 나타난다. 환영이 강렬하게 떠오를 때면 소리를 지르며 발작하고 이어서 미친 사람처럼 거리를 쏘다니는 것이 일상이 되어 버린 고통스러운 상황 한가운데 있는 마르그리트의 몸 역시 그런 아픔을 직접적으로 표현한다. 텍스트에서 구토 증세와 두통은 그녀의 일상이 되어 버린 듯 여러 번 언급된다.

우리(D.와 마르그리트)는 식사를 하려고 앉는다. 곧 토하고 싶어진다. 그 사람(로베르 엘)이 먹지 못했던 바로 그 빵이고, 빵이 없어서 그는 죽음에 이르렀다.(p.19)

나는 아주 진한 커피를 타고, 코리드란 알약을 하나 삼킨다. 현기증과 토할 것 같은 느낌이 곧 멎을 것이다. (…) 코리드란을 먹으면 땀을 많이 흘리고 열이 떨어진다.(p.42)

나는 코리드란을 한 알 삼킨다. 나는 항상 열이 나고 땀에 흠뻑 젖어 있다.(p.52)

식사를 해야 하는 상황에서 식사할 수 없음, 즉 거식 상태를 보이는 주인공의 몸은 바로 자신이 실존하고 있는 세계를 비추어 준다. 남편이 먹을 것이 없어서 죽었을지도 모른다는 망상에 빠진 그녀에게는 먹는다는 것 자체가 구토를 유발시킨다. 언제나 현기증이 일고 열이 나는 현상 역시 그녀의 고통이 몸을 통

---

65) Marguerite Duras, *La douleur*, P.O.L., 1985; Gallimard, coll. "Folio", 1993, p.34.

해 직접적으로 현현하는 것이고, 나아가 전쟁 속의 어지러움과 열기를 드러내는 것으로 볼 수 있다. 발작을 일으키는 이러한 세계에 존재하는 주인공의 몸은 그 비정상적인 세계와 관계하면서 그 세계를 대변하고 있다. 메를로퐁티의 언어를 빌리자면 몸이 원초적이고 주체적인 기능을 독점하면서 상대하는 것은 세계인데, 몸은 이미 존재하는 세계 속에서 지각하면서 다양한 작용을 주고받고 있는 것이다.

박완서의 『한 말씀만 하소서』의 경우에도 『고통』과 비슷한 상황들이 이어진다. 외아들을 갑자기 잃은 직후 그와 함께 살던 집을 떠나 부산에 있는 큰딸 집과 분도수녀원에서 잠시 생활하면서 솟구치는 고통을 어찌할 수 없었던 작가가 일기로 기록해 놓은 것이 이 작품이다. 그녀는 25년 5개월 동안 자신을 행복하게 해 주었던 아들이 그녀에게 "기쁨이요, 보람이요, 희망이요, 기둥이었다"고 술회하면서, 조의를 표현하는 사람들이 아들의 죽음 앞에서 잊으라거나 세월이 약이라는 말을 하는 것에 강한 분노를 느낀다. 그러면서 자신이 하루하루 목숨을 이어 나가야 하는 이유는 "그 애가 이 세상에 없다는 사실로 인하여 고통 받는 일뿐"(177쪽)이라고 고백한다. 남은 인생 동안 고통 받는 일만이 유일한 삶의 이유라고 말하는 화자의 정신적 고통은 다음과 같이 드러난다.

어떻게 할 수가 없었다. 간간이 일어나서 펄쩍펄쩍 뛰었다. 내 뜻과는 상관이 없었다. 뜨거운 철판 위에서 들볶이는 참깨처럼 온몸이 바삭바삭 타들어 가는 느낌이었다. (…) 지치지도 않고 망상에 망상을 거듭한다.(181쪽)

화자의 일반적인 생활의 불가능함은 차치하고, 자신의 처지를 인정할 수도 부정할 수도 없는 세계 속에서 남은 일은 환장하는 것뿐이다. 남들의 시선에서 이런 행위는 미친 사람만이 할 수 있는 것이지만, 주인공은 펄쩍펄쩍 뛰면서라도 원통함과 타들어 가는 신경 하나하나의 고통을 발산해야 한다. 그러나 환장조차도 아무나 하는 것이 아니며, 미치는 것도 여의치 않은 강철 같은 자신의 신경이 싫고 창피스럽다고 말하는 화자의 고통을 가늠한다는 것은 그런 경험 없이는 불가능해 보인다. 이처럼 고통을 어떤 방식으로도 표현할 수 없는 상태에서 나타나는 몸의 발작은 메를로퐁티가 주장하는 정신적인 반성이 이루어지기 전에 몸이 하는 원초적인 기능, 즉 '체화된 의식'으로서의 몸을 여실히 보여 준다. 이처럼 견디기 힘든 화자의 괴로움은 『고통』에서 마르그리트가 그랬듯이 몸을 통해 여지없이 나타난다. 먹을 수 없는 고통과 먹어도 곧 토해 내는 고통, 그리고 이어지는 배설의 고통까지 몸 자체의 모든 기능이 비정상적인 상태임을 화자는 여러 번 토로한다.

> 눌은밥을 끓여 놓고 조금 먹어 보란다. (…) 못 먹겠다면 응석을 부리는 것처럼 보일 것 같아 구수하다고 칭찬까지 해주면서 한 공기를 다 먹었다. (…) 딸 몰래 눌은밥 한 공기를 다 토해 냈다. (…) 그러나 변비 생각을 하면 속이 편한 것만은 아니었다. 좌약을 준비해 왔지만 그 몸부림을 또 치르긴 정말 싫다. 사람이 단지 배설한다는 가장 원초적인 생리 작용을 위하여 그렇게 치열하게 몸부림쳐야 하다니.(178쪽)

미치고 싶은 화자의 정신 상태를 대변이라도 하는 것처럼 그녀의 몸은 삶을 거부한다. 먹고 싼다는 일차적인 생명의 움직임이 작동하지 않는 것이다. 즉 몸 자체가 생명을 유지하기를 원하지 않는다. 박완서의 작품 세계에서 식욕은 항상 생명에의 갈구와 연관되며, 배설은 본능적인 생명의 힘을 의미한다는 사실은 여러 작품을 통해서 확인할 수 있다.[66)

몸 자체가 자신이 처해 있는 상황, 다시 말해 세계에 적응해 가는 생명적인 것임을 드러내는 마르그리트 뒤라스와 박완서의 주인공들은 "세계 속에 있으면서 세계를 향해 나아가는 몸의 존재론적 성격을 표현"[67)하는 메를로퐁티의 '세계에의 존재l'etre-au-monde'(p.97)와 맞닿아 있는 것 같다. 의식이 몸에 체화되어 있듯이, 몸은 세계 속에 세계화되어 있다. '체화된 의식'으로서 몸은 환경세계, 다시 말해 세계와 관계를 맺는다. '세계에의 존재'인 몸은 세계에 속해 있으면서도 매몰되지 않고 세계와 하나가 되기 위해 세계를 향해 나아가는 방식으로 존재하는 인간의 실존적 운동을 가리킨다. 이런 '세계에의 존재'라는 존재 방식을 띠는 데 일차적인 계기가 되는 것이 몸이 세계 속에 있다는 것이다.(Merleau-Ponty, p.173) 몸이 세계 속에 있다는 것은 세계에 의해 몸이 일정하게 영향을 받아 구조화되고 형태화됨을 의미하는데, 『고통』과 『한 말씀만

---

66) 작가의 처녀작 『나목』의 주인공이 아들 잃은 어머니 앞을 피해 몰래 밥을 챙겨 먹는다거나, 『그 산이 정말 거기 있었을까』의 주인공 가족이 인공 치하의 서울에 남아 먹을 것이 없을 때 생존을 위해 '보급 투쟁'이라는 그럴듯한 이름을 붙여 '빈집 털기'를 하는 행위는 단순한 식욕의 문제가 아니다. 또 『싱아』의 주인공이 어린 시절을 회상하면서 박적골의 뒷간과 똥에 대해 이야기하는 대목이 있다. 이는 배설 행위가 몸이 살아 있음을 확인시켜 주는 본능적인 생명의 움직임일 뿐 아니라 다른 생명체의 재생산을 위해 꼭 필요한 행위임을 보여준다. 이로써 뒷간과 똥에 대한 묘사는 생명체로서 온전한 행복을 경험했던 시절을 상징적으로 재현하는 장면이 되는 것이다.
67) 조광제, 『몸의 세계, 세계의 몸: 메를로퐁티의 『지각의 현상학』에 대한 강해』, 이학사, 2004, 94쪽.

하소서』의 주인공들은 그녀들의 몸에 이미 구조화되어 있던 세계와는 완전히 다른 친숙치 않은 세계의 등장으로 정신적, 육체적 고통이 가해짐으로써 자신들의 몸을 통해 그것을 표현하고 있음을 알 수 있다. 세계에 의해 구조화된 그녀들의 몸은 이제 친숙치 않은 세계를 자신들에게 친숙한 세계로 구조화하기 위해 더 구체적으로 자신들의 의지를 표출하기 시작한다.

3. 표현된 고통: 세계를 구조화하는 몸

비정상적이고 납득할 수 없는 상황의 세계 속에 존재해야 하는 주인공들의 고통은 정신과 몸을 통해 동시에 드러난다. 몸과 정신은 분리될 수 있는 것이 아니며 의식은 몸속에 내재되어 있다는 메를로퐁티의 주장과 일맥상통하는 부분이다. 그녀들의 고통은 점차 세계에 대한 적개심을 드러내기 시작한다. 세상을 향한 분노는 특히 『한 말씀』의 주인공이자 화자의 목소리를 통해 직접적으로 여러 번 표출된다. 그녀는 자신에게 금쪽같던 아들이 사라져 버렸음에도 여전히 멀쩡하게 돌아가는 세계에 대해 원한을 품는다.

> 내 아들이 죽었는데도 기차가 달리고 계절이 바뀌고 아이들이 유치원 가려고 버스를 기다리고 있다는 것까지는 참아 줬지만 88올림픽이 여전히 열리리라는 건 도저히 참을 수 없을 것 같다. 내 자식이 죽었는데도 고을마다 성화가 도착했다고 잔치를 벌이고 춤들을 추는 걸 어찌 견디랴. 아아, 만일 내가 독재자라면 88년 내내 아무도 웃지도 못하게 하련만. 미친년 같은 생각을 열정적으로 해 본다.(176쪽)

주인공의 참담함은 그녀가 속해 있는 세계 속에서 벌어지는 축제에 의해 한층 심해진다. 어쩔 수 없는 일상은 죽지 않는 한 감내해야 하는 것이지만, 사람들이 춤을 추며 즐겁게 축제를 즐긴다는 것은 도저히 용납되지 않기 때문이다. 그녀에게 그런 세상은 저주받아 마땅한 곳이다. 이어서 화자는 자신이 독재자이기를 꿈꾸며 아무도 웃을 수 없도록 할 수 있을 것이라는 헛된 희망을 품는다. 자신 앞에 있는 세계를 바꿔 버리고 싶은 욕망의 표현인 셈이다. 이를 메를로퐁티의 '세계에의 존재'라는 개념에 따라 해석하자면, 바로 몸이 세계와 하나가 되기 위해 세계를 향해 나아가는 방식 중 하나라고 할 수 있겠다. 몸은 이성 및 의식의 영역과 만나서 체화된 의식으로 나타나는 동시에, 의식과 본능, 현실과 환상, 욕망과 결핍이 교차하는 무의식의 영역과도 만나 무의식과 세계 사이의 상호 침투를 통해 역동적인 흐름을 지속하기 때문이다. 메를로퐁티에 의하면 세계 속에 '거주하는' 몸은 세계의 영향을 받고 세계에 의해 구조화되는 한편, 세계와 하나가 되기 위해 세계를 향해 나아갈 때에는 가능한 한 자기가 친숙하게 거주할 수 있는 방향으로 세계를 바꾸려는 성향이 있다. '세계에의 존재'로서 몸이 세계 '속'에 있는 것이 아니라 세계에 '거주한다'고 말하는 메를로퐁티는 거주한다는 것은 친숙함을 특징으로 하는데, 몸이 세계에 친숙함을 느끼면서 있다고 주장한다. 즉 몸이 세계에 의해 포섭되었을 뿐 아니라, 친숙함을 느끼는 세계 속에서 몸이 세계를 다시 자신에게 적합하도록 구성함을 의미한다.(p.162)『한 말씀』의 화자이자 주인공은 바로 이런 점을 잘 보여 준다.

『고통』의 화자이자 주인공 역시 자신이 처한 세계에 대한 분노를 표현한다. 남편이 죽었는지 살았는지 모르는 채 하염없이 기다려야만 하는 그녀에게 세상은 더 살 만한 곳이 못 된다. 1945년 4월 3일에 드골은 "슬픔의 날은 지나갔고, 이제 영광의 날들이 돌아왔다"고 연설한다. 제2차 세계대전이 종전될 것임을 선포하는 드골의 연설을 들은 화자는 유대인이나 정치적 유형수로서 나치의 강제 수용소에서 여전히 돌아오지 않은 사람들과 그 가족들에 대한 어떤 배려나 애도도 찾아볼 수 없다고 생각한다. 오히려 드골은 미국의 비위를 맞추기 위해 루스벨트 대통령의 죽음을 맞아 국장을 선포했다.(pp.44-45) 전쟁으로 인해 끌려가 죽은 수많은 민중들을 위해 상복을 입는 일은 일어나지 않는 세계 속에서, 죽었을 남편을 상상하며 마르그리트는 절규한다.

> 우리는 이런 기다림 곁에 더 이상 존재하지 않는다. 독일의 길가에서 벌어지는 일들보다 우리 머릿속에 더 많은 이미지들이 지나간다. 매순간 머릿속에서 들리는 기관총의 난사. (…) 길가에서 사살된 사람. 배 속이 텅 빈 채로 죽은 사람. (…) 그에게 아무것도 줄 수 없다. 언제나 허공 속에 빵을 내밀 뿐이다. 심지어 그가 빵이 필요한지 알지도 못한다. 꿀, 설탕, 국수를 산다. 그리고 생각한다. 그가 죽었다면, 내가 모든 것을 불태울 것이다.(p.46)

뒤라스의 주인공은 세상에 대한 분노가 극에 달해 있다. 전쟁으로 무고한 많은 사람들이 죽었거나 죽음의 고통에 처해 있음에도 세상은 그러한 약자를 보호하기는커녕 안중에도 두지 않는다는 자괴감은 그녀로 하여금 모든 것을 불질러 버리겠다는 생각을 하도록 한다. 박완서의 주인공이 세계를 자신이 원하는 방향으로 새롭게 구조화하려는 의지를 표명했다면, 마르그리트는 현재의 세계 자체를 부정하고 모두 사라지게 하려는 욕망을 분출하고 있는 것이다. 곧이어 화자는 자신이 과연 남편 로베르 엘을 기다리기는 한 것인지, 로베르 엘은 누구인지, 자신이 실제로 존재하고 있는지 의문을 품으며 망상에 빠진다.

> 갑자기 확신, 확신이 광풍처럼 밀려온다. 그는 죽었다. 죽었다. 죽었다. (…) 너무 두려워
> 더 이상 기다리지 않는다. 끝났다. 끝난 것인가? 당신은 어디에 있는가? 어떻게 알 수 있는
> 가? 그가 어디에 있는지 모른다. 내가 어디에 있는지도 모른다. 우리가 어디에 있는지 역
> 시 모른다. 이 장소의 이름은 무엇이던가? 이 장소란 무엇인가? (…) 로베르 엘은 누구지?
> 더는 고통도 없다.(…) 그는 존재하기라도 했던가? (…) 그녀(마르그리트)는 누구란 말인
> 가?(pp.49-50)

주인공은 기다리는 남편이 돌아오지 않으리라는 상상을 떨쳐 낼 수가 없다.
어느 순간에는 남편의 죽음이 확실하게 여겨져 그 고통을 어떻게 표현해야 할
지 모를 정도다. 고통의 마지막에는 더는 고통이 느껴지지 않는 순간이 찾아오
고, 자신이 어디에 있는지, 그토록 기다렸던 로베르 엘이 누구인지, 그가 세상
에 존재하기라도 했었는지, 나아가 자기 자신이 누구인지에 대해 의심하게 된
다. 고통스러운 기다림의 시간은 주인공으로 하여금 자신의 정체성과 존재마저
의심하는 지경에 이르게 한다. 이는 자신이 몸담고 있는 세계에 대한 부정의 극
한을 드러내고 있음을 의미한다. 이와 같이 세계와의 소통과 교류가 원활하게
이루어지지 않는 상황을 메를로퐁티는 '환상지(幻像肢)'를 지닌 환자를 예로 설
명한다. 환상지란 다리가 절단된 환자가 자신의 다리가 잘린 것을 믿지 않음으
로써 다리의 고통을 느끼고 원래대로 걸으려고 노력하는 행위를 뜻한다. 즉 환
상지 증세는 절단을 거부하는 것이라고 할 수 있는데, 다리가 없음에도 환상의
다리로 걸으려 하고 심지어 엎어지더라도 의기소침해하지 않는 환자에게서 나

타난다. 환상지 환자의 이런 특성은 우리 몸이 습관적인 층위와 현실적인 층위를 지닌다는 것으로 설명될 수 있다.(p.97) 현실적으로는 불가능한데 습관적인 몸으로서는 여전히 가능한 일로 여겨지기 때문인데, 이전에 습관적으로 드러난 방식이 현실에서도 나타나려 하는 현상이 바로 환상지 중세라는 것이다. 메를로퐁티는 이런 환상지 중세는 '세계에의 존재'인 몸, 즉 '세계에의 존재'가 지닌 일반적인 성격이라고 주장한다. 다시 말해 모든 사람들이 일상의 행동에서도 습관적인 것과 현실적인 것이 충돌하기도 하고 조화를 이루기도 하면서 '세계에의 존재'로서 세계를 자각한다는 것이다. 『고통』의 주인공은 '세계에의 존재'로서 충돌과 조화 속에서 살아가는 것이 아니라, 극단적으로 충돌하고 있는 환상지 중세를 보인다고 할 수 있다.

한편 『한 말씀』 속에서 주인공은 세계를 향해 격분을 표현하는데, 울음과 통곡을 통해 더욱 구체적으로 표출된다. 박완서의 작품 속 화자이자 주인공은 아들이 죽자 부산의 큰딸 집에서 얼마간 기거한 후 분도수녀원에 들어가 생활한다. 딸네 집에서 생활하면서도 자신의 고통이 오롯이 본인만의 것임을 느낀 그녀는 홀로 생활하면서 자신의 원통함을 표현하고 달랠 길을 찾아 나선 것이다. 세상을 등지고 고통을 정면으로 마주함으로써 어떻게 해서든 자신의 세계를 되찾겠다는 의지를 읽을 수 있다. 절망의 심연 속에서 신에게서 아들의 죽음에 대한 해답을 얻고 자신이 왜 이런 고통을 당해야 하는가에 대한 대답을 듣기 위해, 그리고 육신이 죽은 후에도 영혼은 남아 있다는 확답을 듣기 위해 수녀원에 입소한 후, 그녀는 쉼 없는 울음과 통곡으로 일상을 이어 간다. 수녀를 붙들고 울며 하소연해 보기도 하고 밤새도록 신에게 한 말씀만 해 보라고 애걸하고 으름장을 놓기도 하지만, 고통이 줄어들지도 않고 신의 목소리를 듣지도 못하는

『한 말씀만 하소서』 초판본 표지(1994)

시간이 지속된다.

짐승 같은 울음소리를 참으려니 온몸이 격렬하게 요동을 쳤다. 엄숙하고 고즈넉한 분위기 때문에 차마 소리 내어 울 수 없었고 그게 그렇게 고통스러울 수가 없었다. 나중엔 명치의 근육이 땅기면서 찢어질 것 같았다. 뭔가 엄청난 힘으로 파열할 것 같아서 먼저 다락방을 뛰쳐나왔다. 내 방도 대낮에 엉엉 울 만한 곳은 아니어서 허둥지둥 산으로 올라갔다. (…) 추하고 외롭고 서러운 짐승이 된 느낌이었다.(238-239쪽)

명상과 기도를 위해 수녀원의 다락방에 들어간 주인공은 짐승 같은 울음소리를 참지 못해 엄숙하고 고즈넉한 그곳에서 빠져나와 산으로 갈 수밖에 없다. 그리고 울음을 토해 낸다. 통곡은 박완서의 인물들을 죽음과 같은 고통 속에서 헤어 나오게 만드는 원동력이고 울음을 통해 고통을 풀어냄으로써 다시 삶을 이어가게 하는데,[68] 『한 말씀』의 화자도 이런 상황이다. 딸네 집의 아파트 베란다 난간을 붙잡고 더운 눈물을 쏟아 내고, 수녀원에 도착해서 방 안을 헤매며 데굴데굴 구르기도 하고 마리로사 수녀와 함께 산책을 나가 걷잡을 수 없는 눈물을 쏟기도 하던(175, 224, 231쪽) 주인공은 이제 추하고 서러운 짐승처럼 산에 올라 통곡한다. 짐승이 된 것으로 느낄 만큼 외로운 고통의 시간을 몸부림치며 통과한 후에야 비로소 그녀는 세계와 화해할 수 있는 물꼬를 트게 된다.

4. 승화된 고통: 뫼비우스의 띠로서의 몸

극단의 고통을 겪는 주인공들의 몸과 마음은 점차 세상과 조화를 이루기 위해 새로운 경지를 향해 나아가기 시작한다. "몸이 세계에의 존재의 수레이고, 생물체가 몸을 갖는다는 것은 규정된 환경과 결합한다는 것이며 어떤 기획과 결합하는 것이고 그 기획들에 계속해서 참여하는 것"(p.97)이라는 메를로퐁티의 사유는 『고통』과 『한 말씀』의 주인공이 규정된 세계에 끊임없이 결합하고 참여할 수밖에 없음을 설명해 준다.

산에 올라가 짐승처럼 울부짖었던 박완서 작품의 주인공은 드디어 자신의

---

68) 이경호, 권명아 엮음, 앞의 책, 360쪽. 통곡과 울음을 삼킴으로써 고통에서 벗어난 예로는 「나목」의 주인공이 전쟁 통에 오빠들을 잃었을 때, 「부처님 근처」의 주인공 모녀가 전쟁의 이념 대립 구도 속에서 아버지와 오빠의 죽음을 삼켰을 때, 『그 산이 정말 거기 있었을까』의 주인공이 오빠를 잃었을 때 등을 들 수 있다.

변화를 감지하게 된다. 매끼 죽이 아닌 된밥을 먹고도 토하거나 부대끼지 않고, 그 무서웠던 변비의 고통도 안 겪게 된 사실을 자각한 것이다. 몸의 변화는 점차 다른 것에도 영향을 미친다. 수녀원에 머물던 중 그녀는 어린 수녀가 수녀원에 찾아온 속세의 친구들에게 하는 말을 무심결에 듣고 자신의 해결되지 않았던 고통에 대해 새로운 깨달음을 얻는다.

> 나는 신선한 놀라움으로 그 예비 수녀님을 다시 바라보았다. 내 막내딸보다도 앳돼 보이는 수녀님이었다. 저 나이에 어쩌면 그런 유연한 사고를 할 수가 있을까? 내가 만약 '왜 하필 내 아들을 데려갔을까?'라는 집요한 질문과 원한을 '내 아들이라고 해서 데려가지 말란 법이 어디 있나'로 고쳐먹을 수만 있다면, 아아 그럴 수만 있다면, 구원의 실마리가 바로 거기 있을 것 같았다.(237쪽)

어린 수녀에게는 속을 썩이는 남동생이 있는데 집안이 편할 날이 없었고, 자신의 남동생이 왜 하필 저래야 하나는 생각을 품고 살았었단다. 그러던 어느 날, 세상에는 자신의 남동생처럼 사고를 치고 다니는 청년들이 많을 뿐 아니라 자기 동생이라고 해서 그러지 말란 법은 없다는 생각을 하게 된 후부터 그런 동생을 받아들이게 되었고 동생과의 관계도 좋아졌다는 얘기를 들은 주인공은 사고의 전화를 시도하게 된 것이다. 신을 향해 왜 하필이면 내 아들을 데려갔느냐고 악다구니 쓰던 주인공은 이제 젊은이들이 죽는 많은 경우 가운데 자신의 아들이 그중 한 명이 되지 말란 법은 없다는 생각에 이른다. 이처럼 박완서의 주인공은 '세계에의 존재'로서 이제 직면한 세계, 아무리 새롭게 구조화하고 변화시키려 해도 꿈적하지 않는 세계와 조화를 이룰 준비를 하고 있다.

마르그리트 뒤라스의 주인공 역시 참담한 기다림의 고통 속에서 비슷한 생각을 품는다. 남편이 어디로 끌려갔는지, 심지어 그 생사도 알 수 없는 상황 속에서 그녀는 이렇게 고백한다. "그가 돌아오지 않을 특별한 이유는 없다. 그가 돌아올 이유도 없다. 그가 돌아오는 건 가능한 일이다."(p.13) 마르그리트는 로베르 엘이 살아서 돌아올 것이라는 희망 반대편에 그가 돌아오지 않을 수도 있다는 가능성이 존재함을 인정하고 있다. 자신이 어떻게 해도 변하지 않는 세계에 존재하고, 그 세계에 참여해서 살아가야 하는 '세계에의 존재'를 발견하게 된다. 남편이 돌아오지 않을 이유도 돌아올 이유도 특별히 없기 때문에 화자는 그 둘 모두의 가능성을 인지함으로써 '세계에의 존재'가 세계와 조화를 이루어 나갈 수 있음을 보여 준다.

『한 말씀』의 주인공은 어린 수녀를 통해 깨달음을 얻었지만, 여전히 자신의 고통을 승화시키는 데 어려움을 겪는다. 머리로는 생각을 바꿔 보려고 결정했지만 마음과 몸은 여전히 왜 자신의 젊은 아들이 죽었어야만 하는가에 대한 질문에서 놓여나지 못하는 것이다. 조금씩 기운을 차리게 된 주인공은 수녀원에서 나와 서울의 둘째 딸 집으로 가지만, 아들이 존재하지 않는 참담한 현실 속에서 다시 고통 속으로 침잠한다. 대인 기피증마저 생긴 주인공은 결국 미국에 살고 있는 막내딸 집으로 긴 여행을 떠나기로 결심한다. 딸 가족과 함께 생활하며 여행을 한 시간들도 점차 또 다른 괴로움을 유발시킨다. 외부에 나가서 많은 사람들 사이에 섞여 있을 때 느껴지는 절절한 외로움이 그것이다. 마침내 주인공은 그 외로움의 원인이 무엇인지 고백한다.

(⋯) 또 그 절박한 외로움이 목구멍까지 차올랐다. 그리고 내가 참을 수 없어 하는 게 무엇

이라는 걸 어렴풋이 깨달았다. 그건 말 못 알아들음이었다. (…) 신경을 곤두세워도 한두 마디 알아들을까 말까 한 것도 괴로웠지만 무엇보다도 견딜 수 없는 것은 그 이질적인 리듬이었다. 그 이질감은 여기는 네가 놀 물이 아니라는 소외감을 끊임없이 일깨워 주고 있었다. (…) 그리고 드디어 사방에서 들리느니 내 나라 말만 들리는 고장으로 돌아왔다. (…) 그리고 몇 달 후 나는 조금씩 다시 글쓰기를 시작할 수가 있었다.(260-261쪽)

이국에서 느꼈던 우리말에 대한 그리움은 결국 글을 쓰고 싶어 했던 자신의 욕구가 다르게 표현된 것이었음을 말하는 화자는 드디어 참척의 고통을 승화한 글쓰기를 시작할 수 있게 되었다. 자신에게 말과 글이 얼마나 소중한 것인지를 인지하게 된 그녀는 이제 아들을 빼앗아 간 세상과 화해할 준비가 되었다. '세계에의 존재'는 글쓰기를 통해 세계를 다시 구조화할 수 있게 되었기 때문이다. 글쓰기가 그녀를 고통에서 구해 줄 유일한 무기이자 힘이며, 세계를 변화시킬 수 있는 가능성임을 깨달은 것이다. 그래서 박완서는 한 인터뷰에서 다음과 같이 말한다. "아물었으되 피 흘리고 있음을, 딱지 앉았으되 곪고 있음을, 잘 차려입었으되 헐벗었음을, 춤추고 있으되 몸부림치고 있음을 보고 느끼고 말하는 것도 문학이 숙명처럼 걸머진 형벌이자 자존심이라면 저도 잠시 한낱 비통한 가족사를 폭로한 것 같은 부끄러움에서 벗어나 늠름해지고자 합니다."[69] 박완서 글쓰기의 근간이라고 할 수 있는 이 고백은 「엄마의 말뚝 2」로 이상문학상을 탈 때 수상 소감으로 밝히기도 했으며, 『한 말씀』의 화자가 비길 데 없는 고

---

69) 박완서 외, 나에게 소설은 무엇인가」, 『우리 시대의 소설가 박완서를 찾아서』, 웅진닷컴, 2002, 43쪽.

통 가운데서 다시 발견한 보물인 셈이다.

마르그리트 뒤라스 역시 『고통』의 말미에서 2차 세계대전 중 개인적이면서 사회적으로 겪었던 끔찍한 고통을 글쓰기로 승화시킬 수 있는 가능성에 대해 언급한다. 로베르 엘이 나치의 집단 수용소에서 산송장의 모습으로 돌아와 회복된 후, 1946년 여름 마르그리트와 로베르 엘은 친구들과 함께 이탈리아 해변에서 휴가를 보낸다. 그곳에서 그녀는 친구인 지네타와 로베르 엘의 건강에 대해 이야기하다가 눈물을 흘린다.

> 나는 로베르 엘이라는 이름을 듣자마자 운다. 나는 여전히 운다. 내 인생이 계속되는 한 울게 될 것이다. (…)
> 그녀(지네타)는 매일 내가 그(로베르 엘)에 대해 이야기할 수 있을 것이라고 생각하지만, 나는 아직 그렇게 할 수가 없다. 그러나 그날, 나는 그녀에게 어느 날엔가 그렇게 할 수 있으리라고 생각한다고 말한다. 그리고 내가 이미 그의 귀환에 대해 조금은 글로 썼었다고. 내가 이 사랑에 대해 말하기를 시도했었노라고.(p.84)

로베르 엘이 구사일생으로 살아 돌아와 자신의 눈앞에서 일상생활을 즐기는 것을 바라보고 있으면서도 그녀는 울음을, 즉 고통을 떨쳐 낼 수 없다. 로베르 엘은 단순히 자신의 남편이었던 사적인 인물이 아니라 전쟁의 상흔을 대표하는 일종의 고통의 기억으로 남았기 때문이다. 그에 대해 이야기한다는 것은 그 암울했던 전쟁의 상황을 떠올리고 기억하는 일이다. 불가능할 것 같았던 글쓰기를 다시 시작할 수 있을 것이라는 고백은 그녀가 이후 '쇼아'라 명명될 2차 세계대전 중의 나치의 만행에 대해 이야기하게 될 것을 예견하는 것으로 볼 수 있다. 또한 자신이 이미 로베르 엘의 귀환에 대해 글로 써 놓은 것이 있다는 것은 자신의 개인적인 고통의 이야기는 그가 돌아옴으로써, 그리고 바로 『고통』이라는 텍스트를 통해 어느 정도 정리가 되었음을 의미하는 것으로 이해할 수 있다. 이제 그녀는 자신의 삶을 통해 체험해야만 했던 고통을 글쓰기로 형상화할 수 있게 된 것이다. "그것(울음)은 내게 하나의 의무가 되었고, 내 생에서 필요한 것이 되어 버렸다. 나는 내 모든 삶과 몸으로 울 수 있었고, 나는 그것이 바로 행운이었다는 것을 알았다. 내게 글을 쓰는 것이란 우는 것과 마찬가지다."[70] 이처럼 마르그리트 뒤라스에게 고통은 울음을 통해 승화되고, 고통 속에서의 울음이 곧 글쓰기가 된다. 다시 말해 자신이 경험하고 살아 낸 삶과 몸이 곧 글쓰기로 승화되며, 그것을 통해 세계를 새롭게 구조화할 수 있는 것이다.

　메를로퐁티는 몸과 세계의 관계란 뫼비우스의 띠처럼 안쪽에서 시작해 바깥쪽에 도달하고, 바깥쪽에서 출발해 가면 안쪽에 도달하게 되는 관계라고 말한다. 마르그리트 뒤라스와 박완서의 주인공이 바로 이런 양상을 잘 보여 준다. 고통스러운 경험에서 출발해 도달한 곳이 글쓰기이고, 글쓰기를 행하다 보면 자신의 고통을 마주하게 되기 때문이다. 박완서는 『한 말씀』의 서두에서 "제 경우 고통은 극복되지 않았습니다. 그 대신 그 고통과 더불어 살 수는 있게 되었습니다"(173쪽)라고 밝혔다. 극복되지 않는 고통이 존재하며 그 고통을 완전히 없앨 수는 없지만 그 고통과 함께 살아갈 수 있다는 고백이며, 그 고통이 글쓰기로 승화되었음을 확인시켜 준다. 이처럼 두 작가는 삶에서 체험한 예기치 못한 여러 고통의 사건들을 글쓰기를 통해 치유하는 것으로 보인다. 그리고 반복

---

70) Marguerite Duras, *Yann Andréa Steiner*, P.O.L., 1992, p.39.

적으로 그 상처를 텍스트로 드러냄으로써 상처가 더치고, 그럼으로써 스스로를 채찍질하게 되는 것이다. 결국 마르그리트 뒤라스와 박완서에게 글쓰기는 삶을 연장시키는 한 방법이었는지도 모른다.

3부

마리즈

콩데의

혼종적

정체성

1493년 콜럼버스에 의해 발견된 카리브해 지역은 1635년 프랑스령이 되었고, 이후 플랜테이션 농장을 경영하기 위해 아프리카에서 수많은 노예들이 유입되었다. 노예 무역을 통해 카리브해로 이주하게 된 아프리카 흑인들은 사탕수수밭에서 노예로서의 삶을 감당해야 했다. 한편 백인들의 문화가 이식된 카리브해는 혼종적 문화를 대표하는 지역으로 알려져 있다. 단일성이나 통일성이라는 개념과는 거리가 멀 수밖에 없는 이 지역의 문화는 유럽, 아프리카, 인도, 아메리카, 중국 등으로부터 유래된 여러 경향들이 충돌하고 뒤섞여 형성되었다. 1848년 흑인 노예법이 철폐되면서 이후 인도인들이 대거 이주했고, 지역적 위치에 따라 아메리카 대륙의 문화가 자연스럽게 유입되었기 때문이다. 이처럼 혼종성과 잡종성으로 대표되는 카리브해의 복잡다단한 현실을 설명하기 위해 에두아르 글리상Edouard Glissant은 '앙티아니테 Antillanité'와 '관계의 시학 Poétique de la Relation'을 제시했다. 그는 프랑스어권 카리브해인들은 아프리카인이 아니며, 앞서 등장했던 '네그리튀드Négritude'가 카리브해의 흑인들에게 자신들의 뿌리와 인간으로서의 주체적 존엄성을 되찾아 주었으나 지나치게 이상주의적이고 보편주의적인 성격을 띠어 카리브해인들에게는 맞지 않다고 비판했다. 글리상은 혼종적 현실과 잡종적 문화는 과거 역사의 복합적인 관계들이 일종의 매듭으로 얽혀 있는 지점이며, 그 매듭으로부터 미래의 새로운 관계들을 열어 갈 수 있음을 강조했다.

마리즈 콩데 Maryse Condé는 여러 작품에 자신의 정체성을 찾기 위해 노력하는 인물들을 등장시키면서 자신의 삶과 가족에 대해 이야기해 왔다. 작가는 작품들에서 자신의 정체성과 뿌리 찾기에 대해 때로는 우화적으로 때로는 직접적으로 밝혔다. 그녀는 인터뷰를 통해 "우리가 누구인지 이해해야 하고, 그것은 가족을 통해 회상하지 않는다면 도달할 수 없다"고 밝힘으로써 자신의 글쓰기에 가족들이 자주 등장할 수밖에 없음을 고백했다. 프랑스어권 카리브해 지역의 과들루프 출신인 작가에게 다른 카리브해 출신 작가들과 마찬가지로 뿌리 뽑히고 잃어버린 정체성을 찾는 것은 중요한 화두다. 마리즈 콩데의 작품 속 인물들이 글리상이 주장하는 카리브해의 역사적, 문화적 정체성을 어떻게 재현하고 있는가를 살펴봄으로써 한 개인의 정체성 문제가 집단의 그것과 톱니바퀴처럼 정교하게 맞물려 있음을 발견할 수 있다.

8장 카리브해 지역의 혼종성

1. 혼종적이고 수동적인 노예의 삶

마리즈 콩데의 작품 중 『빅투아르, 풍미(風味) 그리고 단어들 *Victoire, les saveurs et les mots*』는 작가의 할머니인 빅투아르와 어머니 잔Jeanne의 삶에 대해 이야기한다.[71] 작가는 작품의 서두에 작가와 동일한 이름을 가진 마리즈가 바로 화자임을 명시적으로 드러낸다. 또 화자는 작품 곳곳에서 자신이 태어나기 전에 이미 세상을 떠난 외할머니와 관련해서 어머니를 비롯한 가족들의 증언을 토대로 고증을 거쳐 이야기를 풀어 나갔으며, 동시에 상상을 통해 할머니

---

71) '내 어린 시절에 대한 진실한 이야기Contes vrais de mon enfance'라는 부제가 붙은 울고 웃는 마음*Le Coeur à rire et à pleurer*』에서 작가는 할머니를 엘로디Elodie라는 이름으로 등장시켰는데, 『빅투아르』에서는 실제 이름인 빅투아르를 사용했다. 마리즈 콩데는 한 인터뷰에서 『울고 웃는 마음』에 등장하는 가족들의 이름이 상당 부분 허구였음을 고백했다. Vèvè Clark, "Je me suis réconciliée avec mon ile: une interview de Maryse Condé", *Callaloo*, n.38, 1989, pp.87-133.

의 이미지를 윤색했음을 고백했다.(p.14, 17, 19, 66, 117, 121, 144, 168, 181, 221, 261, etc) 화자인 마리즈는 빅투아르의 손녀로서, 외할머니의 삶과 함께 빅투아르의 딸이자 자신의 어머니인 잔의 유년기와 젊은 시절을 소설로 재구성하여 펼쳐 보인다. 이를 통해 자신의 가족사를 확인하고, 자신이 속한 프랑스어권 카리브해 지역의 정체성을 자연스럽게 보여 주고 있다. 이처럼 작가가 자신을 되비추어 주는 인물로 어머니와 외할머니를 선택한 것은, 인터뷰를 통해 "카리브해 지역에서는 모든 혈통이 여성들을 통해 이루어진다"[72]고 말했듯이 마리즈 콩데가 태어나서 자란 지역의 특성이 반영된 결과이다. 프랑스령 카리브해 지역은 프랑스의 식민지가 된 17세기부터 식민지 경영을 위해 군대가 주둔하기 시작했고, 플랜테이션plantation이나 아비타시옹habitation[73]의 경영을 위해 백인들의 이주가 이루어지면서 많은 흑인 노예들이 유입되었다. 이때 백인 남성들은 흑인 여성 노예들을 성욕의 대상으로 삼는 일이 비일비재했다.[74] 또한 다양한 아프리카 지역으로부터 노예로 끌려온 흑인들 역시 탈주를 하거나 주인이 바뀜으로 인해 카리브해의 여러 섬을 떠돌면서 살아가는 경우가 많았다. 뿌리를 내리고 삶을 영위한다는 개념이 희박했던 카리브해 지역의 역사와 문화적 특성을 엿볼 수 있는 지점이다. 이런 상황에서 태어난 아이들은 아

---

72) Sous la dir. de Noelle Carruggi, *Maryse Condé: Rébellion et transgression*, Karthala, 2010, p.210.

73) 아비타시옹은 플랜테이션보다 규모가 작은 대단위 농장을 가리킨다. 아비타시옹은 주인과 노예의 거리가 가까웠기 때문에 주인과 노예의 삶과 문화가 충돌하고 혼합되기 쉬웠고, 이로부터 크레올 문화가 형성되었다.

74) Frantz Fanon, *Peau noire, masques blancs*, Ed. du Seuil, 1952; "coll. Points Essais", 1971, p.37.

버지가 누구인지 알지 못한 채 어머니의 보호 아래 자라났고, 그런 일은 노예법이 폐지된 이후에도 오랫동안 이어져 내려왔다. 그들이 자신의 혈통을 드러낼 수 있는 유일한 방법은 어머니를 통해서였다.

마리즈 콩데의 부모 세대가 살았던 20세기 초반에도 이런 상황은 크게 달라지지 않았다. 그래서 『빅투아르』의 화자는 자신의 외할머니에 대한 이야기를 시작하기에 앞서 카리브해 지역에서 아버지가 없는 아이들이 부지기수였음을 밝힌다.

그 시절에 아버지를 소유한다는 것, 아버지를 안다는 것, 아버지와 함께 시간을 보낸다는 것, 혹은 단순히 아버지의 성(姓)을 가진다는 것은 희귀한 특혜를 누리는 일이었다.(p.16)

화자인 마리즈는 일고여덟 살 무렵 어머니에게 외할머니에 대해 불쑥 물어본다. 그녀는 그때 어머니와의 대화를 통해 외할아버지가 존재하지 않았음을 알게 되었다고 고백한다. 그 기억을 되살려 작품 속에서 이야기를 전개해 나가는 마리즈는 친할아버지 역시 존재치 않았음을 진술한다. 그녀의 아버지가 상황에 따라 할아버지를 다르게 묘사했던 것을 이야기하는데, 어느 때는 금광을 찾아 떠난 것으로, 또 다른 때는 원양 어선의 선원이었는데 인도 쪽 먼바다에서 배가 전복당해 돌아오지 못했다고 말하기도 했다는 것이다.(p.16) 결국 마리즈는 할아버지와 외할아버지가 누구인지 정확하게 파악할 수 없었고, 그들은 안갯속에 희미하게 존재함으로써 정체를 알 수 없는 인물들이다. 시작부터 혼종적 정체성을 지닐 수밖에 없었던 카리브해 지역의 역사와 맞물려 빅투아르, 잔, 그리고 화자인 마리즈는 기원을 알 수 없는 다양한 아프리카 출신 흑인들의 후

예이며 흑백 혼혈의 자손인 것이다.

빅투아르는 백인으로 추정되는 군인 아버지와 흑인 어머니 사이에서 사생아로 태어났다. 프랑스령 카리브해의 작은 섬 마리갈랑트에 살던 빅투아르의 어머니 엘리에트는 열네 살이 채 되기도 전에 임신을 하게 되고, 누구의 아이를 잉태하였는지 입을 열지 않은 채 해산 후 바로 숨을 거둔다. 빅투아르는 어머니 없이 아버지가 누구인지 모른 채 외가에서 업둥이로 자란다. 사람들은 빅투아르의 외모를 보면서 아버지가 백인일 것이

『빅투아르, 풍미 그리고 단어들』의 표지

고, 아마 잠깐 동안 주둔했던 군대에 소속된 군인일 것이라고 추측할 뿐이다. 가난한 흑인 가정이었던 외가에서 '뮐라트르mulatre'라고 불리는 흑백 혼혈아로 태어나 부모 없이 자란 빅투아르는 태어나면서부터 뿌리 뽑히고 배제된 인생을 살 수밖에 없다. 이런 태생적 혼종성은 그녀가 어느 집단에도 제대로 소속되지 못하고 소외된 삶을 살게 될 것을 예고한다. 미레유 로젤로Mireille Rosello가 "어린 혼혈아는 화해할 수 없는 요소들의 총체이며 조화가 불가능한 집합체로서 모든 사람들로부터 분리된다"[75]라고 언급했던 것처럼, 빅투아르는

---

75) Mireille Rosello, *Littérature et identité créole aux Antilles*, Karthala, 1992, p.154.

모든 사람과 사물들로부터 분리되어 고독을 감내하는 인생을 살아간다. 가족 내에서도 배제당한 어린 시절을 보내야 했던 빅투아르는 외할머니 칼도니아의 보살핌 속에서 근근이 생명을 이어 나갔고, 열 살이 되면서부터 보수 없이 먹을 것을 제공받는 조건으로 조비알가(家)에서 식모 보조원으로 일하기 시작한다. 곧 외할머니마저 잃게 된 빅투아르는 조비알가의 창고 같은 방에서 숙식을 해결하면서 일하던 중, 조비알가의 딸 테레즈가 사랑했던 흑인 정치가 데르니에의 아이를 임신하게 된다. 그녀와 데르니에의 관계에 대해 화자는 다음과 같이 이야기한다.

> 그녀(테레즈)는 빅투아르가 데르니에에 대해 아무 감정도 가지지 않았었다고 주장했다. 그녀(빅투아르)가 다만 위세 있는 남자, 즉 "훌륭한 아버지"를 찾았던 것이라고 했다. 그녀(테레즈)는 빅투아르를 배은망덕하고 계산적이며 교묘하게 사람을 조종하는 인물로 취급했다. 나(화자)는 아무것도 믿지 않는다.
> 마리갈랑트 섬에서 가장 주목받는 처녀를 소유한 데르니에가 왜 가장 천대받는 소녀 중 한 명을 자신의 침대에 동시에 눕혔는지는 아무도 모른다. 그가 왜 그녀들에게 동시에 등을 돌렸는지도 모른다. 그래서 나는 그저 상상만 할 수 있을 뿐이다.(pp.66~67)

이처럼 빅투아르가 임신을 하게 된 배경에 대해 화자는 어떤 확신도 할 수 없다. 빅투아르가 모셨던 테레즈가 후일 증언했다고 전해지는 이야기처럼 데르니에에 대한 사랑의 감정에서가 아니라 테레즈를 질투해서 그를 유혹했고, 사회적으로 잘 알려진 위세 등등한 남자의 아이를 낳고 싶어서였는지 아닌지 알 수 없는 것이다. 화자는 다만 열여섯 살의 빅투아르가 임신한 것에 대해 아무도 그녀를 희생자로 바라보지 않았으며 불쌍하게 여기지도 않았다는 점에 대해 언급한다. 이어서 화자인 마리즈는 자기보다 나이가 두 배나 많은 남자로부터 임신한 채 버려진 빅투아르가 다락방에서 눈물을 삼키며 자신이 얼마나 하찮은 존재인가를 다시 확인했을 것임을 상상한다.(p.74) 혼혈 고아로서 가족으로부터 배제된 채 살아야 했던 빅투아르는 임신으로 인해 이중의 소외와 거부를 당하게 된다. 데르니에로부터 거부당하고 소외된 한편 그나마 자신이 발 딛고 버텨 내려던 사회에서도 다시 거부되기 때문이다. 마리즈 콩데의 작품에 등장하는 대부분의 인물들이 출생의 기원에 대한 미스터리로 인해 소외된 삶을 살아야 하며 그로 인한 고통을 떠안고 살아간다[76]는 미셸 비알레Michèle Vialet의 지적은 『빅투아르』 주인공의 삶을 통해서도 확인된다. 임신으로 식모 보조원마저 할 수 없게 된 빅투아르는 떠돌아다니다가 사탕수수밭에서 일하기도 한다.

> 빅투아르는 그때까지 사탕수수밭에서 일하는 것은 피했었다. (…) 가방 천과 해먹은 넝마 조각으로 여성용 장갑과 작업용 원피스를 만드는 것으로 충분했다. 두 여인(빅투아르와 루르드)은 밤을 새워 일했으며 회색빛 아침 어스름에 플랜테이션을 향해 걸음을 옮겼다. 수확의 달이었다. 태양은 아직도 수줍게 하늘 구석에 숨어 있었다. 그러나 누더기를 걸친 십여 명의 남자와 여자들이 이미 일을 하고 있었다.(pp.78-79)

카리브해 지역의 역사가 그렇듯이 아무것도 할 힘이 없었던 빅투아르는 결

---

76) Michèle Vialet, ""Connais-toi toi-meme". Identité et sexualité chez Maryse Condé", in *Notre Librairie*, n.118, Juillet-septembre, 1994, p.47.

국 사탕수수밭의 인부로 일할 수밖에 없는 처지에 내몰린다. 흑인 노예들의 일터였던 사탕수수밭은 노예제가 폐지된 지 50여 년이 지난 후에도 여전히 노예처럼 살아갈 수밖에 없는 사람들이 찾는 종착지였던 셈이다. 외할머니 칼도니아 외에는 다른 사람들로부터 어떤 호의나 친절도 경험해 보지 못했던 빅투아르는 자신이 어떤 집단이나 사회에 소속되어 있다는 인식을 가지지 못한 채 떠돌면서 소외된 삶을 이어 나간다. 태생부터 부모와 아무런 교감도 누릴 수 없었던 그녀의 삶은 시간이 지나도 달라지지 않으며, 자신의 상황이 달라질 것이 없음을 터득하게 되면서 빅투아르는 점차 수동적이고 침묵하는 성격의 소유자가 된다. 이런 빅투아르의 행동 양상은 프란츠 파농Frantz Fanon이 『검은 피부, 하얀 가면Peau noire, masques blancs』에서 설파했던 흑인 노예의 모습이다. 흑인들은 스스로 자기를 해방시키지 못하고 주인인 백인들의 손에 의해 해방되었고, 결국 자유를 얻기 위해 직접 투쟁해 보지 않았던 흑인들은 노예에서는 풀려났으나 근본적인 삶의 변화는 없었다는 것이 파농의 관점이다.(p.178) 그렇기 때문에 빅투아르 역시 수동적으로 다만 자신의 인생을 이어 나가는 것이 가장 능동적인 삶이 된다.

임신부의 몸으로 고된 사탕수수밭 일을 계속할 수 없었던 빅투아르는 일자리를 찾아 헤맨 끝에 간신히 될리외 보포르가에서 요리사로 일할 수 있게 되었고, 그곳에서 딸 잔을 출산한다. 곧이어 그 집 딸 안 마리가 결혼하여 과들루프의 중심 섬인 그랑드테르로 이주하게 되자 함께 떠난다. 빅투아르는 소외와 고통으로 얼룩진 고향 섬 마리갈랑트를 떠나 새로운 곳에서의 생활을 시작하지만, 이주를 통해 그녀의 삶이 근본적으로 변화되는 것은 아니다. 여주인 안 마리와 남편 보니파스 발베르그의 요리사로 고용되었으나 어떤 고용 계약도 맺지 않은 채 노예와 다를 바 없는 인생을 살아가기 때문이다. 이런 상황에 대해 화자인 마리즈는 텍스트를 통해 직접적으로 토로한다.

> 일한 대가로 아무것도 받지 못하고, 아무것도 소유하지 못하며, 글을 읽을 줄도 쓸 줄도 모른 채 백인들이 원하는 대로 살았던 그녀에게 노예법이 폐지되었다고 바뀐 것은 아무것도 없었다.(p.153)

빅투아르는 또한 바깥주인인 보니파스 발베르그의 정부 역할도 수행하는 전천후 노예였다. 그들의 내밀한 관계는 빅투아르가 마르티니크 출신의 바텐더 알렉상드르와 사랑에 빠져 잠시 동안 발베르그가를 떠나 있던 기간을 제외하고는 20여 년 동안 지속된다. 화자인 마리즈는 그들의 관계에 대해 아버지 없는 딸 잔에게 의붓아버지와 같은 존재를 만들어 주려는 빅투아르의 숨은 의도가 있었다는 전언이 전해지기도 한다고 증언한다.(p.117) 그녀로서는 딸을 안전한 가옥에서 양육하면서 먹을 것을 제대로 줄 수 있는 조건 외에도 잔의 교육비까지 지원해 줄 후원자가 필요했다는 것이다. 이처럼 빅투아르는 외부로부터 주어진 변화에 기댄 인생을 살아갔다. 자신의 노력이나 의지와 상관없이 자신을 배제한 채 변화되는 사회에서, 그녀는 스스로 행동하는 대신 다른 사람의 행동을 받아들인 것이다. 빅투아르는 표면적으로 노예의 신분은 아니었으나, "주인의 거동을 본떠도 된다고 허락받은 노예"였으며, 그녀의 주변에서 평생을 함께한 발베르그가 사람들은 "노예들에게 자기와 한 식탁에서 밥을 먹도록 허락해 준 주인"(Fanon, p.178)이었던 셈이다. 주인들에게 의지한 채 스스로 해방되려고 노력하지 않았던 빅투아르는 자유로운 존재로서 세상을 향해 바로 설

수 없는 인물이었다. 반면 그녀의 딸 잔은 그녀와는 완전히 다른 인생을 꿈꾸며 자신의 꿈을 이루어 가는 것을 볼 수 있다.

2. '그랑 네그르'와 이중의 소외, 그리고 혼종성

빅투아르의 딸이자 마리즈의 어머니인 잔은 빅투아르와는 다르게 어머니의 보호 아래서 자랐다. 화자인 마리즈는 잔이 태어나는 순간 빅투아르가 자신의 딸이 자기처럼 소외되고 짓밟히지 않도록 교육을 시키겠다고 다짐하면서, 그것을 위해 자신을 희생하겠다고 맹세했었음을 밝힌다.(p.85) 빅투아르는 발베르 그가에서 비록 노예와 다를 바 없는 삶을 살았지만, 그녀의 헌신에 힘입어 잔은 어린 시절 내내 주인집 아이들과 동등한 교육을 받을 수 있었다. 화자는 빅투아르와 잔의 삶의 간극이 얼마나 컸는가를 다음과 같이 묘사한다.

> 3개월마다 파리의 백화점에 주문 리스트를 작성해서 보냈던 안 마리의 보살핌으로 그녀는 최신 유행의 모자와 신발, 옷을 입었지만, 그녀의 어머니는 머릿수건을 쓰고 볼품없는 옷을 걸친 채 맨발로 다니거나 실내화를 끌고 다녔다.(p.127)

그렇다고 해서 잔이 정서적으로도 안정적인 유년기를 보냈다고는 할 수 없다. 그녀의 피부색은 혼혈인 어머니 빅투아르에 비해서도 너무 검었고, 어릴 때부터 함께 자란 주인집 백인 아이들과는 완전히 다른 인종임을 자각하게 되기 때문이다. 또 문맹으로 노예처럼 살았던 어머니에 대한 수치심으로 평생 동안 어머니에 대한 콤플렉스를 가진 나머지 자신의 딸에게조차 어머니에 대한 이야기를 제대로 전하지 못하는 모습을 보인다. 그래서 작가는 자서전 『꾸밈없는 인생La vie sans fards』에서 『빅투아르』를 쓰면서야 어머니 잔을 이해할 수 있게 되었다고 고백하기도 한다.

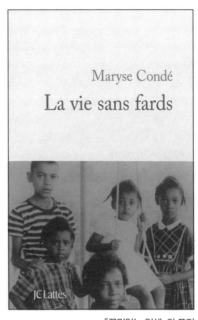

> 가장 고통스럽게 글을 썼던 『빅투아르, 풍미 그리고 단어들』을 쓸 때 나는 내 어머니라는 인물이 재현하는 수수께끼 같은 모습들을 해결하기 위해 애썼다. 감수성이 예민하고 마음속 깊이 관대하고 좋은 사람인데 왜 그토록 불쾌한 행동을 했을까? 그녀는 자신을 둘러싼 모든 사람에게 독이 묻은 화살을 쉼 없이 쏘았다. 깊은 사색을 하고 이 텍스트를 집필하면서 나는 어머니와의 관계에서 비롯된 콤플렉스가 이런 모순의 원인이었음을 이해했다. 그녀는 어머니를 열렬히 사랑했지만 글을 읽을 줄도 쓸 줄도 몰랐던 어머니를 언제나 수치스럽게 여겼다.(p.136)

잔이 어머니에 대해 가지는 수치심은 단순히 어머니의 무지함에서 비롯된 것은 아니다. 『빅투아르』에서 잔이 열한 살 때 목격한 사건은 그녀에게 큰 충격을 주었다. 천둥과 번개가 몰아친 어느 날 밤, 잠에서 깬 무서움을 느낀 잔은 어머니 방으로 달려간다. 그런데 어머니와 보니파스가 벌거벗은 채 잠들어 있는 모습을 목격하게 된다. 아버지처럼 믿고 따랐던 집주인 보니파스와 어머니의 관계를 자각한 잔은 보니파스뿐 아니라 어머니도 거부하는 모습을 보인다. 보니파스가 자신에게 잘해 주었던 모든 행동이 위선이라고 느끼게 되고, 어머니가 단지 요리사로서 일하는 것이 아니었음을 알게 된 그때부터 그녀는 학업을 통해 자신만의 세계를 구축할 것을 결심한다. 자신이 소외받고 거부되는 것을 미리 거부하고 스스로를 자기만의 세계에 가둠으로써 스스로 소외되기를 자처한 것이다.

학업에 매진하던 잔에게 이번에는 잊을 수 없는 충격과 고통이 찾아온다. 어머니 빅투아르로부터 버려지는 사건이 발생한 것이다. 열여섯 살에 홀로 딸을 낳아 기르면서 밤낮없이 일하던 빅투아르는 스물여덟 살이 되던 해에 마르티니크에 살던 보니파스의 사촌 결혼식에 참석하기 위해 요리사로서 보니파스와 안 마리를 대동하고 여행을 떠난다. 그곳에서 술 따르는 하인이었던 알렉상드르를 만나 사랑에 빠진 빅투아르는 그와 함께 야반도주를 감행하기에 이른다. 그녀는 일 년이 넘는 시간 동안 마르티니크에서 살다가 어느 날 홀연히 과들루프로 돌아온다. 어머니가 없는 동안에도 잔은 주인집의 배려로 여전히 학교를 다니며 교육을 받는 혜택을 누리지만, 어머니로부터 버려졌다는 사실은 열두 살 소녀에게 지울 수 없는 상처로 남는다. 유일한 혈육인 어머니로부터 거부된 잔은 다시 돌아온 빅투아르를 철저하게 거부하고 그녀로부터 소외되기를 자처하기에 이른다. 결국 그녀는 발베르그가를 떠나기로 결정하고, 국가 장학금을 신청해서 과들루프의 베르사유 기숙학교에 입학한다. 이후 과들루프 최초의 흑인 여교사 네 명 중 한 명이 된 잔은 성인이 되어 어머니와 다시 동거하게 된다. 한 지붕 아래서 육체적으로 가깝게 산다 해도 그들의 소원한 관계는 회복되지 못한다. 과들루프를 대표하는 지식인들 중 한 명이 된 잔은 정신적으로 빅투아르와 완전히 다른 세상에서 살기 때문이다.

잔의 첫 부임지는 어머니가 살던 곳에서 승합마차를 타고 여섯 시간 이상 걸리는 르물이라는 도시다. 아무도 알지 못하는 낯선 곳에서의 삶이 빅투아르의 외로움이나 고독을 배가시키리란 점을 조금도 고려하지 않는 잔은 교사로서 자신의 일상만을 누린다. 특히 '그랑 네그르Grands Nègres'로 불리는 흑인 상류 사회 사람들이 모이는 사교의 장에 어머니를 동반하여 간 이야기는 빅투아르와 잔이 얼마나 다른 인생을 산 인물들이었는지, 또 잔이 빅투아르를 얼마나 수치스러워했는지를 단적으로 보여 주는 일화다. 글을 모르는 빅투아르는 평생 구어인 크레올어만 사용하며 의사소통을 했다. 그러나 당시 흑인 상류 사회 사람들은 자신들이 크레올어를 말하고 이해한다는 것을 숨기기 위해 일부러 공식 언어인 프랑스어만 사용했다. 딸과 함께 파티에 참석한 빅투아르는 침묵을 지키고 있었는데, 누군가가 그녀에게 프랑스어로 "잘 지내십니까, 마담 키달? Comment allez-vous, Madame Quidal?"이라는 인사말을 건네자, 그녀는 "잘 지냅니다Ça va bien, merci"라고 대답하는 대신 "신이 원하신다면요Si Dieu veut"라고 말한다. 발베르그에서 살 때 배워 뒀던 프랑스어 인사말을 혼동해서 이런 대답을 한 것이다. 그 후로 빅투아르는 "마담 키달 Madame Quidal"이 아닌 "마담 시디외부Madame Sidieuveut"로 불린다.(pp.205-206) 이런 일이 일어나도 잔은 다른 사람들에게 어머니를 변호하지도 않고 어머니에게 괜찮다고 위로하지도 않는다. 다만 그런 어머니의 딸임을 수치스럽게 여기고 고통스러워할 뿐이다. 다음과 같은 프란츠 파농의 주장이 잔의 태도를 통해 자연스럽게 형상화되고 있는 것이다.

> 카리브해 사람은 자신의 가족과 유럽 사회 중 하나를 선택해야 한다. 달리 말해 사화-백인,
> 문명화를 향해 올라가는 개인은 가족-흑인, 야만을 거부하는 경향이 있다.(p.121)

혹인이 사회적으로 높은 지위에 오를수록 유럽 문화와 백인 문화에 동화되어 자신의 가족, 즉 서양인들의 시선에서 봤을 때 야만적인 흑인들을 거부하는 것이 카리브해인들의 모습이라면, 잔의 삶에서도 이런 양상이 재현되고 있음을 알 수 있다. 잔은 조상인 흑인들과 그들의 문화 그리고 고향인 카리브해의 역사와 문화를 외면한 채 프랑스인으로서의 삶을 살고 싶었던 것이다. 이것이 바로 에두아르 글리상이 앙티아니테Antillanité를 주창하면서 지적했던 점인데, 카리브해 사람들이 자신들의 어두운 과거에 대해 말하지 않고 숨기기 때문에 카리브해 지역은 진정한 역사를 가지지 못했다는 것이다. "우리에게 아직 역사가 아닌 우리가 감내한 과거는 여기저기에 존재하면서 우리를 괴롭힌다."[77]

잔은 확고하게 '그랑 네그르'가 되기 위해 나이가 많지만 명망 높은 사람과 결혼하기에 이른다. 방학 동안 교수법 교육을 받던 신참 교사 잔은 교육을 진행하던 교장 오귀스트 부콜롱[78]과 사랑에 빠져 가정을 꾸린다. 어머니 빅투아르

---

77) Edouard Glissant, *Le discours antillais*, Seuil, 1981; "coll. folio essais", 2002, p.226.
78) 마리즈 콩데가 결혼하기 전에 불렸던 성 부콜롱은 아버지인 오귀스트 부콜롱으로부터 물려받은 것이다. 이처럼 빅투아르에 등장하는 인물들은 실존 인물을 모델로 삼았으며, 그 이름도 동일하게 제시되고 있다.

보다도 나이가 많았던 오귀스트 부콜롱은 과들루프를 대표하는 '그랑 네그르'로서 잔과 두 번째 결혼을 한다. 부부는 점점 자신들을 카리브해의 흑인이 아니라 프랑스인으로 여기면서 살아가게 된다. 결혼 후 신혼여행을 프랑스 본토로 간다는 그들의 계획은 잔의 임신으로 두 번 연기된 후 드디어 실현되고, 잔이 남편 오귀스트와 떠난 첫 프랑스 여행을 화자인 마리즈는 다음과 같이 묘사한다.

> 나는 프랑스와 파리가 그의 대단한 사랑을 받았을 것이라고 생각한다. 기차를 타고 몽생미셸에 가는 동안, 그녀는 앞에 펼쳐지는 경관을 바라보면서 말로 다 표현할 수 없는 감성에 젖어 얼굴을 창에 붙이고 있었다. (⋯) 그녀가 특별히 좋아했던 곳은 7구와 생제르맹데프레 지역이었는데, 우리도 여러 번 그곳에 머물렀었다.(p.272)

프랑스에 처음 여행을 간 잔은 이처럼 새로운 세계이자 자신이 "귀화한 나라 pays d'adoption"(『울고 웃는 마음』, p.11)에 대한 사랑을 느끼고, 이후로는 정기적인 여행을 즐기게 된다. 잔과 오귀스트는 과들루프에서 지식인이자 상류 사회에 속했듯이 파리에서도 자신들이 동일한 위치에 있다고 생각하며 산다. 고위 공무원이었던 오귀스트와 잔이 프랑스를 대표하는 도시 파리의 행정 중심 구역인 7구를 특별히 선호했던 것과 당시 유명한 예술가들이 즐겨 찾았던 생제르맹데프레에 머물기를 좋아했던 것은 자연스러울 수 있다. 그러나 그것은 그들이 흑인이 아니었을 때 자연스럽다는 사실을 애써 외면하고 있었기에 가능했다. 이처럼 오귀스트와 잔에게는 이중의 소외가 자리 잡고 있었다. 글리상은 프랑스어권 카리브해 섬들이 1946년 식민지에서 해외도Département d' Outre-Mer로 위상이 바뀐 것에 대해 "자기 자신에 대한 부정과 두려움이 가장 완성도 있게 구체화된" 예라고 언급하면서, 해외도라는 위상은 "소외의 극단적인 한계"이면서 "소외 표현의 한계"를 나타낸다고 주장했는데, 이와 마찬가지로 잔은 점점 자신과 자신의 뿌리를 부정하고 스스로를 소외시킨다. 그녀는 자기 자신을 신뢰하지 못하고 스스로의 정체성을 확립하지 못했기에, 끊임없이 백인(유럽)문화라는 타자에게 의존하고 타자의 거울을 통해 비춰 본 자신의 모습이 진짜 자기 자신이라고 착각하면서 살아가며, 그것이 허위에 불과하다는 사실을 직시하지 못하는 인물이다.

이처럼 그랑 네그르의 삶을 살았던 잔과 그 반대편에서 노예의 삶을 살았던 어머니 빅투아르의 모습은 식민주의 밑에서 신음한 흑인들의 소외 양상과 맞닿아 있는 것 같다. 파농은 『검은 피부, 하얀 가면』에서 다음과 같이 설명한다. "전자에게 소외는 대체로 지적인 성격을 갖는다. 그는 유럽 문화를 자기 종족으로부터 벗어날 수 있는 수단으로 생각함으로써 스스로 소외되기를 자처한다. 후자의 경우는 한 인종이 다른 인종을 착취하고 스스로 우월함을 과시하는 문명 형태가 다른 인간성을 경멸하는 체제, 즉 이처럼 착취와 경멸에 기초를 둔 체제의 희생물이 되어 소외된다."(p.181) 태어나면서부터 배제된 삶을 살아야 했던 외할머니 빅투아르의 인생을 되짚어 보면서 어머니 잔의 소외된 유년기와 젊은 시절을 재구성한 화자 마리즈는 새로운 시각으로 자신의 삶을 응시하고 개척해 나간다.

3. 혼종적 정체성

『빅투아르』의 화자 마리즈는 이 작품이 외할머니와 어머니의 삶을 재현하는 것임에도 불구하고 텍스트 내에 등장하여 벌어진 사건에 대해 자신의 의견을 피력하거나 상상력을 덧붙이면서 끊임없이 이야기에 개입한다. 제목에서 확인할 수 있듯이 이 작품은 외할머니 빅투아르가 가장 중심이 되는 인물이며, 그녀의 탄생으로 시작해서 죽음으로 끝을 맺는다. 그러나 작품에는 어머니 잔을 비롯하여 다양한 등장인물이 나오는데, 마리즈의 외고조할머니인 칼도니아로부터 마리즈의 둘째 오빠 장에 이르기까지 마리즈를 제외한 대부분의 가족이 빅투아르의 주변 인물들로 등장한다. 그런데 화자인 마리즈는 등장인물로 직접 모습을 드러내지는 않지만 그 어떤 인물보다 작품의 중심을 차지하고 있는 것처럼 보인다. 빅투아르의 탄생을 알리면서 본격적인 이야기가 시작되기 전인 프롤로그 부분에서부터 화자 마리즈의 목소리가 명확하게 드러나기 때문이다.

"너는 세구, 일본, 남아프리카를 분주히 돌아다니면서 뭘 했니? (…) 의미 있는 유일한 여행은 내면으로의 여행이라는 걸 모르니? 넌 나에게 관심을 가짐으로써 무엇을 기대하니?" (…) 그녀(빅투아르)가 내게 이렇게 말하는 것 같았다.(p.17)

이러한 화자 마리즈의 고백은 결국 이 텍스트의 중심이 빅투아르라는 인물이지만 마리즈 역시 중요한 위치를 차지할 것임을 예고해 주는 듯하다. 실제로 작가는 외할머니와 어머니 이야기를 작품의 주제로 삼아 글을 쓰는 어려움에 대해 토로하면서 텍스트의 주제에 자신도 포함되어 있음을 천명한 바 있다.(*Maryse Condé: Rébellion et transgressions*, p.211)

또 화자는 "세구, 일본, 남아프리카"라는 지명을 언급함으로써 자신의 지난

날을 되새기고 있다. 간략한 표현을 사용하면서도 여러 대륙의 많은 도시와 나라들을 방황했던 젊은 시절을 뚜렷하게 밝히고 있는 것이다. 다른 작품들과 인터뷰에서 자신이 얼마나 많은 곳을 방랑하며 살았었는가에 대해 때로는 명시적으로 때로는 암시적으로 드러내 왔던 작가 마리즈 콩데의 모습을 이 작품의 화자 마리즈에게서 발견할 수 있는 대목인 셈이다. 결국 화자는 오랜 방랑과 여행 중에서 가장 의미 있는 것은 내면으로의 여행이라고 밝힌다. 자기 자신과 가족들의 삶을 깊이 들여다보는 시간을 통해 자신의 혼종적인 양상들을 자각하게 되고, 그런 혼종성을 긍정적으로 수용함으로써 새로운 것을 창조해 낼 수 있을 것임을 고백하는 것이라 볼 수 있다. 그리고 그녀에게 혼종성의 긍정적 수용은 글쓰기를 통해 실현된다. 조상들의 삶과 자신의 인생을 오버랩해서 이야기하고 고백함으로써 자신이 왜 혼종적 정체성을 지닐 수밖에 없었는가를 설명하고 있기 때문이다.

주지하다시피 여러 요소들이 뒤섞이는 멜팅 팟melting pot의 양상, 즉 잡종성과 혼종성을 담보하는 것이 카리브해 문화의 특수성이다. 『빅투아르』의 주인공인 외할머니의 직업은 요리사였고, 자신도 모르는 사이에 자기만의 고유한 혼종성을 바탕으로 새로운 음식들을 만들었다. 그녀가 다양한 재료와 향신료를 취사선택해서 새로운 향내를 풍기는 요리를 창조해 낸 것처럼, 손녀인 마리즈는 수많은 단어들을 자신의 의도에 따라 선택하고 뒤섞어 새로운 문학 작품을 생산한다. 이런 시각은 작품의 제목을 통해서도 확인할 수 있다. 제목의 첫 단어 '빅투아르'는 중의적인 의미를 가진다. 텍스트를 읽은 독자들은 외할머니 이름임을 알게 되지만, 제목만을 두고 봤을 때는 '승리'라는 뜻으로 먼저 읽는다. 즉 이 단어는 누가 주인공인지 제시하는 고유 명사로서의 기능과 승리라는 일반 명사로서의 기능을 동시에 지닌다. 이어지는 '풍미'라는 단어는 작품 속에서 주인공 빅투아르가 만드는 요리의 좋은 맛과 향기를 의미하는 것으로 확인할 수 있다. 제목의 마지막 단어 '단어들'은 작가가 창조하는 단어들로 이루어진 세계, 즉 문학 작품을 뜻하는 것으로 해석할 수 있다. 제목을 통해 작가가 전달하고자 한 것은 결국 요리의 풍미와 문학의 단어들이 빅투아르에게서 발견된다는 점이다. 다시 말해서 외할머니와 자신의 공통점에 대해 이야기하고 싶었던 것으로 이해할 수 있다. 다른 한편으로는 지난한 인생을 살았지만 요리를 통해 인생에서 승리한 외할머니와 수많은 고난을 문학으로 형상화함으로써 승리한 마리즈 콩데의 이야기를 함축적으로 드러내고자 한 것으로 보인다. 그래서 화자는 작가로서의 자신의 입장과 요리사로서 외할머니 빅투아르의 입장을 동일선상에서 비교하는 장면을 텍스트 곳곳에 자연스럽게 삽입한다.(p.196, 228, 240, 280, 313)

> 내가 원하는 것은, 언뜻 보기에 아무것도 남기지 않은 것 같은 한 여성(빅투아르)의 유산을 주장하는 것이다. 그녀와 나의 창조성을 연결하는 관계를 확립하는 것이다. 고기나 야채의 맛, 색깔, 향기를 단어의 맛, 색깔, 향기로 흐르게 하는 것이다. 빅투아르는 요리에 이름을 붙일 줄 몰랐고 그런 것에 신경도 안 썼던 것 같다. (…) 말을 하지 않은 채 고개를 숙이고 자신의 포타주 앞에서 열중한 모습은 마치 작가가 컴퓨터 앞에서 그러는 것과 같다.(pp.104-105)

끊임없이 여러 재료를 새롭게 조합해서 자신만의 음식을 창조해 고유의 맛과 향기를 만들어 낸 빅투아르에 대한 이런 화자의 해석은, 자신의 글쓰기 재능이 외할머니로부터 전수된 것이라고 고백하는 것에 다름 아니다. 또한 화자는 재료를 혼합하고 섞어서 새로운 작품을 선보이는 이들의 창조적 행보가 글리상이 주장했던 그들 문화의 혼종성과 맞닿아 있다고 넌지시 암시하는 것 같다.

글리상의 앙티아나테는 네그리튀드에 경도되어 아프리카로 회귀하고 보니 자신들은 더 이상 아프리카인이 아니라는 사실을 확인하게 됨으로써 등장한 것이다. 자신의 정체성을 찾기 위해 오랫동안 방랑 생활을 했던 작가 마리즈 콩데도 『빅투아르』의 화자가 밝혔던 것과 같이 젊은 시절에 아프리카로 돌아가 살았던 경험이 있다.[79] 과들루프의 '그랑 네그르' 가족의 일원이었던 작가는 흑인임에도 그것을 외면하고 프랑스인으로서 살아가도록 교육받았다. 작가가 정체성에 대한 의문을 품은 것은 바로 자신의 부모 때문이었으며, 카리브해의 다른 흑인들처럼 네그리튀드의 영향을 받고 아프리카의 여러 나라에서 살면서 자신의 기원을 찾으려고 애썼으나 그 허상을 깨닫게 된다. 그리고 자신의 혼종적 정체성이 카리브해에 이주한 조상들로부터 기인한 것인 동시에 스스로의 삶을 살아 나가면서 새롭게 혼합된 자신만의 고유한 것임을 고백한다.

내 부모님은 매우 — 어쩌면 너무 — 프랑스를 좋아하는 사람들이었고 나를 고향의 오묘한 현실로부터 고립시켰다. 그것은 과들루프나 마르티니크의 카리브해 작가들이 공동의 "우리"에 대해 말하는 경향을 띠고 창조한 공통의 기원, 크레올어의 중요성, 공동체의 의미를 내가 결코 지니지 못했음을 뜻한다. 나는 언제나 조금 예외적인 사람이었다. 그러나 나는 이런 모든 차이점을 무릅쓰고 우리 모두가 동일한 것을 말한다고 생각한다. 노예 제도와

---

79) 이 책 210–218쪽 참조할 것.

식민화에도 불구하고 동화되는 것에 맞선 우리 문화의 힘과 저항이 그것이다.[80]

　이처럼 마리즈 콩데는 자신의 삶이 보통의 카리브해 지역 사람들과 차이를 보인다고 언급하면서, 자신이 카리브해 공동체 정신과 크레올 문화로부터 거리를 둘 수밖에 없는 사람이었음을 밝힌다. 그럼에도 그녀는 카리브해 지역 문화가 서양 문화에 종속적으로 동화되지 않고 존재하는 힘과 저항에 대해 강조하는데, 이는 에두아르 글리상이 자신들의 지난 역사적 고통을 현재 시점에서 끊임없이 탐구하고 밝히는 것이 카리브해 지역 작가들의 의무라고 강조한 것과 일맥상통해 보인다.(1981, p.226) 결국 마리즈 콩데의 정체성은 다양한 카리브해 지역의 혼종적 문화를 보여 주는 수많은 구성체들 중 하나임을 드러내는 것이라고 할 수 있다.

---

80) Louise Hardwick, "J'ai toujours été une personne un peu à part" question à Maryse Condé, *International Journal of Francophone Studies*, n.9.1, 2006, p.124.

9장 카리브해 문화 정체성 Ⅰ:
네그리튀드에서 앙티아니테로

1. 이중의 소외

　마리즈 콩데는 다양한 장르를 넘나들며 다채로운 주제를 다루는 글쓰기를 행해 온 현대 프랑스어권 문학을 대표하는 작가이다. 그녀는 작품 활동을 통해 자신이 경험하거나 접한 여러 사건과 사상에 대해 때로는 명시적으로, 때로는 암묵적인 방식으로 독자들에게 목소리를 전달해 왔다. 특히 작가의 인생과 글쓰기 여정을 그린 2부작 자서전에는 마리즈 콩데가 살아온 시대를 관통하는 사상들이 자연스럽게 드러난다. 『울고 웃는 마음』과 『꾸밈없는 인생』은 각각 1998년과 2012년에 출간된 작가의 자서전이다. 작품에 등장하는 주인공 및 인물들의 이름이 실존 인물이라는 점에서 전통적인 시각의 자서전 이론에 부합하며, 『꾸밈없는 인생』의 서두에 해당하는 챕터에서 루소의 『고백록』을 직접적으로 언급하면서 자신도 그처럼 진실을 이야기하겠다고 선언함으로써 자서전임을 명백하게 밝히고 있다.(p.12) 또한 『울고 웃는 마음』에는 '내 어린 시절에 대한 진실한 이야기'라는 부제를 붙임으로써 작품의 진실성을 강조하고 있다. 내용 면에서도 두 작품은 연대기적으로 자연스럽게 연관을 갖는다. 『울고 웃는 마음』은 작가의 출생부터 십대 중반에 걸친 열일곱 개의 짤막한 콩트로 구성되어 있고, 『꾸밈없는 인생』은 파리에서 유학하던 십대 중후반부터 아프리카의 여러 나라를 떠돌며 살았던 삼십대 초반까지 삶의 이야기를 담고 있다.

과들루프의 푸앵트피트르에서 태어나 어린 시절을 보낸 마리즈 콩데는 당대 대부분의 흑인들과는 다른 삶을 영위했다. 아버지 오귀스트 부콜롱은 과들루프에 지역 은행을 창립한 흑인이었고, 어머니 잔 키달은 과들루프 최초의 흑인 여교사 중 한 명이었다. 부콜롱 가족은 프랑스어권 카리브해 지역에서 소위 '그랑 네그르'라고 일컫는 흑인 상류 계층에 속한 사람들이었다. 여전히 프랑스의 식민지였던 과들루프에서 소수의 흑인들만 고등 교육을 받을 기회를 가질 수 있었다는 점을 감안할 때, 부콜롱 가족은 상당히 우월한 경제적, 사회적, 문화적 위치를 점유했을 것으로 짐작할 수 있다. 이런 삶을 살았음에도 그들은 흑인이라는 태생적 한계를 극복할 수 없었던 식민지 체제의 피식민인이었다. 그랑 네그르로서 물질적 풍요를 누렸다 하더라도, 그들은 타의 혹은 자의에 의해 다양한 양상의 소외를 겪을 수밖에 없었다. 1848년 프랑스가 노예 제도를 폐지한 후 식민지에서 펼쳤던 동화 정책은 카리브해의 국민들에게도 그대로 적용되었고, 이는 많은 식민지 지식인들에게 직접적인 영향을 끼쳤다. 프랑스어로 프랑스인처럼 교육을 받은 흑인들은 점차 백인이 되고 싶은 욕망에 사로잡혔다. 프란츠 파농의 문제의식이 시작되는 지점이 바로 여기이다. 그는 검은 피부를 가졌지만, 스스로 하얀 가면을 쓰고 마치 백인처럼 행동하며 말하고 생각하고 싶어 하는 흑인들의 자기 부정을 직시했다. 파농은 '백인 되기'를 갈망하는 흑인들이 결국 자기 부정을 통해 자기 소외로 나아가게 됨을 설파하면서, 『검은 피부, 하얀 가면』에서 프랑스어라는 식민 모국의 언어 사용을 예로 든다. "식민지인은 식민 모국의 문화적 수준을 자신이 어느 정도 전유하고 있느냐에 따라"[81] 자신의 신분을 차별화할 수 있으며, 그 문화적 수준은 무엇보다 프랑스어를 얼마나 잘 구사하느냐로 드러난다는 것이다. 그래서 중산층 이상의 프랑스령 카

『울고 웃는 마음』의 표지

리브해인들은 언제나 프랑스어만 사용하도록 교육받았다고 한다. 백인처럼 말하는 것은 '하얀 가면'을 쓰기 위한 전제 조건이었던 셈이다.

파농이 주장한 것처럼 언어에 대한 강박증은 부콜롱 가족에게서도 쉽게 발견된다. 화자인 마리즈는 『울고 웃는 마음』의 '가족 초상화'라는 제목을 단 첫 번째 이야기에서 아버지가 프랑스어를 능숙하게 사용하는 것에서 더 나아가 라틴어를 프랑스어 문장에 끼워 넣어 사용하려고 노력하는 사람이었다고 전한다. 또한 부콜롱 가족은 프랑스에서 휴가를 즐기기 위해 체류하는 동안 루브르 박물관을 관람하고 오페라를 즐기며 오랑주리 미술관에 가서 모네의 그림을 감상

---

81) 프란츠 파농, 이석호 옮김, 검은 피부 하얀 가면』, 인간사랑, 1998, 25쪽.

하는 등, 당대의 대다수 프랑스인들조차 누리지 못한 고급문화를 즐긴다.(pp.15-16) 그렇게 함으로써 "자신이 백인의 문화를 완전히 정복했다는 사실을 입증"(파농, p.49)하고 싶었던 것이다. 그러나 화자인 마리즈는 동일한 챕터에서 부콜롱 가족이 카페에서 식사를 하고 있을 때 백인 웨이터가 그들 가족에게 "프랑스어를 정말 잘 구사하시는군요!"(p.13)라고 말했던 때를 회상한다. 이 말을 들은 부모는 웨이터가 뒤돌아서고 나서야 자신들 역시 프랑스인이라고 푸념조로 말하면서, 저 웨이터보다 자기들이 더 많이 공부했고 프랑스 곳곳을 더 여행해 봤을 것이라고 넋두리를 한다. 어린 마리즈로서는 부모가 왜 그 웨이터 앞에서 직접 그런 말을 하지 못했는지 이해할 수 없는 상황이었음을 이야기하면서, 자신들이 거부되고 부인되는 사람들이었음을 어렴풋이 알게 되었다고 고백한다. 이 일화는 아무리 자기를 부정하면서 '백인 되기'에 열정을 쏟는다 하더라도 정작 백인들로부터 거부되는 흑인들의 소외를 잘 보여 주는 예라 할 수 있다. 파농 역시 이 점에 대해 언급했는데, 그는 자신이 태어나 자란 프랑스어권 카리브해에서는 프랑스어를 완벽하게 구사하는 사람을 대단한 경외심을 가지고 대했다고 증언한다. 그런 사람을 보면 카리브해에서는 "저 친구 좀 봐, 거의 백인에 가깝게 말하는군"이라고 하는 반면, 프랑스에서는 "교과서처럼 말한다"고 놀렸다는 것이다.(p.28쪽) 그런 사람이 거의 백인이지만 백인은 아님을 강조하고 있는 이런 상황들을 통해 20세기 초중반의 흑인 지식인들에게서 흔히 발견되는 소외의 양상을 읽을 수 있다. 자기를 부정함으로써 자기 자신으로부터 소외된 그들은 '백인 되기'에 열심을 다했으나 정작 백인들로부터 다시 한 번 소외되기 때문에 이중의 소외를 겪는다.

이처럼 백인의 언어와 문화 습득을 지표로 삼아 소외되는 측면을 사회, 문화적인 측면에서의 소외라고 한다면, 흑인의 존재론적 소외 역시 편재해 있다. 카리브해 흑인들은 자신들의 땅에서 이방인으로 살 수밖에 없는 처지이기 때문이다. 그들은 프랑스적인 필터로 걸러진 시각으로 세계를 바라보았으며 자신들의 근본 토대, 즉 "자기 내면의 건축물, 자신의 세계, 자기 삶의 순간들, 자신의 고유한 가치를 타자의 시선으로 바라봄"[82]으로써 프랑스적이고 이국적인 관점으로 스스로를 이해하기에 이른다. 이런 이유로 카리브해의 흑인들은 고향에서도 소외된다.

검은 얼굴들은 마치 우리가 아무런 아이러니도 느끼지 못하고 불렀던 노래처럼 우유 사발로 떨어진 것같이 명확히 구별되었다.
우유를 마시는 검둥이 여자
아, 그녀가 말하길,
만일 내가 우유 사발 속에 얼굴을 적실 수 있다면
모든 프랑스 사람들보다
더 하얘질 텐데
에-에-에!
백인 주민들이 여기저기에 있었다. 백인 주민들은 우리 앞의 벤치에도, 우리 뒤의 벤치에도 있었다. 푸앵트의 사방에서 온 사람들이었다. 남자들, 여자들, 그리고 아이들. 노인들, 젊은이들, 품 안의 아기들. 대미사에서가 아니면 그렇게 많은 백인 주민들을 결코 볼 수 없

---

82) Jean Bernarbé, Patrick Chamoiseau, Raphael Confiant, *Eloge de la créolité*, Gallimard, 1993, p.14.

었다. 대성당이 그들의 소유로 생각되었다. 하느님은 그들의 가까운 친척인 것 같았다.(pp.75-76)

『울고 웃는 마음』의 '세상에서 가장 아름다운 여인'라는 제목의 이야기에서 전개된 에피소드의 일부다. 이 장면은 화자가 어린 시절 어머니의 손에 이끌려 성당에 가서 졸지 않고 한 시간 이상 버티고 있었어야 했던 때를 떠올리며 이야기하는 부분인데, 불현듯 성당의 중앙 홀에서 미사에 참여하고 있는 흑인들을 찾아보기 힘들다는 것을 깨달은 마리즈가 자신이 어떤 존재인지를 인식하는 고백을 담고 있다. 흰 우유를 마신 흑인 여자가 우유에 자기 얼굴을 적실 수 있다면 그 어떤 프랑스인보다 하얗게 될 것 같다고 하는 내용의 노래를 불렀던 것을 기억해 낸 화자는 미사를 드리고 있는 흑인 여자들이 바로 이 우유통에서 떨어진 사람들이라고 생각하기에 이른다. 어린 시절에 아무런 아이러니를 느끼지 못한 채 불렀던 노래였지만 사실 '하얗게 되기', 즉 '백인 되기'를 갈망했던 당시 흑인들의 열망이 고스란히 표출되어 있었음을 꼬집고 있는 것이다. 이어지는 내용은 자신들이 살고 있는 곳이 얼마나 그들 자신의 문화로부터 소외되어 있는가를 여실히 보여 준다. 무소부재하며 모두에게 평등한 신을 만나는 성당에서 화자가 느끼는 소외의 감정을 직접적으로 드러내고 있기 때문이다. 평소에는 많이 만나지 못할 대다수의 백인들이 그곳에 운집하여 자기를 과시하고 있는 것으로 생각하는 화자에게 성당은 그들의 소유물인 것 같고 신은 그들의 "가까운 친척"처럼 보인다.

자신의 땅에서 고유한 문화적 시각으로 스스로를 바라볼 수 없는 카리브해의 흑인들 중에서도 그랑 네그르들은 백인 되기에 실패하여 생기는 열등감을 극복하기 위해 다른 흑인들보다 자신들이 우월하다는 것을 과시함으로써 또 다른 자기 소외의 함정에 빠진다. 흑인이면서도 흑인을 혐오하고 능멸하며, 백인에 의해 타자가 될 뿐만 아니라 스스로 타자의 위치에 서기 때문에 이중의 소외 속에서 살아가고 있는 것이 프랑스어권 카리브해 그랑 네그르들이 처한 현실이다. 마리즈 콩데는 자신의 가족을 포함한 그랑 네그르들이 식민 현실을 외면함으로써 철저한 자기 소외 속에서 살았음을 고백하고 있는 것이다.

2. 네그리튀드를 찾아서

그랑 네그르 가족의 일원이었던 마리즈는 유년 시절부터 6개월씩 휴가를 떠나는 부모와 함께 메트로폴리탄의 일상을 누리면서 흑인 민중의 삶에 관심을 두지 않는 삶을 살았다. 그녀의 부모는 자녀들이 혹시라도 '프티 네그르 petits-nègres'[83]들과 어울려서 크레올어를 사용하고 흑인들의 흥을 돋우는 북소리 장단을 즐길까 봐 두려워했기 때문에, 마리즈를 포함한 그녀의 형제자매들은 과들루프에서는 집 밖으로 나가는 것을 금지당하기도 했다. 이처럼 철저하게 자신들과 가족 구성원들을 프랑스 문화에 동화시키려고 노력했던 부모로 인해 마리즈는 자신이 흑인임을 제대로 자각하지 못하고 살았던 것이다.

---

83) 프랑스어권 카리브해에서 사용되는 표현으로 '가난한 흑인들les pauvres'을 뜻하며, '그랑 네그르'와 반대의 의미를 가진다. Maryse Condé, *Le coeur à rire et à pleurer*, *op. cit.*, p. 14.

그러나 1950년인 열세 살 무렵 그랑제콜 준비반으로 유명했던 파리의 페늘롱 고등학교에 다니던 중, 어느 날 프랑스어 교사가 마리즈에게 과들루프의 책을 소개하는 발표를 해 보라고 하자 그녀는 고민과 혼돈에 빠진다. 그녀는 계몽주의로부터 초현실주의에 이르는 프랑스의 철학과 문학에 대해서는 알고 있었던 반면, 고향인 카리브해에서 쓰인 책은 들어 본 적도 읽어 본 적도 없었기 때문이다. 어떤 책이 있는지 오빠인 산드리노의 도움을 받아 이리저리 찾아 본 끝에 마리즈는 마르티니크 출신 작가 조제프 조벨Joseph Zobel이 쓴 자전적 소설 『카즈네그르 길La Rue Cases-Nègres』이 출판된 것을 발견하고 읽게 된다. 가난한 흑인 가정에서 태어난 주인공이 어머니와 외할머니의 헌신에 힘입어 그랑네그르가 되는 과정을 그린 작품을 읽으면서 열세 살의 마리즈는 그때까지 전혀 알지 못했던 새로운 세계를 인식하게 된다.

> 나로서는 이 모든 이야기가 완전히 이국적이고 초현실적인 것으로 여겨졌다. 노예 제도, 삼각 무역, 식민지 압제, 인간에 의해 인간에게 자행된 착취, 피부색에 따른 편견이라는 무게가 갑작스럽게 내 어깨를 짓눌렀다. (…) 공산주의자 선생님과 학급의 모든 학생들의 눈에는 이런 것들이 진짜 카리브해였는데, 나는 그것을 알지 못했기에 비난받아 마땅했다. (『울고 웃는 마음』, pp.101-102)

자신이 누린 삶이 대부분의 카리브해 흑인들과 얼마나 큰 차이가 나는지를 깨닫게 된 마리즈는 이제 파리의 유명한 고등학교에 다니는 학생들과 교사들이 카리브해와 그곳 출신 사람들을 어떻게 바라보는가를 알게 된다. 프랑스에서 카리브해는 사탕수수 경작에 필요한 인력을 충당하기 위해 삼각 무역을 통해 아프리카로부터 흑인 노예들이 유입된 곳이며, 식민 지배를 통해 흑인에 대한 끝없는 압제가 자행되는 곳이고, 도처에 인종적 편견[84]이 똬리를 틀고 있는 곳이었다. 마리즈는 이 사건을 통해 자기 자신을 카리브해의 흑인 민중들처럼 "불행한 사람malheureux"으로 인식하게 되면서 동일시할 수 있게 되었다고 고백한다. 이어서 작가는 자신이 바로 '검은 피부, 하얀 가면'이었다고 직접적으로 언급함으로써, 1952년에 출판될 프란츠 파농의 저작이 자신을 위한 것이었음을 확인하기에 이른다.(『울고 웃는 마음』, p.103) 그녀는 점차 흑인 민중뿐 아니라 자기 자신도 한 명의 흑인일 뿐임을 인지하게 된다. 파농이 증언했듯이 "자신이 세네갈 흑인으로 오해받을 때 매우 황당해하는"(34쪽) 카리브해인들이 있는데, 그녀도 프랑스에서는 세네갈 사람이든 카리브해 사람이든 상관없이 다만 흑인으로 인식될 뿐이라는 불편한 진실과 맞닥뜨린 것이다. 지금까지 자신의 모국이자 자유, 평등, 박애 정신을 실천하는 곳으로 여겼던 프랑스가 사실은 인종주의와 식민주의를 주창한 곳임을 목도한 마리즈는 이제 원시적이고 미개한 땅 아프리카가 바로 자기 선조가 거쳐 온 디아스포라의 뿌리임을 인지하기 시작한다. 이후 그랑제콜 준비반 시절에 마리즈는 동급생 친구를 통해 에메 세

---

84) 카리브해에서는 같은 흑인이라도 피부색이 얼마나 백인에 가까운지에 따라 다른 계급이 형성될 정도로 인종과 피부색에 대해 민감했다. 사탕수수 경작을 위해 이주한 백인들이 뿌리내리고 사회 상류층을 형성하고 있었기 때문에 혼혈인들이 많이 태어나게 되었고, békè, mulatre 등 혼혈인을 지칭하는 용어들이 생성되었다. 파농은 카리브해 흑인들이 '백인 되기' 프로젝트를 완수하기 위해 백인 남성 또는 백인 여성과 결혼하려고 애썼던 것을 분석했다. 그는 금기를 뛰어넘는 인종 간의 사랑과 결혼이 인종적 타자에게 큰 불안과 소외를 야기함을 두 챕터에 걸쳐서 논했다. 프란츠 파농, 이석호 옮김, 검은 피부 하얀 가면』, 앞의 책, 55-104쪽.

제르Aimé Césaire의 『식민주의에 대한 담론 *Discours sur le colonialisme*』을 접하게 되고, 이어서 세제르와 함께 네그리튀드를 주창한 레오폴 세다르 상고르 Léopold Sédar Senghor, 레옹 공트랑 다마스Léon-Gontran Damas의 책을 읽게 되었다고 이야기한다.(『꾸밈없는 인생』, p.31)

　주지하다시피 마르티니크 출신의 세제르, 세네갈 출신의 상고르, 그리고 프랑스령 기니 출신 다마스는 1930년대에 파리에서 유학하던 중 함께 네그리튀드의 이론적 토대를 구축했다. 네그리튀드라는 용어는 1934년에서 1948년까지 출간된 『흑인 학생 *L'Etudiant noir*』이라는 잡지에서 에메 세제르가 삼각 무역 및 식민 지배의 역사를 공통적으로 경험했던 흑인의 집단적 정체성을 표현하기 위해 처음 사용하면서 세상에 알려지기 시작했다. 세제르는 네그리튀드를 다음과 같이 설명한다.

나는 늘 흑인이 자기 자신의 정체성을 찾아야 한다고 생각해 왔습니다. 자기의 정체성을 주장하려면 우선적으로 해야 할 일이 우리의 현재 모습, 즉 니그로라는 사실과 우리는 니그로였고 우리에게는 과거가 있는데 그 과거는 대단히 훌륭한 문화적 요소를 갖고 있으며, 니그로들은 마지막으로 내린 빗줄기에서 갑자기 생겨난 사람들이 아니라는 사실을 구체적으로 의식하는 일입니다. 니그로들의 문명은 대단히 중요하고 아름다운 것이었습니다. 지난날 우리가 글을 쓰던 시대에 사람들은 마치 아프리카가 이 세계에 기여한 것이 하나도 없다는 듯이, 보편적인 문명의 역사를 기술하면서도 아프리카에는 하나의 장도 할애하지 않았습니다. 그러므로 우리는 니그로이고 니그로라는 사실에 대해 자부심을 느낀다는 것을, 아프리카는 인류의 역사에서 백지와 같은 상태가 아니라고 생각한다는 것을 주장하게 되었습니다. 결국 그러한 견해는 니그로의 과거가 존중할 가치가 있으며, 니그로의 과거는 과거에 파묻혀 있는 것이 아니고, 니그로의 특징적인 가치는 이 세계에 중요한 요소를 가져올 수 있는 가치들이라는 것이었습니다.[85]

이처럼 네그리튀드는 흑인들의 연대 의식을 통해 프랑스의 동화 정책에 대해 투쟁하고 흑인 정신의 탈식민화를 구현하기를 원했으며, 흑인성을 긍정함으로써 흑인의 문화적 가치를 회복시키고 아프리카적 인성을 긍정하는 것을 목적으로 삼았다. 즉 그때까지 굴욕과 수치, 소외로 낙인찍힌 흑인들이 정치적인 자의식을 함양하고 문화적 자긍심을 되찾고자 했던 것이 네그리튀드 운동이다. 파농 식으로 표현하자면, 그때까지 "검은 피부"가 수치스러워서 스스로 덮어쓰고 있던 "하얀 가면"을 벗어던지자는 것이다. 백인 식민주의자들이 '니그로'라는 표현을 사용함으로써 흑인들에게 정신적 폭력을 가했다면, 세제르는 그것을 뒤집어서 '니그로'를 진정한 흑인성의 표상으로 삼아 니그로의 가치를 보여 주자고 주장한다. 또한 "우리"라는 표현을 반복적으로 사용함으로써, 전 세계에 흩어져 있는 흑인 디아스포라가 모두 연대 의식을 가지고 흑인의 정체성 회복을 위해 노력해야 함을 설파한다.

이처럼 마리즈 콩데가 파리에서 학업을 이어 나가던 1950년대는 흑인 지식인들에 의해 네그리튀드 운동과 반식민 정서가 한창 무르익었을 때였다. 작가가 책을 통해 접한 네그리튀드 운동과 그 문학은 이제 그녀의 삶 속으로 파고들게 되는데, 예기치 못한 인생의 굴곡을 겪은 마리즈 콩데가 네그리튀드를 찾아

---

85) "Entretien avec Aimé Césaire", *Europe*, n 552, avril 1980, p.17: 오생근, 프랑스어 문학과 현대성의 인식』, 문학과지성사, 2007, 254-255쪽에서 재인용.

아프리카로 떠나기에 이르기 때문이다. 마리즈는 고등사범학교 입학시험을 준비하던 시기에 우연히 아이티 출신 지식인 장 도미니크Jean Dominique[86]를 만나 사랑에 빠진다. 그를 통해 자크 루맹Jacques Roumain, 에드리스 생타망 Edris Saint-Amand, 자크 스테판 알렉시Jacques Stephen Alexis 등 아이티 작가들이 집필한 문학 작품들을 접하게 되면서, 작가는 그때까지 알지 못했던 풍요로운 세상을 새롭게 접하게 되었다고 회고한다.(『꾸밈없는 인생』, p.22) 그렇게 첫사랑의 단꿈에 빠진 마리즈는 임신을 하게 되지만, 그 소식을 들은 장 도미니크는 곧 짐을 싸서 아이티로 돌아가 버린다. 파리를 떠난 후 그는 단 한 장의 엽서조차 보내지 않았고, 마리즈 콩데는 동급생들이 고등사범학교 입학시험을 치던 1956년에 홀로 첫아들 드니를 출산한다. 곧이어 마리즈는 어머니를 잃는 슬픔을 감내하는 힘겨운 시기를 보내고, 이어서 결핵에 걸려 남부 프랑스에 위치한 요양원에서 일 년 이상 지낸다. 건강이 호전되면서 요양원 근처에 있던 엑상프로방스 대학교에서 현대 문학 학사 학위를 취득한 작가는 파리로 돌아와서 아들을 키우면서 문화부 산하 부서에서 일한다. 결혼한 언니 두 명이 지척에 살고 있었지만 미혼모가 된 마리즈의 전화조차 받지 않았기에 마리즈는 외톨이로 살아야 했다. 요컨대 가족의 명예를 더럽힌 마리즈는 더 이상 하얀 가면을 쓰고 사는 그랑 네그르 가족의 일원으로 받아들여지지 않았던 것이다. 그

---

86) 실존 인물인 장 도미니크는 1930년에 태어난 아이티의 농학자로서 파리에서 유학생활을 했으며, 고국에 돌아가서는 아이티 라디오 방송국을 진두지휘하는 반체제 활동을 펼쳤다. 니카라과, 미국 등에서 여러 번의 망명 생활 끝에 1994년 아이티로 귀국한 후 아이티 국제 라디오 방송을 운영하던 중 2000년에 방송국 앞에서 암살당했다. https://fr.wikipedia.org/wiki/Jean_Dominique

러던 중 아프리카 기니 출신의 배우 마마두 콩데를 만난 마리즈는 새로운 삶을 살아보고자 한다.

> 장 도미니크는 나에게 카리브해 남자들에 대한 불신과 두려움을 불어넣었다. 콩데는 '아프리카 사람'이었다. (…) 좋아하는 시인이 노래한 대륙에 다가가면, 나는 다시 태어날 것 같았다. 다시 처녀가 되는 것이다. (…) 사실 내가 고등사범학교 수험 준비반에서 발견했던 아프리카는 문학의 대상 이상은 아니었다. (…) 아프리카의 현실이 점점 더 내 삶의 자리에서 커져 갔다. 나는 너무 고통스러운 추억을 떠올려야 하는 카리브해에 대해 생각하는 것을 더 이상 원치 않았다.(pp.34-35)

위 인용문에서 고백하고 있듯이, 마리즈는 카리브해 사람 때문에 받은 고통과 상처로 인해 아프리카인과 결혼하게 되었다. 아프리카를 문학으로 접했던 그녀지만, 기니 사람과 결혼하면서 아프리카는 이제 현실로 다가오게 된다. 그렇지만 어렸을 때 아버지를 잃은 콩데는 행상을 하는 어머니와 살면서 초등 교육만 겨우 받은 사람으로서 '학생'이라는 칭호를 갖고 싶어서 파리에 머물고 있는 한량이었다. 흑인이라는 점 외에 콩데와 마리즈는 공통의 관심사를 가질 수 없는 커플이었다.[87] 마리즈는 콩데를 사랑하지 않았지만 카리브해 출신 미혼

---

[87] 작가는 『꾸밈없는 인생』에서 콩데의 문화 이해가 자신과 얼마나 큰 차이를 보였는지를 회고한다. 누벨바그 영화와 이탈리아 네오리얼리즘 계열 영화를 즐기는 마리즈와 영화를 보러 간 콩데는 프랑수아 트뤼포의 〈400번의 구타Quatre cents coups〉를 보다가 잠이 들어버릴 정도로 영화에 문외한이며, 세제르의 네그리튀드 문학을 대표하는 『귀향 수첩Cahier d'un retour au pays natal』을 읽으면서 찬미하는 마리즈와 달리 콩데는 그 의미와 상징성

모라는 굴레, 즉 자신에게 상처로 남은 카리브해를 벗어나는 동시에 미혼모라는 오명에서 벗어나 아프리카 대륙을 향해 나아가고 싶은 열망이 있었을 뿐이다. 그럼으로써 "다시 태어나고renaitre", "다시 순결한 처녀가 되고redevenir vierge" 싶었던 것이다. 그랑 네그르에서 미천한 카리브해 출신 미혼모 흑인이 되어 버린 마리즈에게 흑인 문화의 기원이자 니그로의 가치를 알게 해 줄 아프리카는 실현 가능한 돌파구로 여겨졌던 것으로 보인다. 그러나 마리즈 부콜롱의 아프리카에 대한 이런 순진한 접근은 그녀의 인생을 예기치 않은 방향으로 이끌어 나가는 단초가 된다. 아프리카인 남편을 맞이했지만 문학을 통해 꿈꿨던 아프리카와는 전혀 다르다는 것을 깨닫게 된 마리즈는 콩데와 파리에서 세 달간의 신혼 생활을 보낸 후, 남편을 대동하지 않은 채 아들을 데리고 코트디부아르에 교사로 지원해서 떠난다. 책을 통해 꿈꾼 아프리카로 자신의 두 발을 내딛게 된 1959년부터 마리즈는 첫 남편 콩데의 조국 기니와 세네갈에서 교사로 활동하면서 살았고, 이혼 후 영어권 국가인 가나로 이주하여 프랑스어를 가르치면서 십여 년 동안 아프리카 대륙을 방랑하는 삶을 이어간다.

3. 네그리튀드 비판

『꾸밈없는 인생』을 통해 아프리카의 여러 나라를 전전한 삶을 이야기하면서, 마리즈 콩데는 틈틈이 아프리카와 네그리튀드에 대한 자신의 견해가 어떻

을 찾아내지 못했다고 전한다. *Ibid.*,pp.31 32.

게 변화되었는가를 밝힌다. 코트디부아르에서 아프리카에서의 삶을 시작한 마리즈 콩데가 이상하게 생각한 것은, 같은 흑인이지만 카리브해 출신 사람들과 아프리카인들이 서로 섞이지 않고 잘 접촉하지도 않는 생활을 한다는 점이었다. 그녀는 아프리카인들은 프랑스어를 백인처럼 구사하는 카리브해인들의 서구화를 불쾌하게 여기는 동시에 그들의 조상이 노예였다는 점을 경멸하는 반면, 카리브해인들은 아프리카를 여전히 "신비스러운 백그라운드mystérieux background"(p.49)로 여기는 동시에 그것을 알아 가는 것에 대해 두려움을 가지고 있음을 발견하게 된다. 20세기 초중반에 걸쳐 많은 카리브해인이 아프리카에서 살았지만, 이들은 교육의 혜택을 누린 사람들로서 프랑스 정부의 하급 관리로 파견된 경우가 많았기 때문에 '하얀 가면'을 쓴 사람들이 대부분이었고 그로 인해 아프리카인들의 따가운 눈총을 받을 수밖에 없었다. 마리즈 콩데는 다른 카리브해인들과 달리 미지의 땅이 자신의 마음을 사로잡았으며 어떤 곳인지 궁금증을 가지게 되었다고 전한다. 이후 남편과 기니[88]에서 재회한 마리즈는 딸을 낳은 후 프랑스 국적을 포기하고 기니 국적을 획득하기에 이른다. 남편과의 관계는 언제나 불안정한 상태였으나, 아프리카인으로서 살아가기를 선택한 것이다.(pp.68-69) 또 기니에서 교사로 활동하던 마리즈는 자연스럽게 흑인 지식인들과 어울리게 된다. 병원을 다니다가 알게 된 두 명의 간호사 올가

---

88) 기니는 프랑스어권 아프리카 국가 중 가장 먼저 독립을 쟁취한 나라로서, 1958년 독립과 함께 공산주의자였던 세쿠 투레Sékou Touré가 통치하기 시작하여 1984년까지 독재 정권을 유지했다. 기니는 프랑스식 사회 체제가 정착되어 있던 중 갑자기 독립했기 때문에 프랑스로부터의 모든 경제·사회적 지원이 끊기면서 많은 어려움을 겪었다.
https://fr.wikipedia.org/wiki/Ahmed_S%C3%A9kou_Tour%C3%A9

와 안을 자주 만나면서 여러 사람들을 만나게 되는데, 과들루프 출신의 올가는 세네갈 정치인과 결혼하여 기니의 수도 코나크리에서 망명 생활을 하는 중이었으며, 안은 프랑스인으로 기니의 시인이자 교사였던 남편과 함께 살고 있었다. 이들을 통해 후에 앙골라의 대통령이 되는 정치인이라든가 기니비사우의 대표적인 정당을 설립한 정치인 등과 교류하기도 한다. 마리즈는 이처럼 여러 측면으로 아프리카를 이해하려는 노력을 기울이면서도, 자신의 고유한 생활 방식까지 바꾸지는 않는다. 예를 들자면 기니에서 통용되는 언어인 말랑케Malenké를 배우지 않으며, 아프리카 여성들처럼 헤어스타일을 바꾸지 않고, 아프리카식 의복을 입지도 않는다. 이런 마리즈에게 어느 날 한 친구가 올가처럼 아프리카에 "통합intégrer"되려는 노력을 기울이기 위해 외견을 좀 바꿔 보라는 충고를 하자 마리즈는 다음과 같이 생각한다.

> 나는 '통합한다'는 단어를 싫어하기 시작했다. 내 어린 시절은 부모님의 의지에 따라 내가 선택하지 않았지만 프랑스적인 가치와 서양적인 가치에 통합되었었다. 적어도 내 기원을 알고 식민지적인 유산으로부터 얼마간 거리를 유지하기 위해 에메 세제르와 네그리튀드를 발견하는 일이 필요했다. 지금 사람들은 나에게 무엇을 원하는가? 내가 아프리카 문화를 완전히 받아들이기를 원하는 것일까? 내 기이한 성격이나 상처, 그리고 문신과 함께 나를 있는 그대로 받아들일 수는 없었을까? (…) 진정한 통합이란 무엇보다도 존재에 대한 지지와 정신적인 변화를 내포하는 것이 아닐까?(pp.101-102)

이와 같이 아프리카에서 4년여를 생활하면서 마리즈에게 아프리카는 스스로를 좀 더 잘 정립해 나가기 위해 이해해야 하는 곳이 되었다. 스물한 살에 도피처를 찾아 마마두 콩데와 결혼하고, 스물두 살에 자신이 다시 태어날 수 있을 것이라는 기대감을 가지고 아프리카 땅을 밟았던 마리즈와는 다른 생각을 하고 있는 것이다. 그녀는 아프리카의 모든 문화를 받아들여서 자기의 것처럼 보여야 한다는 시각은 곧 자신의 부모가 모든 프랑스적 가치에 동화되어야 한다고 생각하고 살았던 것과 다를 바가 없는 행보임을 파악하고 있다. 특히 외관의 변화를 중요하게 여길 것이 아니라 정신의 변모가 중요함을 강조한다. 즉 아프리카 사람처럼 인위적으로 자신을 꾸미는 것은 아프리카를 겉으로만 이해하는 것임을 주장하는 것이다.

더 나아가 작가는 네그리튀드 이론에 대해 직접적으로 비판적인 견해를 피력한다. 위에서 살펴 본 바와 같이 네그리튀드는 크게 상고르와 세제르의 사유를 바탕으로 점차 두 갈래로 나뉘지만, 두 사상가의 네그리튀드에 공통되게 제기된 비판들이 있었다. 첫 번째는 네그리튀드 운동에서 전제하는 아프리카 흑인과 흑인 문화의 기원이 존재하는가라는 것이다. 아프리카에는 '흑인'이 있는 것이 아니라 '흑인 민족들'이 있는 것이고, 민족들마다 각각 고유의 문화를 가지고 있기 때문에 동질적인 아프리카 흑인과 흑인 문화가 존재할 수 없다는 점을 지적하는 것이 비판의 핵심이다. 파농은 이런 시각에서 『대지의 저주받은 사람들 Les Damnés de la terre』을 통해 네그리튀드를 비판했다.

식민주의자에게 흑인은 앙골라인도 나이지리아인도 아니고 그저 '흑인'일 따름이다. 식민주의에게 이 방대한 대륙은 야만인들이 사는 곳, 미신과 광신이 가득한 곳, 경멸해 마땅한 곳, 신의 저주를 받은 곳, 식인 풍습을 가진 곳, 요컨대 흑인의 땅이다. 식민주의의 경멸은 전 대륙을 포괄한다. (…) 그렇기에 자기 자신을 되찾고 식민주의의 손아귀를 피하려는 원주민의 노력도 역시 식민주의의 관점과 똑같은 관점을 취한다. 즉 서구 문화를 뛰어넘어 다른 문화의 존재를 찾는 원주민 지식인은 앙골라 문화나 다호메이 문화라는 이름을 사용하지 않는다. 그것은 바로 아프리카 문화다.(p.216)

여기에서 파농은 아프리카 내부의 차이와 다양성을 무시하고 아프리카를 동질화시키는 네그리튀드의 오류를 비판하고 있다. 그는 아프리카를 익명의 한 덩어리로 묘사하고 그 대륙 전체를 일반화하는 것은 식민주의자들이 일관되게 실행해 온 작업과 동일선상에 있음을 지적한다. 이는 통합된 아프리카를 구축하려던 네그리튀드의 기획이 식민주의의 전략을 답습함으로써 식민주의자들의 논리를 타자의 위치에서 반복하는 한계를 드러낸 것에 대한 이의 제기이다. 마리즈 콩데 역시 『꾸밈없는 인생』을 통해 파농의 이러한 비판을 적극적으로 지지하면서, 예외적으로 파농의 문장들을 직접 인용하기도 한다.

네그리튀드의 토대가 되는 문화가 단일한 덩어리인 것처럼 소개되었던 것에 반해, 파농은 문화가 끊임없이 바뀌며 혁신된다는 특성을 강조하기 위해 문화를 하나로 정의 내리는 것에 반기를 들었다.

"문화는 결코 관습이 지니는 반투명성을 가지고 있지 않다. 문화는 근본적으로 모든 단순화를 회피한다. (…) 버려진 전통을 현대화한다거나 전통에 접합하기를 원하는 것은 역사를 거스르는 것일 뿐 아니라 민중을 거스르는 것이다."

그 후에 내가 이 문장들을 얼마나 많이 인용했던가? 그 시기부터 나는 에메 세제르의 시를 찬미했지만 그의 사상으로부터는 꽤 멀어졌으며, 확신에 찬 파농주의자가 되었다.(p.128)

마리즈가 기니에 살고 있던 1961년 프란츠 파농이 미국의 한 병원에서 세상을 떠나자 당시 기니 대통령 세쿠 투레가 파농을 기념해 4일간의 국가 애도 기간을 선포하고, 그녀는 그때 파농의 책들을 다시 읽는다. 마리즈 콩데는 당시를 기억하면서 '프란츠 파농 재고(再考)Frantz Fanon Revisited'라는 제목의 챕터에 그의 사상을 전반적으로 소개한다. 그리고 파농의 목소리를 생생하게 전달하기 위해 『대지의 저주받은 사람들』의 한 부분을 인용한다. 여기에서 마리즈 콩데가 네그리튀드에 거리를 두는 파농의 의견에 동의하는 부분은 바로 문화가 하나로 수렴될 수 없음을 인정하고 문화의 역동성을 고려해야 한다는 것이다. 그녀가 아프리카에서 살면서 발견한 것은 "아프리카는 대륙이다. 이 대륙은 다양한 나라들, 즉 다양한 문화와 사회들로 구성되어 있다"(p. 202)는 점이다. 그리고 문화는 단순화할 수 없는 만큼 관습과는 대립되는 개념임을 파악해야 한다는 것이 파농과 마리즈 콩데의 공통된 주장이다. 이런 비판은 네그리튀드 운동을 전개하면서 상고르나 세제르가 식민지 이전의 순수하고 진정한 아프리카의 흑인 문화를 복원하려고 애쓰지만 그것 자체가 문화의 속성에 위배된다는 점을 강조한다. 문화는 과거에 존재했던 불변의 그 무엇이 아니며 ─ 문화란 오히려 관습이다 ─, 지금 현재의 일상 속에서 끊임없이 변화하고 생성되는 역동적 과정이기 때문이다. 결국 그들은 네그리튀드 운동이 문화의 개념을 제대로 이해하지 못한 상태에서 전개된 것임을 지적하고 있는 셈이다. 문화에 대한 파농의 이러한 시각은 마리즈 콩데가 언급하는 것처럼 혁신적인 것이었으며 시대를 앞선 통찰력을 보인다.

네그리튀드에 대한 공통된 비판의 두 번째 지점은 상고르와 세제르가 모두 프랑스어라는 식민 종주국의 언어를 그대로 사용하는 것에 아무런 문제 제기도 하지 않았다는 점이다.[89] 탈식민과 아프리카 고유의 문화를 복원하려는 노력에도 불구하고, 프랑스어가 네그리튀드의 표현 수단이 될 수 있다고 간주한 암묵적 전제에 대해 비판하는 것은 자연스러워 보인다. 마리즈 콩데는 『꾸밈없는 인생』에서 세네갈 작가이자 시네아스트였던 반(反)식민주의자 상벤 우스만 Sembène Ousmane에 대해 이야기하면서 모국어 사용의 중요성을 강조한다.

> 그는 자신이 중요하게 생각했던 국어라는 미묘한 주제를 빈번하게 다루었다.
> "우리 영화에서 아프리카 배우들은 프랑스어로 표현해서는 안 됩니다. 그것은 그들을 손상시키고 개성을 왜곡하는 식민지 언어입니다. 그들은 자신이 말하는 언어이며 주변 사람 모두가 알아듣는 모국어로 표현해야 합니다."(p.153)

마리즈 콩데가 세네갈에서 교사로 활동하던 시절에 만난 상벤은 자신의 영화 속 배우들은 프랑스어를 사용하지 않는다고 말하는데, 흑인 배우들이 식민지 언어인 프랑스어로 말하면 영화 속 인물을 왜곡하게 하며 훼손한다고 생각하기 때문이다. 식민주의에 반대하는 상벤은 자신의 가족사를 통해 직접 지켜봤던 억압받고 희생된 흑인들의 이야기를 하기 위해 프랑스어를 사용하는 것은 이율배반적이라고 여겼다. 또한 프랑스어권 아프리카 국가들에서 프랑스어는 소수의 교육받은 사람들만 구사하는 언어라는 점에서 민중의 언어가 아니라는 것이다. 이런 이유로 그의 영화에 등장하는 인물들은 세네갈인들의 모국어인 월로프wolof어로 말하며, 상벤의 의견에 마리즈 콩데 역시 동의함을 밝힌다.

---

89) 이영목 외, 검은, 그러나 어둡지 않은 아프리카』, 사회평론, 2014, 163쪽.

한편 네그리튀드 운동에서 세제르가 관심을 두지 않았던 크레올어의 복원에 대한 노력은 카리브해 지식인들에 의해 줄기차게 전개되었다. 카리브해를 대표하는 일군의 지식인인 장 베르나르베Jean Bernarbé, 파트리크 샤무아조Patrick Chamoiseau, 라파엘 콩피앙Raphael Confiant은 『크레올리테 찬양*Eloge de la Créolité*』을 통해 자신들이 세제르의 아들들로서 그의 정신을 이어받았음을 밝히면서도 세제르가 네그리튀드를 주장하면서 카리브해의 언어인 크레올어를 경시했음을 지적하고, 자신들은 "유럽인도 아프리카인도 아시아인도 아닌, 크레올인임을 선언"하는 동시에 크레올어의 위상을 높여야 함을 주장했다.(pp. 13, 17-18) 카리브해를 대표하는 작가로서 미국에서 활발한 활동을 전개한 마리즈 콩데가 여러 작품에 크레올어를 심심치 않게 삽입한 것도 그 연장선상에서 이해할 수 있다.

마리즈 콩데는 『꾸밈없는 인생』에서 네그리튀드를 비판하는 시각에서 더 나아가 그 허상을 꼬집는 고백을 한다. 아프리카에서 자신의 기원을 찾음으로써 삶을 새롭게 시작할 수 있으리라는 희망을 품고 지중해를 건너 도착한 코트디부아르, 기니, 세네갈, 가나에서의 생활은 그녀에게 무엇을 남겼는가? "내가 점점 더 앞으로 나아갈수록 네그리튀드는 단지 위대하고 아름다운 꿈이었음을 확인했다. 피부색은 아무 의미도 없다. (…) 언제나 그랬던 것처럼, 나는 빈손이었다. 조국도 가족도 없었다."(pp.190-191) 십여 년을 아프리카 대륙에서 보낸 후 작가는 피부색에 근거하여 구성되었던 네그리튀드는 아무런 의미도 갖지 못한다는 것을 깨달았으며, 자신이 여전히 아무것도 가지지 못했음을 고백함으로써 네그리튀드는 현실에 존재할 수 없는 허상이었음을 밝히고 있다.

4. 앙티아니테와 글쓰기

네그리튀드를 찾아 오랜 기간의 아프리카 방랑 생활을 거쳐 마리즈 콩데가 인식하게 된 것은 네그리튀드 자체에 대한 회의뿐 아니라, 개인적으로 외양을 바꾼다거나 국적을 취득한다고 해서 진정한 아프리카인이 될 수 없었다는 사실이다. 그녀는 네그리튀드가 열망했던 추락과 소외 이전의 영원한 아프리카 문화에 대한 과거 지향적이고 본질주의적인 경향은 문화에 대한 이해의 부재에서 비롯된 것이라고 판단하기에 이른다. 즉 문화는 파농이 지적했듯이 역동적인 그 무엇으로서 계속 변화하고 뒤섞이는 현상으로 이해해야 함을 인지하게 된 것이다. 주지하다시피 과거의 문화는 일종의 관습이자 전통일 뿐이며, 문화는 눈에 보이지는 않지만 끊임없이 생성되는 풍성한 삶의 현재성을 담보하고 그러한 관습과 전통을 포함하는 개념이다. 작가가 아프리카의 신생 독립 국가들에 살면서 목격한 것은 네그리튀드가 과거로 회귀하면서 현재와는 단절되는 현상이었다. 즉 독립한 국가의 지식인들, 특히 네그리튀드를 외치던 지식인들이 과거의 영광과 숭고한 문화에 집착하는 동안 현재에 벌어지는 사건들은 간과하고 은폐하고 있다는 점이다. 작가는 '지금 여기 ici et maintenant'에서 생성되고 사라지는 민중들의 문화는 바라보지 않고 전통이나 관습, 외양에 집착하면서 스스로를 최대한 아프리카적으로 재현하려고 갈망하는 사람들에 대해 반기를 들고 있는 것으로 이해할 수 있다. 이런 마리즈 콩데의 의견은 파농이 네그리튀드를 비판했던 점과 일맥상통하며,[90] 차후에 카리브해 지역에서 등장하는 에두

---

90) 작가는 스스로 '파농주의자fanonienne convaincue'라고 피력했을 정도로 프란츠 파

아르 글리상의 앙티아니테 개념과 직접적으로 연결되기도 한다.

마리즈 콩데에게 아프리카에서 자신의 근원을 발견하고 기원을 밝히는 것은 이제 가치 없는 일이 되었을 뿐 아니라 불가능한 것으로 남게 되었다. 아프리카의 다양한 문화와 국가들을 경험한 그녀는 점차 자신의 고유성을 인식한다. 그녀에게 고유성은 먼저 더는 아무 곳에도 소속되어 있지 않다는 '뿌리 뽑힘 déracinement'으로 다가온다.

> 이 두 번째 죽음은 나와 과들루프를 연결하고 있던 마지막 관계를 끊었다. 나는 단순한 고아가 아니었다. 무국적자였고, 소속된 장소도 고향도 없는 노숙인이었다. 그러나 나는 동시에 완전히 불쾌한 것만은 아닌 자유로움을 느꼈다.(p.57)

기원의 땅이 없는 마리즈 콩데는 어느 곳에도 속하지 못하는 자신을 반추한다. 그러나 역설적이게도 그런 사실이 자유롭게 느껴진다. 이는 자신을 새롭게 생성할 수 있는 가능성이 존재하며, 스스로의 의지에 따라 새로운 관계들을 형성하면서 자신만의 길을 만들어 나갈 수 있음을 의미한다. 개방되고 혼종적인 문화와 역사 속에서 태어나 자란 카리브해 사람으로서의 정체성과 맞닿아 있는 지점이라고 할 수 있다. 에두아르 글리상이 고찰했던 것처럼, 카리브해는 다양성이 들끓는 바다로서 3세기 동안 완전히 다른 지평에서 온 문화 요소들이 만나고 접촉하여 서로 뒤얽히고 혼합된 곳이다.(1996, p.15) 글리상은 네그리튀드가 식민주의에서 비롯된 카리브해 사람들의 고통과 정체성을 일부분만 대변

농의 문화론에 큰 영향을 받았다. Maryse Condé, *La vie sans fards*, *op. cit.*, p.128.

한다고 보았다. 그는 네그리튀드가 과거 지향적이라면, 앙티아니테는 현재성을 담보한다고 주장한다. 다양성과 혼종성으로 대표되는 카리브해 문화가 개방성과 역동성을 지닌다는 점에서 그 현재성과 긍정성을 찾을 수 있다는 것이다. 이처럼 글리상의 사상은 노예 무역을 통해 형성된 식민 역사에 의해 다양한 인종들이 뒤섞여 사는 문화가 형성된 카리브해 문화를 긍정적인 시각으로 바라보게 해 주는 단초가 되었다.91) 글리상이 그랬던 것처럼, 뿌리 뽑힌 자신을 긍정적으로 바라볼 수 있는 눈이 생긴 마리즈 콩데는 이제 자유로워졌다. 그녀는 어디에서 어떤 순간에라도 새로운 관계 속에서 자신을 정립해 나갈 수 있게 되었다. 그것은 스스로 부딪히고 느꼈던 것들을 이야기하는 것, 즉 글쓰기를 통해서 이루어진다. 세네갈에서 생활할 때 가까운 사이였던 한 친구가 그녀에게 "어느 날 우리를 놀라게 할 사람"이라고 말하면서 "소설을 쓰는 사람"(p.129)이 될 것이

---

91) 에두아르 글리상은 에메 세제르의 네그리튀드와 프란츠 파농의 혁명 이론은 모두 아프리카를 기반으로 한다는 점에서 일반화를 지향했기 때문에, 카리브해 역사와 문화의 재고를 통해 독특성과 일반성을 보여 주지 못했다고 평했다. Edouard Glissant, *Le discours antillais*, Seuil, 1981; Gallimard, 1997; folio essais, 2002, p.56. 글리상의 사상에서 더 나아가 『크레올리테 찬양』의 작가들은 "우리는 크레올임을 선포한다. 우리는 크레올 정체성이 우리 문화의 기층이며 프랑스어권 카리브 정체성의 근간을 지배해야 한다는 것을 선포한다. 크레올리테는 역사의 굴레가 이 동일한 토양에 모아 놓은 카리브, 유럽, 아프리카, 아시아, 레바논 등의 문화 요소들의 상호작용 또는 초월 작용이다"라고 주장하면서 크레올리테 문화와 정체성에 대해 강조한다. Patrick Chamoiseau et al., *Eloge de la créolité, op.cit.,* p.26. 크레올리테와 관련한 논의는 다음의 논문을 참조할 수 있다. 송진석, 「크레올리테 혹은 불어권 서인도제도의 문화정체성」, 『불어불문학연구』, 제56집, 2004, pp.959-990; 송진석, 「크레올리테와 이야기꾼 파트리크 샤무아조의 『솔리보 마니피크』 연구」, 『불어문화권연구』, vol.17, 2007, pp.74-106.

라 예견하고, 결국 그녀는 글쓰기를 시작한다.

> 나는 글을 쓰기 시작했다. 그것은 아주 자연스럽게 이루어졌다. (…) 어느 날 저녁 식사를
> 마친 후 아이들은 잠들었는데 나는 몇 년 동안 간직하고 있던 초록색 레밍턴 타자기 앞으
> 로 이끌렸고, 그 타자기로 『세구』 두 권을 집필했다. (…) 사람들은 내 옆구리가 창에 찔려
> 거기에서 무질서한 추억들, 꿈들, 느낌들, 잊힌 기억들이 운반되어 거품이 이는 물결로 흘
> 러 나왔다고 믿었을 것이다.(p.272)

자신이 체험한 특별하고 고통스러운 궤적의 인생을 이야기로 풀어내기 시작
한 마리즈 콩데는 이제 각각의 작품을 통해 형상화되고 재현된 인물들의 정체
성을 구성하고 부정하면서 끊임없이 새로운 관계를 맺어 나간다. 아프리카를
방랑하면서 보낸 십여 년이 이제는 자신의 내면으로의 여행이라는 새로운 방랑
으로 이어진다.[92] 작가가 된 마리즈 콩데에게 중요한 것은 하나의 기원을 통해
형성된 정해진 (흑인) 정체성이 아니다. "작가가 고향을 가져야 하는가? 작가가

---

92) 에두아르 글리상은 카리브해 사람들은 그 지역의 지리적, 역사적 요인으로 인해 보편적
으로 '방랑'의 기질이 있다고 보았다. 아프리카로 돌아가고자 하는 욕망이 카리브해 흑인 문
화의 변함없는 요소였으며, 지금도 한곳에 뿌리내리지 못하는 경향을 가지고 있다고 주장한
다. 글리상은 이 '방랑'의 문화라는 사유를 확장하여 새로운 정체성 개념인 '관계-정체성
identité-relation'을 주창한다. Edouard Glissant, *Le discours antillais, op. cit.*,
pp.742-752; Edouard Glissant, *Poétique de la relation*, Gallimard, 1990; 심재중,
정체성 담론과 이데올로기: 아이티와 마르티니크의 흑인 정체성 담론을 중심으로」, 『라틴
아메리카연구』, vol.17, n.2, 2004; 이가야, 「마리즈 콩데의 『맹그로브 숲 가로지르기』에
나타난 프랑스어권 카리브해 문화의 불투명성과 '관계-정체성'」, 『프랑스문화예술연구』 제
52집, 2015, 123-148쪽 참고할 것.

정해진 정체성을 가져야 하는가? 작가는 한결같이 방랑하고, 한결같이 다른 사람들을 찾아다녀야 하는 것이 아닐까? 작가에게 속한 것은 단지 문학, 다시 말해서 경계선을 갖지 않는 어떤 것이 아닐까?"[93] 이처럼 마리즈 콩데는 끊임없이 새로운 인물들을 창조하기 위해 탐색하고 떠돌아 다녀야 하는 작가는 결정되어 확고하게 뿌리내려진 정체성을 가진다는 것이 불가능하고, 오히려 자신이 정립한 정체성을 무너뜨리고 그어진 경계선을 지우며 나아가야 한다고 주장한다. 마리즈 콩데의 이와 같은 사유는 에두아르 글리상이 카리브해의 문화 정체성을 설명하기 위해 확립한 '앙티아니테' 개념과 맞닿아 있으며, 자신의 삶을 통해 혼종적 문화 정체성을 구체적으로 실행에 옮기고 있음을 천명하는 것으로 이해할 수 있다.

그녀는 한 인터뷰에서 아프리카에서의 삶이 자신을 어떻게 변화시켰는가에 대해 이렇게 전하기도 했다. "아프리카가 저에게 준 가장 중요한 교훈은 『세구』뿐 아니라, 흑인 여성으로서 가지게 된 이타성과 세계의 풍요로움에 대한 의식이라고 생각합니다. 그것은 문화적 가치들에 대한 유일한 관계이자 절대적인 기준으로 여겼던 유럽이라는 중심에서 벗어나는 것을 뜻합니다."[94] 그랑 네그르의 일원으로서 프랑스와 유럽적인 모든 것들이 인생의 준거가 되었던 어린 시절을 지나, 1950년대에 그 영향력이 확장되었던 네그리튀드 사상을 접하면서 아프리카라는 자신의 뿌리를 꿈꾼 마리즈 콩데에게 아프리카에서의 삶은 결

93) Maryse Condé, "Notes sur un retour au pays natal", *Conjonction: revue franco-haitienne*, n. 176, 1987, p.23.

94) Chantal Guionnet, "Maryse Condé", *Le Nouvel Afrique Asie*, n. 104, mai 1988, p.33.

국 세계의 다양함과 풍요로움을 발견하게 해 주었다. 비록 네그리튀드 사상가들의 주장과 달리 아프리카는 하나의 덩어리로 다가갈 실체가 아님을 파악하고 아프리카에서 자신의 뿌리를 찾는 일의 불가능함을 깨닫게 되었다 하더라도, 그 시절을 통해 그녀는 아프리카의 다양한 역사와 문화적 차이를 몸소 체험했으며 글쓰기를 통해 새롭게 자기만의 정체성을 정립해 나갈 수 있었다. 국경 없이 노마드와 같은 삶을 살았던 마리즈 콩데에게 글쓰기는 언어나 지리적 한계를 초월하여 고유한 자신의 정체성을 찾을 수 있는 삶의 방식이 되었던 것이다.

10장 카리브해 문화 정체성 Ⅱ:
불투명성과 관계-정체성

1. 카리브해의 인종적·문화적 혼종성

마리즈 콩데의 소설 『맹그로브 숲 가로지르기』는 작가가 33년 만에 고향인 과들루프에 되돌아간 후 발표한 첫 작품으로, 과들루프를 배경으로 삼는다. 1953년 열여섯 살의 나이에 학업을 위해 고향을 떠나 파리로 이주했던 그녀는 많은 카리브해 흑인 지식인들이 그랬던 것처럼 네그리튀드의 영향을 받아 아프리카에서 십여 년을 살면서 자신의 기원을 찾으려는 노력을 기울였으나 그 허상을 깨닫게 된 후, 영국과 프랑스를 거쳐 미국에서 작가이자 문학 비평가, 교수로 활동했다. 그래서 그녀의 작품 속 인물들이 자신들의 뿌리를 찾아 아프리카, 유럽, 아메리카 등 다양한 장소를 방랑하는 경우가 많았으며, 카리브해는 뿌리 뽑힌 사람들이 소외된 채 살아가는 곳이라는 부정적인 시각으로 묘사되곤 했다. 그녀의 작품 중 가장 많은 독자들의 사랑을 받은 『세구Ségou』95) 덕분에 과들루프와 뉴욕을 오가는 생활을 시작한 마리즈 콩데는 '나는 나의 섬과 화해

했다Je me suis réconsiliée avec mon ile'라는 인터뷰에서 "카리브해를 재평가해야 한다"(p.112)고 주장하기 시작했다. 그녀는 카리브해에 대한 시선을 전환시킬 수 있었던 이유를 다음과 같이 밝혔다.

이 고장에 산다는 것은 글쓰기를 다시 배움을 의미한다. 이 고장의 방법으로 완전히 바꿔야 한다. (…) 이 고장에 산다는 것은 또한 사회 조직을 다시 배워야 함을 뜻한다. (…) 이 고장에 산다는 것은 이곳의 문화적 특수성이라는 수수께끼를 풀어야 함을 의미한다.(…) 이 고장에 산다는 것은 이 고장에 대해 현재 시제로 말해야 함을 의미한다. 이 고장에 대해 현재 시제로 글을 써야 한다.96)

1976년부터 문학 작품들을 발표하기 시작한 마리즈 콩데는 고향으로 되돌아온 후 그때까지 간과했던 점들을 발견하게 되고, 과들루프로 대표되는 카리브해 문화의 특수성과 수수께끼를 풀어 나가면서 그 현재성을 형상화하려는 노력을 기울이기 시작한다. 따라서 작가에게 『맹그로브』는 카리브해 문화를 바라보는 중요한 전환점을 마련한 초석이었다. 작가는 『맹그로브』를 출간한 이후부터 지금까지 카리브해의 혼종적 문화 정체성에 대해 여러 텍스트들을 통해 다양한 목소리로 이야기한다. 이 텍스트를 시작으로 카리브해의 역사와 문화를

---

95) 아프리카 말리의 세구 지역에서 200여 년 동안(17-19세기) 지속되었던 방바라 왕국의 역사를 허구로 재현한 2부작 소설이다. *Ségou: Les Murailles de terre*, 1984, *Ségou: La Terre en miettes*, 1985.
96) Maryse Condé, "Habiter ce pays, la Guadeloupe", *Chemin ciritques*, 1.3., 1989, pp.9-11.

현재 시점에서 관찰하여 20세기를 살아가는 카리브해 사람들의 정체성이 과거에 묶여 고정된 그 무엇이 아니라 역동적으로 움직이면서 끊임없이 새롭게 되는 것임을 보여 준다.

마리즈 콩데는 1993년 한 학술지 서론에 「작가의 역할The Role of the Writer」[97]이라는 글로 카리브해 작가들에 대한 자신의 의견을 피력했다. 거기에서 그녀는 카리브해 출신 작가들은 자신들의 섬에 칩거하는 경향이 있으며 식민 시대의 악습을 고발하고 그로 인해 발생한 정치 경제적 문제들을 세상에 알리려는 의지를 드러낸다고 주장했다. 콩데는 이 글에서 지금의 카리브해 문화와 사회의 독특한 특성을 밝히고 그것을 발전시켜 나가는 일이 필요함에도 과거에 얽매어 있는 작가들을 비판한다. 더 나은 현재와 미래를 가꿔 나가기 위해 과거를 반추하는 것은 필요하지만, 거기에 파묻혀 더 이상 앞으로 나아가지 못하는 상황에 빠져서는 안 된다는 목소리를 높이고 있는 것으로 이해할 수 있다. 그녀는 인터뷰에서도 카리브해인들이 "트라우마와 같은 뿌리 찾기를 멈추어야 하며 현재를 살려는 노력을 기울여야 한다"[98]고 주장한다. 과거에 집착한 뿌리 찾기가 더 이상 큰 의미가 없음을 설파한 것이라고 볼 수 있다. 또한 마리즈 콩데가 보기에 카리브해 작가들은 각자 자기가 살고 있거나 태어난 섬에 칩거해서 넓은 비전과 세상에 대해 이야기하지 못하고 있다. 즉 카리브해에만 서

---

97) Maryse Condé, "The Role of the Writer", *World Literature Today*, 67.4., 1993, pp.697–699.

98) Claire Devarrieux, "Condé est sortie de la traditionnlle opposition créole-français en cannibalisant, pour faire sienne, la langue coloniale", *Libération*, le 18 septembre, 1997.

른 개에 달하는 섬이 존재하며, 그 안에 서 끊임없이 이루어진 문화 접촉과 인적 교류를 통해 생성된 카리브해 지역의 혼 종성을 전제로 한 다양한 면들을 조망할 기회를 놓치고 있음을 지적한 것이다.

『맹그로브』는 작가의 이런 시각, 다시 말해 현재 카리브해 문화의 혼종성을 수 용하고 이해함으로써 카리브해 문화의 역동성과 가능성을 제시하고자 하는 작 품이다. 소설의 무대가 되는 곳은 과들 루프 섬의 작은 마을인 리비에르오셸이 며, 작품은 주인공 프랑시스 상셰르가

Maryse Condé
Traversée
de la Mangrove

folio

『맹그로브 숲 가로지르기』 표지

좁은 산책로에 엎어져 죽어 있는 것을 마을 주민이 발견하면서 시작된다. 18명 의 인물이 화자가 되어 각 챕터에서 펼쳐 나가는 이야기는 프랑시스의 행적과 됨됨이 등 수수께끼와 같은 죽은 주인공에 대해 각자의 시선으로 소개하는 동 시에 화자 자신의 삶에 대해 설명하는 것으로 구성되어 있다. 프랑시스라는 인 물은 홀연히 리비에르오셸 마을로 이주해 온 외국인이다. 그는 자신의 고향이 나 행적을 정확하게 밝히지 않은 채 마을의 주변부에 거주하면서 생활한다. 전 세계 여러 나라를 두루 방랑했던 것으로 보이는 프랑시스는 다양한 언어를 구 사할 줄 아는 대표적인 혼종적 인물이다. 마을 사람들은 그를 바라보면서도 그 가 백인인지 흑인인지 또는 인도인인지 가늠할 수가 없다. 그에게는 모든 인종 의 피가 흐르고 있기 때문이다.(p. 229) 그의 조상은 백인으로 사탕수수 농장을

경영하기 위해 유럽에서 이주했던 과들루프 초기 정착민이었다. 이후 흑인과 결혼한 조상이 생겨났고, 점차 디아스포라의 삶을 사는 가족이 되어 자연스럽게 다양한 양상으로 혼혈이 이루어졌다. 이처럼 『맹그로브』에서 발견되는 첫 번째 혼종의 양상은 인종적 혼종성이다. 텍스트를 통해 확인할 수 있는 인종적 혼종성이 비단 프랑시스에게서만 드러나는 것은 아니다. 프랑시스와 가까운 사이였던 우체부 모이즈는 아버지가 흑인이었고 어머니는 중국인이었다. 룰루 라몬이라는 마을 부르주아는 마르티니크에 첫발을 디딘 백인 조상이 있지만, 그 이후에 흑인과 여러 번 혼혈이 이루어진 가족사를 가지고 있다. 그의 아내 다나는 네덜란드인 어머니와 인도네시아인 아버지를 둔 인물이며, 미라는 룰루가 아내 몰래 흑인 여성과의 사이에서 낳은 딸이다. 마을의 또 다른 부르주아 가족인 랑사랑가(家)의 조상 중에는 인도인이 있다. 카리브해의 한 섬에서도 외딴 마을인 리비에르오셀에 사는 사람들은 이처럼 다양한 인종적 혼종성을 지니고 있다.

텍스트에 등장하는 각 개인들이 혼종성을 지니고 있는가 하면, 리비에르오셀이라는 마을을 구성하는 문화적 혼종의 양상도 발견된다. 한곳에 뿌리내리지 않는 삶을 살아가는 인물들로 구성된 마을 주민들은 일자리를 찾기 위해 또는 개인적인 이유로 유랑한다. 외국에서 생활한 경험이 있는 그들은 언어나 정치적인 장벽을 뛰어넘어 새로운 문화를 창출하는 인물들이다. 특히 주인공 프랑시스는 콜롬비아와 쿠바 등 여러 나라에서 살았던 경험이 있으며, 다나는 네덜란드에서 살았고, 카르멜리앵은 프랑스 보르도에서 의학을 공부한 적이 있다. 또 다른 인물인 이야기꾼 시릴은 아프리카를 방랑했었다. 아이티 출신이지만 일자리를 찾아 리비에르오셀에 온 데지노는 뉴욕에 사는 형이 보낸 편지를 읽으며 미국으로 건너가 자유의 여신상을 볼 날을 꿈꾸기도 한다. 텍스트 속 인물들이 구현하는 이런 다양한 양상은 이 마을의 현재와 과거를 구성하는 요소들이고, 리비에르오셀이라는 용광로 속에서 뒤섞이게 된다. 따라서 이 마을은 단순히 과들루프의 외딴 마을이 아니라 혼종성과 디아스포라를 상징하는 의미를 지니며 과들루프라는 작은 사회, 나아가 카리브해 사회와 문화의 혼종성을 형상화하게 된다. 에두아르 글리상이 카리브해에서는 "완전히 다른 지평으로부터 도달한 문화 요소들의 만남이 크레올화되고 뒤얽혀 서로 합류함으로써 크레올 현실이라는 완전히 새롭고 전혀 예측할 수 없는 어떤 것이 된다"[99]고 밝혔던 바가 『맹그로브』라는 텍스트를 통해 형상화되었다고 할 수 있다. 카리브해의 문화처럼 혼종성으로 특징지어지는 리비에르오셀이라는 마을 역시 다양한 곳으로부터 도래한 다양한 문화를 지닌 인물들이 함께 살아감으로써 어떻게 변화될지 아무도 예견할 수 없는 장소가 되는 것이다.

이 작품의 화자 중 한 명인 레오카디 티모테라는 리비에르오셀 마을의 첫 여성 교사이자 교장이었던 인물은 카리브해 문화의 혼종성에 대해 분명한 어조로 피력한다.

이 고장은 정말로 경매에 부쳐진 곳이다. 지금 이곳은 모든 사람들의 것이다. 프랑스 본국인, 캐나다나 이탈리아 출신의 모든 신분의 백인들, 베트남인들 (…). 옛날에 우리는 세상을 알지 못했고 세상도 우리에 대해 알지 못했다. 운 좋은 사람들이 마르티니크까지 항해

---

99) Edouard Glissant, *Introduction à une poétique du divers*, Gallimard, 1996, p.15.

하는 데 도전했다. 포르드프랑스(마르티니크의 대표 도시)는 세상의 다른 쪽이었으며, 프랑스령 기아나의 황금을 꿈꾸는 게 전부였다. 요즘은 본국에 친척이 없는 가족이 없다. 사람들은 아프리카와 아메리카를 방문한다. 인도인들은 그들의 강에 몸을 담그기 위해 되돌아가며 지구는 바늘귀만큼이나 미세해졌다.(pp.139-140)

여기에서 화자는 과들루프가 더 이상 카리브해에 고립된 작은 섬에 불과하지 않다는 것을 역설하고 있다. 화자인 레오카디의 젊은 시절과 이미 은퇴한 지금의 세상은 완전히 다르다. 카리브해 지역뿐 아니라 전 세계적으로 직접적인 문화 소통이 대량으로 이루어지고 있기 때문이다. 그러나 오래전부터 여러 문화와의 접촉과 수용을 통해 고유의 새로운 문화를 창조했던 이곳은 중심과 주변이라는 이원론적 시각 아래 글로벌 스탠더드를 강요하는 세계화의 관점으로부터는 벗어나 있다. 처음에는 유럽의 여러 문화들과 카리브해의 섬들에 존재하던 개별적인 문화 그리고 아프리카에서 노예로 끌려온 아프리카 문화들 간의 접촉을 통해 생성한 문화가 각기 존재했다면, 점차 지역 내에서 잦은 이동이 이루어짐에 따라 스페인어권, 영어권, 프랑스어권 카리브해 섬들 간의 문화 교류를 통해 카리브해 지역의 다양성을 바탕으로 하는 문화가 형성되기에 이르렀다. 이러한 여정이 수 세기에 걸쳐 반복되거나 교차함으로써 카리브해 문화는 20세기 말에 나타난 앵글로 아메리칸의 세계화와는 다른 혼종성의 세계화를 이루어 낼 수 있었던 것이다. 이런 의미에서 마리즈 콩데의 작품에 등장하는 과들루프의 외딴 마을은 세상을 축소해 놓은 "지구의 소우주microcosme du globe"[100]로 읽힐 수 있다.

2. 카리브해 문화의 비연속성과 파편화, 그리고 불투명성

프랑스어권 카리브해의 민중들은 자신만의 집단적 기억이나 역사를 가지지 못했다. 그들의 조상은 아프리카의 어딘가로부터 강제 이주된 노예였거나 카리브해 다른 지역의 농장 노예였다가 도망쳐 새로운 삶을 추구했던 탈주 노예였다. 글리상은 『다양성의 시학 입문 Introduction à une poétique du divers』에서 카리브해를 비롯해 신대륙에 이주한 유럽인들과 아프리카인들이 근본적으로 다른 역사를 가지고 있었음을 상기시켰다. 메이플라워호에 탑승했던 영국 청교도들이나 캐나다의 생로랑 강을 거슬러 올라갔던 프랑스인들은 무기를 들고 새로운 영토를 정복해 나갔던 창립 이주자들이었고, 또 다른 부류의 유럽 이주민들 역시 자신의 뿌리를 밝힐 수 있는 증명서나 가족사진, 가재도구 등을 소지한 가족 이주자들이었다. 반면 아프리카에서 강제 이주를 당한 노예들은 벌거벗은 이주민들로 아무것도 소지하지 못한 채 모든 가능성을 빼앗긴 상태로 새로운 삶을 영위해야 할 땅에 도착했다.[101] 즉 유럽인들이 아메리카에서도 자신들의 문화적 전통을 유지할 수 있었던 것과 대조적으로 흑인들은 모든 것을 잃었던 셈이다. 글리상이 자신의 고향인 마르티니크의 역사에 대해 "잃어버린 역사이며, 식민 지배자의 계획된 행위에 의해 집단의식(기억) 속에서 말소된 역사"(1981, p.185)라고 천명한 이유다. 프랑스에 의한 식민화 이후 노예 제도가

---

100) Edouard Glissant, *L'intention poétique: Poétique II*, Seuil, 1969; Gallimard, 1997, p.181.

101) Edouard Glissant, *Poétique de la Relation: Poétique III*, Gallimard, 1990, p.14.

철폐되었던 19세기에 아이티처럼 독립을 일궈 내지 못했던 프랑스어권 카리브 해 지역은 1946년 프랑스의 해외도로 편입되면서 프랑스 문화에 더욱 동화되 기에 이르렀다.

우리 역사에는 표면적 연속성 아래에 비연속성이 존재한다. 표면적 연속성은 프랑스의 역 사 시기 구분, 총독 직책의 승계, 계급 갈등의 분명한 단순성, 그리고 "역사가들"이 세심하 게 연구한 끊임없이 실패한 우리의 폭동에 대한 일화들로 구성된다. 현실의 비연속성은 우 리가 경계 지었던 각 시기의 구분 속에 자리 잡고 있으며, 변화의 결정적 요소는 상황에 의 해 퍼져 나가지 못하고 다른 역사와의 관계에 따라 외부에서 결정된다.(1981, p.273)

카리브해로 강제 이주된 흑인 노예들이 아프리카로부터 단절되어 자신들의 역사와 문화, 언어를 제대로 소유하지 못하고 그 흔적만을 지닌 채 노예로서의 삶을 이어 갈 수밖에 없었던 카리브해의 역사와 밀접한 관계를 맺는다. 그들의 역사는 연속적이고 시기가 구분되는 명료하고 투명한 서양의 역사와는 다른 양 상을 보인다. 투명성은 식민지를 건설했던 유럽 열강들이 쓴 역사에서 가능한 것이다. 즉 카리브해인들은 고유의 역사를 가지지 못했으며, 자신들의 목소리 와 행적이 식민 지배자들에 의해 묻혀 버릴 수밖에 없었기 때문에 그들의 역사 와 문화는 비연속성discontinuité과 파편성fragmentation으로 대변된다는 것 이 글리상의 의견이다. 표면적으로는 연속적인 것 같은 카리브해의 역사가 그 민중이 아닌 외부, 즉 프랑스에 의해서 변화되고 결정되어 왔기 때문이다. 글리 상은 이러한 자신들의 과거가 잃어버린 과거이며 아직 역사가 되지 않았지만 끈질기게 카리브해인들을 괴롭힌다고 지적하면서, 카리브해의 작가들은 이 괴

로움을 탐구하여 끊임없이 현재에 그 고통을 드러내야 한다고 주장한다. (1981, p.226)

마리즈 콩데의 『맹그로브』는 카리브해의 역사가 지니는 이러한 파편성과 비연속성을 텍스트의 구조와 전개 방식으로 보여 준다. 주인공 프랑시스의 죽음을 마주한 과들루프의 작은 시골 마을에 사는 18명의 인물이 프랑시스와 자신의 삶을 반추하는 이 작품에 이야기의 연속성은 존재하지 않는다. 여러 화자들이 갖가지 시선으로 이야기하는 프랑시스와 각각의 인생은 선조성linéarité을 지닌 하나의 이야기, 또는 퍼즐을 맞추듯이 조각을 붙여 나가서 결국 하나의 전체로 완성하는 데 도달할 수가 없다. 어떤 화자는 프랑시스에 대해 부정적인 시각을 유지하지만, 다른 화자들은 그의 인생을 긍정적으로 평가하기도 하며, 또 다른 화자들은 그의 과거를 언급하는 대신 리비에르오셀 마을에서의 모습만을 묘사하기도 한다. 프랑시스와 친밀한 관계였던 우체부 모이즈는 프랑시스가 처음 리비에르오셀에 와서 정착했을 때 사람들이 그를 자기 나라에서 청부 살인을 저질러 도망 온 사람으로 추측하기도 하였고, 라틴 아메리카 게릴라로 무기 밀매업자라고 소문이 나기도 했었다고 소개한다. (pp.38-39) 이야기꾼인 시릴은 프랑시스가 죽기 일 주일 전에 만나서 나눈 대화를 그의 사후에 사람들에게 이야기하는데, 프랑시스는 사람들이 알고 있는 것처럼 쿠바 출신이 아니라 "다시 태어나기|re-naissance" 위해 쿠바로 갔었다고만 말했다고 전한다. (p.155) 또 다른 화자인 뤼시앵 에바리스트라는 인물은 과들루프 라디오 방송의 논설위원으로 쿠바인이 리비에르오셀에 이주해서 살고 있다는 말을 듣고 프랑시스를 취재했다. 그의 증언에 따르면, 프랑시스는 사실 콜롬비아에서 출생했다고 말했다고 한다. (p.221) 문제는 프랑시스는 이미 죽었기 때문에 어떤 것도 확인할

수 없으며 아무것도 확실한 증거나 증언이 될 수 없다는 점이다. 그래서 프랑시스의 국적이나 행적은 끝까지 석연치 않은 채 파편적인 정보로만 남는다. 다만 뤼시앵은 "유럽, 아메리카, 아프리카. 프랑시스 상셰르는 이 모든 곳의 나라들을 편력했다. (…) 맞다. 그는 또한 다른 사람들과 다른 땅들의 향기를 맡기 위해 이 좁은 섬을 떠났을 것이다"(p.227)라고 말한다. 뤼시앵이 보기에 확실한 것은 프랑시스는 여러 나라와 장소를 방랑하다가 자신의 조상이 사탕수수 농장을 경영했던 과들루프에 정착하게 되었으나 죽지 않았다면 또다시 어딘가로 떠났을 것이라는 추측뿐이다. 이처럼 체계적인 역사의 축적이 아니라 희미한 기억과 추측으로 이루어진 프랑시스라는 인물의 개인적 역사는 공백이 많으며 단절되어 파편적으로 존재한다.

또 다른 화자로 등장하는 빌마는 프랑시스가 죽기 전 그의 아이를 임신한 인물이다. 그녀는 리비에르오셀 마을의 두 부르주아 가족 중 랑사랑가의 고명딸이지만 모성 결핍으로 외로움 속에서 자랐다. 빌마에게 즐거움은 책을 읽는 것과 학교에 다니는 것인데, 아버지 실베스트르 랑사랑은 강제로 중매결혼을 시키기 위해 그녀가 더 이상 학교에 다니지 못하게 한다. 열여덟 살이 채 되지 않은 빌마는 부모에게 반항하는 마음으로 산책길에 우연히 마주쳤던 새로운 마을 주민 프랑시스의 집에 찾아가서 기거하기 시작한다. 빌마의 증언에 의하면 프랑시스는 비를 맞는 강아지도 그대로 내버려 두지 못하는 성격의 사람으로 피신 온 빌마를 거두어 준다. 그렇게 프랑시스와 함께 살았던 빌마도 그의 인생사의 진실을 파악하지는 못한다.

나는 그의 감은 두 눈과 벌어진 입을 바라보면서 이 사람의 영혼이 어느 메마르고 행복 없는 나라를 떠돌고 있을지를 생각했다. 그는 나에게 자기 자신에 대해 아무것도 밝히지 않았으며 나는 리비에르오셀 사람들이 이야기하는 어떤 허튼소리에도 진실을 말할 수 없었다.(p.194)

프랑시스와 동거했던 빌마는 자신과 함께하던 현재의 프랑시스만을 파악할 수 있을 뿐 그의 생각과 과거 등은 알 길이 없었다. 그래서 자기 자신에 대해 전혀 말하지 않는 프랑시스에 대한 여러 소문의 진실을 규명할 수도 없다. 그녀에게는 몇 시간이고 타자기 앞에서 완성하지 못할 소설을 쓰는 현재의 프랑시스만 존재할 뿐이다. 이처럼 텍스트에는 여러 화자들이 등장하지만 전체를 조망하는 이야기를 이어 나갈 능력이 없이 각자 자기 생각만 견지해 나감으로써 프랑시스라는 주인공의 파편화된 인생을 재구성하는 것은 불가능해진다. 그의 인생은 카리브해 섬들의 역사처럼 비연속적이고 불투명하다. 비평가 프리스카 드 그라Priska Degras가 이 텍스트를 분석하면서 프랑시스를 "불투명성을 상징하는 인물"[102]이라고 주장했던 이유가 여기에 있다. 글리상이 천명했던 것과 같이 외부에 의해 결정된 투명하고 연속적인 역사와 문화는 고유한 자신들의 것이 아니며, 오히려 불투명하고 비연속적이라서 명료하지 않은 것이 자신들의 역사와 문화임을 텍스트를 통해 보여 주어야 한다는 의견이 『맹그로브』의 텍스트 구조와 이야기 구성을 통해 발견되는 것이다.

---

102) Priska Degras, "Maryse Condé: l'écriture de l'Histoire", *L'Esprit Créateur*, 93.2., 1993, p.73.

3. 카리브해 문화와 '관계-정체성'

카리브해 문화 정체성을 성찰했던 에두아르 글리상은 '관계-정체성'이라는 새로운 개념을 주창했다. 그는 혼종적 현실과 문화가 과거 역사의 비연속적이고 복잡다단한 관계에 의해 형성되어 얽혀 있으며, 그 얽힘은 미래의 새로운 관계들을 열어 갈 수 있는 가능성을 내포하고 있음을 강조하면서 관계-정체성의 개념을 발전시켰다. 관계-정체성은 질 들뢰즈 Gilles Deleuze와 펠릭스 가타리 Félix Guatari의 리좀Rhizome 개념에서 영향을 받았다. 하나의 뿌리에 기반을 둔 정체성과 달리 관계-정체성은 리좀에서 비롯된다. 『천 개의 고원 Mille Plateaux』을 통해 리좀 개념을 전개한 두 철학자는 리좀은 나무뿌리와 달라서 시작도 끝도 없이 언제나 중간을 가지며, 중간을 통해 자라고 중간에서 다른 선들과 연결된다고 주장했다. 그러므로 리좀은 다양한 출입구들을 지니며 끊임없이 새로운 관계를 향해 나아가는 도주선을 가지고 있다. 나무가 혈통 관계를 지향한다면 리좀은 결연 관계일 뿐이다.[103] 불투명한 역사와 문화를 가진 카리브해의 문화 정체성은 정해져 있는 혈통이나 문화에 의해서가 아니라 타자 및 세계와의 관계를 통해 쉼 없이 변화되고 생성된다는 것이 글리상의 주장이다. 그의 의견에 의하면, 관계-정체성은 문화 접촉의 의식적이고 모순적인 체험과 관계되며, 관계의 혼란스러운 짜임 속에 주어지고 새로운 영역 속에서 순환하며 "함께 점령하는com-prendre"[104] 대신 "함께 주는donner-avec" 장소로서의

---

103) Gilles Deleuze, Félix Guatari, *Mille Plateaux*, Les Editions de minuit, 1980, pp.31-36.

땅을 재현한다(1990, p.158). 다시 말해 '뿌리-정체성 identité-racine'이 영토를 정복해 나가는 과정 속에서 다른 땅들을 소유하고 점유함으로써 타자를 소외시키는 것을 의미한다면, 관계-정체성은 다양한 타자 혹은 다양한 문화와의 접촉을 통해 서로 주고받는 관계 속에서 생성되는 정체성으로 타자를 향해 언제나 열려 있는 정체성이다.(1996, p.24) "리좀의 사유가 내가 관계의 시학이라고 부르는 것의 원리이기도 할 것이다. 모든 정체성은 타자와의 관계 속에서 확장된다"(1990, p.23)고 밝힌 글리상은 쉼 없이 타자와 관계를 맺고 다시 새로운 관계를 향해 나아가면서 지니게 되는 관계-정체성을 제안하면서, 이것이 카리브해의 문화 정체성을 잘 형상화한다고 하였다.

마리즈 콩데 역시 카리브해의 문화가 주관적으로 그 내부의 선택에 의해 완전히 재정립되어야 한다고 주장했다. 작가는 여타의 카리브해 문화 이론가들처럼 자신들의 문화 정체성이 이것 아니면 저것이라는 이분법적인 구분을 통해 형성되는 것을 거부한다. 카리브해인들이 타자의 시선으로부터 해방될 때 프랑스인/크레올인, 문명인/미개인, 귀족/서민 등 기존의 적대적인 이분법적 인식틀에서 비롯된 정체성이 사라지고 새로운 정체성을 구현해 나갈 수 있음을 강조한 것이다. 콩데가 추구하는 새로운 정체성이 에두아르 글리상이 주창한 관계-정체성으로 설명될 수 있는 지점이다.

작가는 『맹그로브』의 주인공 프랑시스의 불투명한 삶을 통해 글리상의 관계

---

104) comprendre라는 동사는 통상 프랑스어에서 '이해하다', '포함하다'의 의미로 사용된다. 여기에서는 저자의 의도에 의해 com-prendre로 쓰였는데, 이때의 의미는 문맥상 '함께-점령하다'로 볼 수 있다.

-정체성이 어떻게 문학 텍스트에서 형상화될 수 있는가를 보여 주고 있다. 프랑시스는 아메리카, 콜롬비아, 앙골라, 자이르, 쿠바 등지에서 각각 새로운 관계를 맺으며 때에 따라 혁명가로, 쿠란데(의사)로, 이야기꾼으로, 작가로 살아가면서 새로운 정체성을 형성하는 삶을 살았다.(pp.86-87, 96) 여러 화자들에 의해 파편적으로 밝혀지는 그의 생애를 통해 확인할 수 있듯이, 하나의 뿌리를 내린 고정된 정체성을 가질 수 없었던 프랑시스는 자신에 대해 다음과 같이 말한다.

당신이 틀렸어. 우리는 같은 편이 아니야. 당신에게 말할 수 있는 건 나는 더 이상 어떤 편에도 속해 있지 않다는 거야. 그렇지만 다른 한편으로 당신이 틀린 건 아니야. 처음에는 우리가 같은 편이었으니까. 그래서 내가 다른 세상으로 떠났던 거지. 그 여행이 잘 끝났다고 말할 수는 없지만 말이야. 나는 모래사장 위에서 난파되고 좌초되었거든….(p.127)

프랑시스는 빌마와 만나기 전에 리비에르오셀 마을을 대표하는 또 다른 부르주아 가정의 딸 미라와 관계를 맺어 임신을 시켰었다. 이 사실을 알게 된 미라의 아버지 룰루 라몬은 프랑시스를 찾아와 자신의 딸을 함부로 대하지 말라고 종용하면서, 프랑시스와 룰루 자신이 동일한 뿌리를 가졌음을 강조한다. 그들이 과들루프가 발견된 후 유럽에서 이주한 백인 조상을 두었다는 공통점을 가지고 있다는 점을 이야기한 것이다. 룰루가 프랑시스에게 흑인이나 인도인과 피가 섞였다 하더라도 백인 조상이 우선시된다고 주장하자, 프랑시스는 룰루의 생각이 틀리면서 동시에 틀리지 않다고 말한다. 프랑시스는 룰루가 지닌 정체성을 완전히 이해해서 수용할 수는 없지만, 룰루가 살아오면서 소유하게 된 고유한 불투명성을 인정하려고 하는 것 같다. 그렇기 때문에 룰루의 의견이 누군가에게는 맞을 수도 있고 다른 누군가에게는 틀릴 수 있다고 말하는 것으로 이해할 수 있다. 이와 같은 프랑시스의 시각은 에두아르 글리상이 『관계의 시학』에서 "내 불투명성을 비난하지 않으면서도 나를 위해 타자의 불투명성을 이해할 수 있다"(p.207)고 언급했던 것과 일맥상통해 보인다. 각자가 고유하게 가지고 있는 불투명성을 서로 인정함으로써 새로운 관계를 맺어 나갈 수 있으며, 그것을 통해 관계-정체성이 형성되고 또 사라지면 또 다른 관계를 통해 새로운 관계-정체성이 생성됨을 의미한다고 할 수 있다. 이는 곧 타자와 연대감을 느끼고 타자와 함께 무엇인가를 만들어 나가기 위해 타자의 불투명성을 인정하면서 만들어지는 관계-정체성임을 보여 준다.

프랑시스가 바로 이런 관계-정체성을 소유한 인물이다. 그는 자신의 뿌리, 즉 흑인 노예제를 지지하여 사탕수수 농장에서 노예를 거느렸던 조상과의 단절을 위해 카리브해 지역을 떠나 노마드로 살았기 때문에 조상으로부터 자유로워질 수 있었고, 그 결과 자기만의 고유한 정체성을 가질 수 있었다. 그는 룰루가 여전히 소유하고 있는 뿌리-정체성을 거부하며 타자 및 세계와의 관계를 통해 형성되었다가 사라지기를 반복하는 불투명한 관계-정체성을 지니고 있다. 뿌리-정체성이 선조성으로 설명 가능한 반면 관계-정체성은 비선조성non-linéarité이 강조되며 계급이 존재하지 않는 평등한 문화 관계를 통해 형성된다[105]는 프랑수아즈 리오네Françoise Lionnet의 주장처럼, 프랑시스는 끊임없이 새로운

---

105) Françoise Lionnet, "*Traversée de la mangrove* de Maryse Condé: vers un nouvel humanisme antillais?", in *The French Review*, vol.66, n.3, 1993, p.480.

관계를 통해 자신이 지닌 정체성을 변형시키고 불투명하게 만든다.

프랑시스의 관계-정체성은 텍스트 내에서 작가이기도 한 그가 쓰고 지우기를 반복하는 작품의 제목 『맹그로브 숲 가로지르기』를 통해서도 드러난다. 프랑시스가 자신이 쓰고 있는 책 제목을 말하자 빌마는 맹그로브의 특성에 대해 다음과 같이 언급한다.

> 우리는 맹그로브를 가로지를 수 없어요. 맹그로브 뿌리들 위로 넘어져 찔리게 돼요. 우리는 바닷물과 민물이 섞이는 진흙 속에 묻히거나 질식하게 되지요.(p.192)

빌마가 맹그로브에 대한 의견을 개진하면서 그 글을 쓰고 있는 프랑시스에 대해 이야기하고 있음을 알 수 있다. 프랑시스는 맹그로브와 같이 고정된 하나의 전체로 파악하는 것이 불가능한 사람임을 언급하고 있는 것이다. 빌마는 맹그로브가 작품 속에서 어떤 인물인지 확인할 수 없는 다성적이고 복합적이며 불투명한 인물인 프랑시스를 상징적으로 드러냄을 지적하고 있다. 불투명성은 뚫고 들어갈 수 없는 자급자족 체계 속에 폐쇄된 시스템을 의미하는 것이 아니라, 누구나 타자와의 차이를 지닐 권리가 있음에 동의하는 동시에 단순화할 수 없는 각자의 독특함이 존재함을 인정하는 것을 뜻한다. 그래서 글리상이 주장했던 것처럼 불투명함으로 인해 프랑시스의 정체성은 폐쇄되어 있는 것이 아니라 오히려 자유롭게 타자와의 관계를 구축해 나가며 자신만의 특성을 지니게 된다.

주인공 프랑시스의 정체성과 동일하게, 마리즈 콩데는 『맹그로브』라는 상징적인 의미의 제목을 통해서 관계-정체성과 비선조성을 강조하고 있다. 맹그로브는 민물과 바닷물이 만나는 지점에서 땅에 뿌리 내리지 않고 열대 지역에서 숲을 이루며 사는 식물이다. 그 뿌리는 물에서 이리저리 움직이고 부유하며 매우 복잡하게 얽히고설키는 특성이 있다. 일반적인 나무나 식물과는 다르게 맹그로브는 가로지르는 것이 불가능한 뿌리와 줄기를 가진 식물인 셈이다. 맹그로브는 곧 수많은 뿌리와 줄기가 각기 관계를 생성하지만 전체를 전망하여 하나로 통합하는 고정된 관계는 존재할 수 없음을 의미한다. 그러므로 이 텍스트의 제목은 그 자체로 뿌리-정체성을 부정하는 동시에 관계-정체성을 내포한다고 할 수 있으며, 맹그로브는 바로 카리브해 문화를 직접적으로 대변하는 상징성을 획득한다. 작가는 한 인터뷰에서 망명과 방랑의 삶을 살아서 창조적인 쇄신이 가능한 것이 아니냐는 질문에 이렇게 답한다.

저는 먼저 방랑, 망명, 노마디즘이라는 단어에 이의를 제기하고자 합니다. 그 단어들 대신에 쇄신이라는 용어를 선호합니다. 자기 뿌리가 있는 장소를 떠나는 것이 중요합니다. 저는 이 뿌리라는 개념을 전혀 좋아하지 않는데, 저에게 그것은 혁신에 반대되는 것이기 때문입니다. 저는 항상 움직여야 한다고 믿습니다. (…) 언어는 정체성을 정의하는 근본적인 현상이 아닙니다.(…) 뉴욕에 살면서 영어로 작품 활동을 하는 다른 작가들이 나에게 정체성은 언어와 피부색을 넘어선다는 것을 이해시켰습니다. (…) 우리 각자는 자신의 사적이고 개인적인 경험을 통해 자기 자신을 정의 내리게 됩니다.[106]

---

106) Marie-Agnès Sourieau, "Entretien avec Maryse Condé: de l'identité culturelle", *The French Review*, n. 72.6., 1999, pp.1091-1092.

언제나 깨어서 자기 자신을 점검하여 새로워져야 한다고 생각하는 콩데에게 쉼 없이 움직이는 것은 중요하다. 여기서 움직인다는 것은 단순히 육체적이거나 물리적인 의미가 아니라, 매번 새로운 관계를 맺어 그것을 통해 자신의 정체성을 쇄신하는 것을 뜻한다. 그리고 언어나 피부색 등 태어날 때 이미 조건 지어진 것으로 정체성이 형성되는 시대는 끝났다는 것이 마리즈 콩데의 의견이다. 정체성은 각자가 고유한 경험과 삶의 양상을 통해 형성해 나가는 것이며, 그 정체성은 인생에서 맺는 관계와 겪는 체험에 따라 변화함을 뜻한다. 그녀가 작품을 통해 구현하고자 한 카리브해의 문화 정체성은 에두아르 글리상이 주장했던 것처럼 끊임없이 변화하는 상황과 관계에 의해 변형되고 바뀌는 관계-정체성의 역동성임을 이해할 수 있다. 이처럼 역동적인 관계에 의해 생성되고 변화되며 또다시 형성되는 관계-정체성은 바로 카리브해의 정체성을 구현한다.

Ahlstedt, Eva, Le "Cycle du barrage" dans l'oeuvre de Marguerite Duras, Acta universitatis Gothoburgensis, Goteborg, 2003.

Armel, Aliette, Marguerite Duras et l'autobiographie, Le Castor Astral, 1990.

Armel, Aliette, "Duars: retour à l'amant", in Magazine littéraire, n. 290, 1991.

Bachelard, Gaston, L'Eau et les reves: Essai sur l'imagination de la matière, José Corti, 1942; coll. "biblio essais", 1996.

Bajomée, Danielle, Duras ou la douleur, de Boeck Université, 1989.

Beaujour, Michel, Miroirs d'encre: Rhétorique de l'autoportrait, Edition du Seuil: coll. "Poétique", 1980.

Bernarbé, Jean, Chamoiseau, Patrick, Confiant, Raphael, Eloge de la créolité, Gallimard, 1993.

Sous la dir. de Carruggi, Noelle, Maryse Condé: Rébellion et transgression, Karthala, 2010

Charest, Rémy, "Claire Martin: Ecrire sans attaches", in Le Devoir, 20-21 mars 1999.

Clark, Vèvè, "Je me suis réconciliée avec mon ile: une interview de Maryse Condé", Callaloo, n.38, 1989.

Colonna, Vincent, Essai sur la fictionnalisation de soi en littérature, thèse de doctorat, sous la direction de Gérare Genette, E.H.E.S.S., 1989.

Condé, Maryse, "Habiter ce pays, la Guadeloupe", Chemin ciritques, 1.3., 1989.

Condé, Maryse, Traversée de la mangrove, Mercure de France, 1989; Gallimard, coll. "Folio", 1992.

Condé, Maryse, "The Role of the Writer", *World Literature Today*, 67.4., 1993.

Condé, Maryse, *Le Coeur à rire et à pleurer: Contes vrais de mon enfance*, Robert Lafont, 1999.

Condé, Maryse, *Victoire, les saveurs et les mots*, Mercure de France, 2006; Gallimard, coll. "Folio", 2008.

Condé, Maryse, *La vie sans fards*, JC Lattès, 2012.

Degras, Priska, "Maryse Condé: l'écriture de l'Histoire", *L'Esprit Créateur*, 93.2., 1993.

Deleuze, Gilles, Guatari, Félix, *Mille Plateaux*, Les Editions de minuit, 1980.

den Toonder, Jeanette M.L. *L'écriture autobiographique des nouveaux romanciers*, Peter Lang, 1999.

Devarrieux, Claire, "Condé est sortie de la traditionnlle opposition créole-français en cannibalisant, pour faire sienne, la langue coloniale", *Libération*, le 18 septembre, 1997.

Didier, Béatrice, *La littérature de la révolution française*, "Que sais-je?", P.U.F., 1988.

Didier, Béatrice, "Madame Roland et l'autobiographie", *Autobiographie et biographie: colloque franco-allemand de Heidelberg*, Textes réunis et présentés par Mireille Calle-Gruber et Arnold Rothe, Nizet, 1989.

Dorion, Gilles, "Bibliographie de Claire Martin", in *Voix et Images*, vol.29, n.1, (85), 2003.

Doubrovsky, Serge, *Laissé pour conte*, Grasset, 1999.

Doubrovsky, Serge, "Les points sur les I", in *Genèse et autofiction*, sous la dir. de Jean-Louis Jeannelle et Catherine Viollet, Academia

Bruylant, 2007.

Duras, Marguerite, *Un Barrage contre le Pacifique*, Gallimard, 1950; rééd. coll. "Folio", 1978.

Duras, Marguerite et Michelle Porte, *Les Lieux de Marguerite Duras*, Les Editions de Minuit, 1978.

Duras, Marguerite, *L'Amant*, Les éditions du Minuit, 1984.

Duras, Marguerite, "Entretien avec Hervé Le Masson", in *Le Nouvel Observateur*, 28 septempbre 1984.

Duras, Marguerite, *La douleur*, P.O.L., 1985; Gallimard, coll. "Folio", 1993

Duras, Marguerite, *La Vie matérielle*, P.O.L., 1987.

Duras, Marguerite, *L'Amant de la Chine du Nord*, Gallimard, 1991; rééd. coll. "Folio", 1993.

Duras, Marguerite, *Yann Andréa Steiner*, P.O.L., 1992.

Duras, Marguerite, *La mer écrite*, Photographies de Hélène Bamberger, Marval, 1996.

Fanon, Frantz, *Peau noire, masques blancs*, Ed. du Seuil, 1952; coll."Points Essais", 1971.

Gasparini, Phlippe, *Autofiction: Une aventure du langage*, Seuil, 2008.

Glissant, Edouard, *L'intention poétique: Poétique II*, Seuil, 1969; Gallimard, 1997.

Glissant, Edouard, *Le discours antillais*, Seuil, 1981; Gallimard, coll. "Folio essais", 2002.

Glissant, Edouard, *Poétique de la Relation: Poétique III*, Gallimard, 1990.

Glissant, Edouard, *Introduction à une poétique du divers*, Gallimard, 1996.

Hardwick, Louise, "J'ai toujours été une personne un peu à part" question à

Maryse Condé, *International Journal of Francophone Studies*, n.9.1, 2006.

Lamy, Suzanne, et Roy, André, *Marguerite Duras à Montréal*, Spirale, 1981.

Lecarme, Jacques, Eliane Lecarme-Tabone, *L'autobiographie*, Armand Colin, 1999.

Lejeune, Philippe, *L'Autobiographie en France*, Armand Colin, 1971; 1998.

Lejeune, Philippe, *Le pacte autobiographique*, Seuil, 1975.

Lejeune, Philippe, *Moi aussi*, Edition du Seuil; coll. "Poétique", 1986.

Lejeune, Philippe, *L'Auteur et le manuscrit*, P.U.F., 1991.

Lionnet, Françoise, "*Traversée de la mangrove* de Maryse Condé: vers un nouvel humanisme antillais?", in *The French Review*, vol.66, n.3, 1993.

Madame Roland, *Mémoires de Madame Roland*, Edition présentée et annotée par Paul de Roux, Mercure de France, 1986.

Martin, Claire, *Dans un gant de fer. Première partie. La Joue gauche*, Le Cercle du livre de France, 1965; rééd. Les Presses de l'Université de Montréal, 2005.

Merleau-Ponty, Maurice, *Phénoménologie de la perception*, Gallimard, 1945; rééd. coll. "Tel", 1976.

Michelet, Jules, *La mer*, Gallimard, 1983.

Morris, David B. *The Culture of Pain*, Berkley and Los Angeles, University of California Press, 1991.

Neyrault, Michel, et al., *L'Autobiographie: VIème Rencontres psychanalytiques d'Aix-en-Provence*, Les Belles Lettres, 1988.

Pontaut, Alain, "L'enfant devant les monstres", in *La Presse* (supplément), 17 septembre 1966

Ricard, André, "Entretien avec Claire Martin", in *Voix et Images*, vol.29, n,1, (85), 2003.

Robbe-Grillet, Alain, "Du Nouveau Roman à la Nouvelle Autobiographie", in *Texte(s) et Intertexte(s)*, Rodopi, 1997.

Rosello, Mireille, *Littérature et identité créole aux Antilles*, Karthala, 1992.

Rousseau, Jean-Jacques, *Les Confession, Oeuvres Complètes*, Gallimard, Bibliothèque de la Pléiade, 1959; 1991.

Smart, Patricia, "Quelle vérité?: Dans un gant de fer, sa réception et la question de la référentialité", in *Voix et Images*, vol.29, n.1,(85), 2003.

Sourieau, Marie-Agnès, "Entretien avec Maryse Condé: de l'identité culturelle", *The French Review*, n.72.6., 1999.

Vercier, Bruno, "La mythe du premier souvenir: Pierre Loti, Michel Leiris", in *Revue d'histoire littéraire de la France*, n 6, 1975.

Vialet, Michèle, ""Connais-toi toi-meme". Identité et sexualité chez Maryse Condé", in *Notre Librairie*, n.118, Juillet-septembre, 1994.

Vilain, Philippe, "L'autofiction selon Doubrovsky", in *Défense de Narcisse*, Grasset, 2005.

Vilain, Philippe, "Démon de la définition", in *autofiction(s): Colloque de Cerisy*, sous la dir. de Claude Burgelin, Isabelle Grell et Roger-Yves Roche, PUL, 2008.

Vircondelet, Alain, *Duras*, François Bourin, 1991.

고정희, 「다시 살아 있는 날의 지평에 서 있는 작가, 박완서」, 『한국문학』 195호, 1990.

박완서, 『나목』, 여성동아, 1970; 『박완서 소설전집 10』, 세계사, 1995.

박완서, 『목마른 계절』, 수문서관, 1978; 『박완서 소설전집 6』, 세계사, 1993.

박완서, 「엄마의 말뚝 1,2,3」, 『문학사상』, 1980년 9월호, 『문학사상』 1981년 8월
　　　호, 『작가세계』, 1990년 봄호; 『박완서 소설전집 8』, 세계사, 1993.

박완서, 『그 많던 싱아는 누가 다 먹었을까』, 웅진닷컴, 1992.

박완서, 『그 산이 정말 거기 있었을까』, 웅진닷컴, 1995.

박완서, 「나의 문학은 내가 발 디딘 곳이다」, 『문학동네』, 1999년 여름호.

박완서 외, 『우리 시대의 소설가 박완서를 찾아서』, 웅진닷컴, 2002.

송진석, 「크레올리테 혹은 불어권 서인도제도의 문화정체성」, 『불어불문학연구』, 제56
　　　집, 2004.

송진석, 「크레올리테와 이야기꾼 - 파트리크 샤무아조의 『솔리보 마니피크』 연구」,
　　　『불어문화권연구』, vol.17, 2007.

심재중, 「정체성 담론과 이데올로기: 아이티와 마르티니크의 흑인 정체성 담론을 중심
　　　으로」, 『라틴아메리카연구』, vol.17, n.2, 2004.

오생근, 『프랑스어 문학과 현대성의 인식』, 문학과지성사, 2007.

유호식, 「자기에 대한 글쓰기 (2): 자서전과 성실성」, 『불어불문학연구』 86집, 2011
　　　년 여름호.

유호식, 『자서전: 서양 고전에서 배우는 자기표현의 기술』, 민음사, 2015.

이경호, 권명아 엮음, 『박완서 문학 길 찾기: 박완서 문학 30년 기념 비평집』, 세계사,
　　　2000.

이영목 외, 『검은, 그러나 어둡지 않은 아프리카』, 사회평론, 2014.

조광제, 『주름진 작은 몸들로 된 몸: 몸 철학의 원리와 전개』, 철학과 현실사, 2003.

조광제, 『몸의 세계, 세계의 몸: 메를로퐁티의 『지각의 현상학』에 대한 강해』, 이학사,
　　　2004.

프란츠 파농, 이석호 옮김, 『검은 피부 하얀 가면』, 인간사랑, 1998.

필립 르죈, 윤진 옮김, 『자서전의 규약』, 문학과 지성사, 1998

찾아보기